Diogenes Taschenbuch 21859

Viktorija Tokarewa

Zickzack der Liebe

Erzählungen

Aus dem Russischen von Monika Tantzscher

Diogenes

Lizenzausgabe mit freundlicher Genehmigung
Pahl-Rugenstein Verlag GmbH

Verzeichnis der Quellen und Originaltitel
am Schluß dieses Bandes
Umschlagillustration unter Verwendung
einer Druckgraphik von George Lepape

Veröffentlicht als Diogenes Taschenbuch, 1990

80/90/29/1
ISBN 3 257 21859 1

STERN IM NEBEL

Es geschah am dreizehnten Januar – Neujahr nach dem alten Kalender. Das heißt, es passierte vorher, aber da war ich noch ahnungslos, hatte keinen blauen Dunst, wie meine Tochter zu sagen pflegt. Am dreizehnten Januar kam alles ans Tageslicht. Sie werden sicherlich fragen: Was? Nun: Meine Freundin hatte mir meinen Mann abspenstig gemacht, und ich stand da ohne Mann und ohne Freundin. Ohne Freundschaft, ohne Liebe, ohne Familie. Mit einem Schlag.

Sie wollen wissen, wie ich es erfuhr? Ganz einfach: per Telefon. In unserem Zeitalter kann man alles telefonisch erfragen und erfahren. Meine *andere* Freundin gratulierte mir zum nicht mehr ganz frischen neuen Jahr und platzte mit der Neuigkeit heraus. Sie war infolgedessen die ganze Zeit sowohl mit ihr als auch mit mir befreundet gewesen und hatte alles gewußt.

Nach der offiziellen Version war mein Mann auf Dienstreise. Doch wie sich nun herausstellte, hatte er die Familie für immer verlassen und sich geniert, dies offen zu bekennen. Geniert hätten sich auch andere an seiner Stelle, nur hätte gerade dies sie von solch einem Schritt abgehalten.

Im ersten Augenblick verschlug es mir den Atem, als hätte man mich im Oktober von einer Brücke ins kalte Wasser gestoßen.

Die zweite Empfindung war ein heilloses Durcheinander im Kopf. Ein mehr oder weniger großer Löffel schien in meiner Hirnmasse zu rühren.

Wissen Sie, was ein Mensch fühlt, der von einem Kugelblitz getroffen wird? Das ist sehr schmerzhaft. So, daß man am liebsten aus dem Fenster springen möchte. Das ist das einfachste. Das Fenster ist greifbar nah, das Stockwerk hoch, keine Vorbereitungen sind nötig im Gegensatz zu allen übrigen Varianten. . .

Ich trat ans Fenster. Schnee wehte auf den Balkon. Drei-Liter-Gläser, die ich wer weiß wofür aufbewahrte, ragten aus dem Schnee. Daneben standen, übereinander gestellt, zwei alte Sessel, auch sie zu schade zum Wegwerfen, könnte ja sein, daß ich sie irgendwann einmal für die Datsche brauchte, obgleich ich gar keine besitze und auch keine in Aussicht steht.

Der kleine Balkon war zugeschneit, vollgestellt mit Gerümpel. Ich sagte mir, daß es bei der Kälte und Enge nicht ungefährlich sei, ihn barfuß zu betreten. Man konnte ein Glas zertreten, sich den Fuß aufschneiden. . . Natürlich hätte man auch mit einem verletzten Fuß hinunterspringen können, aber all das hielt mich davon ab, und so zog ich mich aus und legte mich ins Bett.

In meinem Inneren summte es wie unter Hochspannung – alles, woran ich im Laufe meines Lebens mal gelitten hatte, schmerzte: Das Ohr – im Säuglingsalter hatte ich eine Mittelohrentzündung. Das Herz – in meiner Kindheit hatte ich Rheumakarditis. Alle inneren Nähte und Vernarbungen schmerzten – als junges Mädchen hatte man mir den Blinddarm rausgenommen. Der Kopf – in letzter Zeit machte sich Bluthochdruck bemerkbar.

Ich wälzte den Kopf auf dem Kissen wie im Fieberwahn. Es war ja auch ein Wahnzustand, nur daß ich alles bewußt wahrnahm und begriff.

Ich bitte die überflüssigen Details in meiner Schilderung zu entschuldigen, aber ich habe einfach niemanden, dem ich es erzählen kann. Ich hätte mich zwar mit der *anderen* Freundin austauschen können, aber die würde es der Freundin erzählen, und beide würden sich eins ins Fäustchen lachen. Der Tochter wiederum will ich meine Eheprobleme nicht aufhalsen. Schließlich ist da noch meine Mutter, aber die würde mich nur dazu bringen, wirklich aus dem Fenster zu springen. »Ich kann verstehen, daß er dich verlassen hat«, würde sie zum Beispiel sagen. »Ich verstehe nur nicht, wie er so viele Jahre mit dir leben konnte.« Als ich meine Dissertation mit Erfolg verteidigte und Mutter anrief, um ihr die freudige Nachricht mitzuteilen, fragte sie nur: »Wer hat sie denn für dich geschrieben? Wostrikow?« Sie glaubt nicht, daß ich jemals etwas Ordentliches zustande bringe. Dabei bin ich doch das Resultat ihrer Gene, ihrer Liebe und Mühen. Offenbar glaubt sie also auch nicht an sich selbst.

Tja, wo war ich stehengeblieben. . . Ich lag also in einer Art Delirium, aber bei klarem Verstand. Ich begriff, daß man mir die Vergangenheit geraubt hatte. Man hatte von meinem Lebensbaum eine Wurzel abgehackt. Genauer, sie mit kochendem Wasser verbrüht. Mein Heute war entehrt, der öffentlichen Besichtigung preisgegeben, das Morgen war mir genommen, weil sich das Künftige aus dem Jetzt zusammenbraut. Mein »Jetzt« aber sind Nähte und Narben, die brennen und schmerzen wie bei einem Soldaten nach dem Krieg. Noch dazu einem verlorenen Krieg. Wie bei einem deutschen Soldaten also.

Wie das bei den niederen Rängen ist, weiß ich nicht, Generäle jedenfalls pflegen sich nach verlorenen Schlachten nicht selten zu erschießen. Ich bin eher ein General wie ein Soldat, denn immerhin bin ich frischgebackener Doktor der biologischen Wissenschaften und Ehrenbürger der französischen Stadt N.

Die Franzosen erkoren mich dazu, weil ich bei der Gründung eines internationalen Symposiums der Biologen in N. teilnahm bzw. aktiv teilnahm, wie es so schön heißt. Das war für die Stadt schmeichelhaft, und die Biologen konnten sich auf diese Weise zusammenfinden, sich über ihr Fachgebiet austauschen und gleichzeitig Frankreich kennenlernen.

Sie fragen, wozu ich solche Ehrungen benötige? Die Antwort ist schlicht und einfach: Ich liebe meine Arbeit, mache meine Sache gut, aber das genügt mir nicht. Ich will, daß *alle* dies sehen, und mehr als das: Sie sollen es laut sagen.

Meinem Mann zum Beispiel geht Prahlsucht völlig ab. Im kleinen Kreis fühlt er sich am wohlsten. Um sich mit der Welt eins zu fühlen, reichen ihm zwei, drei nahestehende Menschen. Fünf Leute ermüden ihn schon, und mit einer ganzen Stadt wie N. könnte er überhaupt nichts anfangen, so etwas würde ihn nur verwirren. Was er macht, macht er gut, und es reicht ihm, das zu wissen. Er hat keine Komplexe, muß sich nicht selbst bestätigen.

Möchten Sie wissen, womit ich mich beruflich abgebe?

Ich schaffe künstliches Glück.

Was das ist? Folgendes: Wenn der Mensch Streß empfindet oder etwas Unangenehmes erlebt, wird das Hormon Adrenalin abgesondert. Das ist allen bekannt. Adrenalin besteht aus Aminopeptiden, Eiweiß – aber wir wollen uns nicht in Details verlieren, wir sind nicht auf einem Symposium. Weiter: Wenn der Mensch Glück empfindet, wird ebenfalls ein Hormon ins Blut abgegeben. Aber was für eins, weiß man nicht. Ich befasse mich nun damit, dieses

Glückshormon zu isolieren. Wenn seine Formel entdeckt ist, wird es möglich sein, ein analoges Hormon chemisch herzustellen, und dann wird das Glück in Form von Tabletten oder Ampullen in der Apotheke erhältlich sein, ein Rubel zwanzig die Packung. Ich werde das Präparat Albina nennen. Das Glück muß einen zärtlichen und weiblichen Namen tragen.

Eine Tablette Albina anstelle des Kugelblitzes in der Brust. Der Mann ist mit der Freundin auf und davon – na und? Bitte sehr!

Wo war ich stehengeblieben?

Ich wälze meinen Kopf auf dem Kissen, er ist schwer, dröhnt vor Schmerz. Der Kugelblitz scheint mir in der Brust steckengeblieben zu sein, ich zerfließe vor Schmerzen. Ich vergrabe mich ins Kissen und weine, aber anders als sonst. So weint man in der Kindheit, im Schlaf, in der Nacht vor der Hinrichtung. Am quälendsten ist, daß kein Ende abzusehen ist. Genauso wird es in einer Stunde, in vierundzwanzig Stunden, in einem Monat sein. Unerträglich. Ich werde es nicht durchstehen. Ein Ende setzen könnte man dem beispielsweise, indem man, statt herumzuliegen, aufsteht, ans Fenster tritt und. . .

In diesem Augenblick öffnet sich die Tür, und herein poltert wie ein demobilisierter Soldat meine Tochter Maschka Kudrjawzewa, siebzehn Jahre alt. Sie kommt – um zwei Uhr nachts – von einem Rendezvous und schickt sich an, ihrem Freier telefonisch mitzuteilen, daß sie schon zu Hause sei und keine Gefahr mehr für sie bestünde. Und daß sie ihn genauso liebe wie vor einer halben Stunde, sogar noch mehr.

Ein paar Worte zu Mascha: Ich liebte sie schon, als es sie noch gar nicht gab, das heißt lange bevor ich ihren Vater kennenlernte. Ich wußte, daß es sie eines Tages geben würde, und zwar so und nicht anders. Ehrlich gesagt, ich hatte sie mir sogar noch ein wenig unvollkommener vorgestellt, weil ich mir ebenso wie meine Mutter nichts Gescheites zutraue. Mascha ist zart, zerbrechlich, und sie duftet wie ein Maiglöckchen. Sie hat das Gesicht eines ganz kleinen Mädchens, modelliert an einem kürbisrunden Köpfchen, das auf einem stengeldünnen Hälschen sitzt. Dieses geht über in ein schlankes, hochgewachsenes, durchaus siebzehnjähriges Wesen, und alles zusammen heißt Maschka Kudrjawzewa. Sie bewegt sich nicht gerade, sondern irgendwie schräg, und ebenso weht ihr leichtes Haar schräg hinter ihr her. Wenn sie eintritt, verändert sich das Klima im Zimmer. Die Luft um sie herum ist harzig und rein wie in einem Kiefernwald nach dem Regen. Ihre Zähne sind strahlend weiß wie bei einem Filmstar. Sie weiß das und läßt dauernd ihr Lächeln erstrahlen, so daß man den Eindruck hat, ihr Gesicht einer Siebzehnjährigen sei zu schmal für dieses Lächeln.

Was die inneren Daten betrifft, so hat sie zwei kraß hervortretende Eigenschaften. Erstens den Hang zum Nichtstun. Sie bringt es fertig, den ganzen Tag absolut nichts zu machen, und das nimmt sich fabelhaft bei ihr aus. Das heißt, etwas tut sie natürlich: Sie steht am Fenster oder liegt auf dem Bett, und das ödet sie weder an, noch macht es sie krank – sie fühlt sich pudelwohl dabei.

Was mich betrifft, so war ich in ihrem Alter ständig auf Achse und erstrebte immer irgend etwas. Sie dagegen will nirgendwohin und begehrt nichts. Obwohl nicht die Ausgangsposition maßgeblich ist, sondern das Ergebnis. Ja, ich habe gestrebt und habe etwas erreicht. Ich bin frischgebackener Doktor und Ehrenbürger von N. Aber wo ist dieses N., und wo bin ich? Ich liege im Bett, ohne Vergangenheit, ohne Gegenwart, und vor mir liegt ein Alter in Einsamkeit und Siechtum. Das ist die einzige Wahrheit, die ich mir sagen kann. Ja, krank bin ich, all meine einstigen

Wehwehchen haben sich bei den Händen gefaßt und tanzen um mich herum einen einträchtigen boshaften Reigen. Ja, nichts als das Alter steht mir bevor, weil die Zeit verrinnt und nicht stehenbleibt, so daß Maschka vielleicht recht hat mit ihrem Prinzip »Eile mit Weile«.

Ihr zweiter hervorstechender Charakterzug ist die Fähigkeit, sich bis zur Selbstvergessenheit, bis ins Mark zu verlieben. Kostja war ihr vierter offizieller Verlobter. Vor ihm hatte es Mitja, Petja und Witja gegeben, eigenartigerweise endeten ihre Namen alle auf -tja. Alle vier »Tjas« wollten sie heiraten, jedesmal war sie auch dazu bereit, doch jedesmal ging ich rigoros dazwischen. Maschka war dann voller Haß auf mich und wäre bereit gewesen, mit dem Maschinengewehr loszufeuern, hätte sie eines zur Hand gehabt. Aber so weit kam es nicht, weil schon der nächste »Tja« ins Haus stand.

Weshalb ich mich einmischte? Ich will es erklären. Der erste Anwärter namens Mitja war entweder Alkoholiker oder Rauschgiftsüchtiger. Ich erinnere mich nicht genau. Vielleicht war er auch beides. Morgens nach dem Aufstehen trank er Portwein, anstatt gymnastische Übungen zu machen und seine Tasse Kaffee zu schlürfen, so daß ich befürchtete, auch meine Tochter könnte sich das angewöhnen.

Der zweite, Petja, hatte ein Leiden. Ich weiß nicht genau, was für eins, und ausdenken will ich mir nichts. Einmal im Jahr unterzog er sich in einer psychiatrischen Klinik einer Insulin-Schocktherapie, und danach fand er sich in der Welt nicht mehr zurecht. Petjas Mama unterstützte seine Freundschaft mit Mascha. Sie behauptete, Mascha habe einen wohltuenden Einfluß auf ihn. Petja hatte weißblondes Haar, das bis an die Schulterblätter reichte und das er hinten zu einem Zopf flocht. Dazu trug er ein Stirnband wie Chingachgook, Häuptling der Apachen, und wandelte mit einem Teppich auf dem Rücken durch die Stadt. Auf meine Frage, wozu er einen Teppich mit sich herumtrage, antwortete er: »Weil ich friere.« Überhaupt habe ich festgestellt, daß Verrückte sehr logisch und sogar interessant sind.

Der dritte, der um die Hand meiner Tochter anhielt, Witja, erwies sich als fünfunddreißigjähriger ausgewachsener Mann, der sich anfangs nicht einmal entscheiden konnte, wem er nun eigentlich den Hof machen sollte – ihr oder mir.

Der letzte, Kostja, erschien mir noch als der Vernünftigste von allen, er ist weder verrückt noch dem Alkohol zugetan. Er leidet an einem Magengeschwür, das ihm ein Regime auferlegt, welches sich »positive Lebensweise« nennt. Gerechterweise muß ich zugeben, daß Kostja einen sehr angenehmen Eindruck macht: Er ist gut aussehend und intelligent, aber das macht es nur noch schlimmer. Maschka ist ein zartes Maiglöckchen auf der grünen Wiese des Lebens, und zum Pflücken ist es noch zu früh, um so mehr, als Maiglöckchen jetzt unter Naturschutz stehen. Jedem, der sich nach meinem Blümchen bückt, möchte ich am liebsten die Hände abhacken und den Kopf dazu.

Das Telefon steht in meinem Zimmer, deshalb platzt sie nachts um zwei zu mir herein, setzt sich neben mein Gesicht und beginnt die Wählscheibe zu drehen. Ich bin natürlich wach, aber unter anderen Umständen hätte ich wahrscheinlich geschlafen.

Ich hebe den dröhnenden Schädel vom Kissen und frage: »Hast du eigentlich so was wie ein Gewissen?«

»Er ängstigt sich doch so um mich.« Sie begreift nicht, wie man so verständnislos sein kann.

»Wenn er sich so ängstigt, soll er dich doch nach Hause bringen!«

Begleiten, das hieße zwei Rubel fürs Taxi, einen für die

Hin-, einen für die Rückfahrt. So aber machte es nur einen Rubel, und den zahlte auch noch Maschka.

»Woher soll er denn Geld haben?« argumentiert sie. Wirklich, woher soll ein zwanzigjähriger Student Geld nehmen?

Völlig ungeniert unterhält sie sich dann in ihrer Zwitschersprache, in der ich meine eigenen Worte wiedererkenne. Mit eben diesen zärtlichen Worten habe ich sie als kleines Kind und meinen Mann zu Beginn unseres gemeinsamen Lebens bedacht. »Tju-tju-tju« hatte er diese Sprache genannt. Jetzt wandte meine Tochter sie gegenüber irgendeinem Kostja mit Magengeschwür an. Ein paarmal sagte sie »ja«. Bestimmt als Antwort auf seine Frage, ob sie ihn liebe. Dann erging sie sich in Andeutungen über ein Geschenk, das sie ihm zum Tag der Sowjetarmee gekauft hätte, und Kostja versuchte offenbar herauszubekommen, was es war. »Etwas Kariertes, Bequemes«, erklärte sie neckend.

Ich wußte, daß sie ihm ein bulgarisches Flanellhemd für sieben Rubel gekauft hatte. Ich konnte ihr Geplapper nicht mehr mit anhören und fügte hinzu: »Und es piepst.« Maschka wiederholte meine Worte prompt.

Kostja am anderen Ende der Leitung war irritiert. Maschka sah mich unzufrieden an, wußte offenbar nicht mehr, in welche Richtung sie jetzt das Gespräch lenken sollte.

»Hör auf zu quasseln«, schlug ich vor.

Maschka brachte ihren armseligen Dialog rasch zum Abschluß, verabschiedete sich und legte auf.

»Komm zu mir.«

Maschka reagierte mit freudiger Bereitwilligkeit und zog im Handumdrehen Jeans und Pullover aus. Sie streckte sich neben mir aus, im Mondlicht war ihre spitze Schulter zu sehen.

»Du weinst? Warum?«

»Ich habe mich mit meiner Freundin entzweit. Sie hat mich betrogen.«

Maschka schwieg, dachte nach. Dann fragte sie ernst: »Hast du gesehen, daß ich von meinen weißen Stiefeln einen Absatz verloren habe?«

Ich begriff zunächst nichts, dann erriet ich, daß Maschka eine Analogie zog. Wohin gibt man einen Stiefel ohne Absatz? Zur Reparatur. Wenn aber nichts mehr zu reparieren ist, schmeißt man ihn auf den Müll, vergißt ihn. Ebenso verfährt man mit einem Menschen, der uns betrogen hat. Zuerst versucht man, die Beziehungen wieder hinzubiegen. Wenn das nicht möglich ist, schmeißt man ihn auf den Müll der Erinnerung und schafft sich etwas Neues an.

»Hast du's gesehen?« fragte Maschka.

»Na und?« Ich wartete ungeduldig auf die Analogie. Mein glühend heißes Herz verlangte nach einer wie auch immer gearteten Kompresse. Aber es folgte keine Analogie. Ein Absatz war abgegangen, und neue Stiefel mußten gekauft werden. Weiter nichts.

»Ich hab nichts anzuziehen«, erklärte Maschka.

»Du hast die roten.«

»Das sind warme, und bald ist Frühling. Ich hab überhaupt keine Schuhe. Was bist du bloß für eine Mutter. . .«

»Hast du nicht gehört, was ich gesagt habe?« Ich war gekränkt.

»Was denn?«

»Über die Freundin.«

»Na und? Wozu brauchst du sie? Zerstritten habt ihr euch doch längst.«

»Haben wir nicht.«

»Warum kommt sie dann nicht mehr?«

Mir wurde plötzlich klar, daß sie mich tatsächlich seit einiger Zeit weder angerufen noch besucht hatte. Aber ich war so beschäftigt gewesen, daß ich dem keinerlei Bedeutung beigemessen hatte.

»Ist gut«, sagte ich. »Jetzt geh zu dir.«

Maschka stellte sich schlafend. Sie wollte bei mir bleiben, war zu träge herauszukriechen. Kalt war es auch, und immerhin war sie noch ein Kind.

»Geh schon, wir schlafen sonst beide nicht aus«, forderte ich sie auf. Ich versuchte, sie von der breiten Couch zu schubsen, doch sie lag steif, als wäre sie angewachsen. Schließlich gelang es mir, sie an die äußerste Kante zu schieben, doch sie stemmte sich mit dem Arm gegen den Boden, so daß ich gezwungen war, mich über sie zu beugen und den Arm mit Gewalt vom Boden zu lösen. Das Ganze endete damit, daß wir beide zu Boden stürzten. Ich kroch wieder auf die Couch zurück, und Maschka griff sich Jeans und Pullover und trollte sich in ihr Zimmer.

Ich schloß die Augen, hörte ihre Schritte, das Knarren der Tür, das Aufschlagen des umgestürzten Stuhls, der ihr im Wege gestanden hatte. Ich höre, also bin ich. Die Balgerei und die Geräusche hatten mich gleichsam vom Balkon auf die Couch zurückgebracht. Meine Vergangenheit polterte und bewegte sich durch die Zimmer, meine verflossenen siebzehn Jahre. Die gesamte Vergangenheit konnte man mir also nicht nehmen. Etwas bleibt mir trotz allem, und dieses »Etwas« ist nichts Vergängliches, sondern es hat feste Umrisse: Arme, Beine, einen Kopf, eine Stimme.

Ich schlief ein und schlief gut.

Seltsam, aber an diesem schwärzesten Tag meines Lebens schlief ich gut.

Der zweite Tag

Diesen Tag könnte man den schwarzen Freitag nennen, doch ob schwarz, grau oder rosa – es ist ein Werktag, also muß ich zur Arbeit gehen.

Ich stehe auf wie immer und mache mich zum Weg ins Labor fertig.

Zwei Probleme habe ich: Wie soll ich mich verhalten und was anziehen?

Erste Variante: Ich gebe mich optimistisch und plaudere lebensfroh und angeregt mit den Kollegen, lache sogar, natürlich an passender Stelle. Ich tue, als sei ich nicht im mindesten betrübt, mehr noch, als sei ich zufrieden und glücklich.

Zweite Variante: Ich bin traurig und niedergeschlagen. Mit meiner ganzen Erscheinung rufe ich Mitgefühl hervor. Aber unter meinen Kollegen gibt es nicht wenige Neider. Neid ist eine weit verbreitete und auf gewisse Weise sogar progressive Gefühlsregung, weil er die Gesellschaft vorantreibt. Das Städtchen N. zum Beispiel hat mir außer Ehrungen, einem Tweed-Kostüm und weißen Wildlederstiefeln eine Menge Neider beschert. Ob Mitleid oder nicht, ihre Sympathie jedenfalls bin ich los.

Die erste Variante wäre also aufgesetzt und geschmacklos, die zweite erniedrigend und ohne Perspektive. Also muß ich mir eine dritte Variante ausdenken, eine Art Zwischending zwischen der ersten und zweiten. Weder fröhlich noch traurig, sondern normal. Man müßte nur ein bißchen mehr Abstand wahren zwischen sich und dem jeweiligen Gesprächspartner. Es kommt darauf an, sich die Kollegen auf Armeslänge vom Leibe zu halten.

Das zweite Problem: was anziehen?

Ich kann in vollem Glanz erscheinen, jung und elegant,

relativ jung und relativ elegant, versteht sich, aber überzeugend genug, damit alle sagen: Wo hatte er bloß seine Augen, als er die hier gegen jene eintauschte?

Ich trete vor den Spiegel. Ich gleiche einem dürstenden Vogel, dem man das Wasser verweigert und der aussieht, als gäbe er bald seinen Geist auf. Der Mund halb geöffnet, die Augen halb geschlossen, das Innere wie mit einer Kelle leergeschöpft. Der Kopf schmerzt. Am liebsten möchte ich nicht mehr leben. Das ist etwas anderes als der Wunsch zu sterben. Einfach aus der Zeit stehlen müßte man sich. Doch das geht nicht. Ich muß zur Arbeit.

Ich setze mich vor den Spiegel und trage Make-up auf. Dafür geht viel Zeit drauf. Ich schminke mich mit französischen Kosmetika, die bei uns verkauft werden, und denke über das Beichtwesen nach. Früher ging der Mensch in die Kirche, begab sich in einen Beichtstuhl, ließ sich vor einem unvoreingenommenen, gerechten Beichtvater auf die Knie fallen wie vor einem Stellvertreter Gottes und gestand alles, reinigte seine Seele. Der Beichtvater erließ die Sünden, erteilte die notwendigen Ratschläge, und der Mensch ging gereinigt und geläutert seines Weges, nachdem er all den Ruß von seiner Seele gefegt hatte. Seelenprophylaxe.

Zu unserer Zeit haben Freunde und Bekannte die Rolle des Beichtvaters übernommen. Ich vertraue mich, sagen wir, meiner Freundin an. Am nächsten Tag erzählt sie meine Geheimnisse der *anderen* Freundin. Die *andere* Freundin wiederum ihrer Bekannten, und schon geht meine Misere von Mund zu Mund, es wird hinzugedichtet, entstellt, und so verwandelt sich das Ganze in Klatsch, der von mir selber in Umlauf gesetzt wurde. Wäre man andererseits nicht vorbehaltlos offen, wie sollte man dann seinem Herzen Luft machen? Und was hätte es dann überhaupt für einen Sinn, sich jemandem mitzuteilen?

Ich beende das Schminken und betrachte das Resultat

meiner Mühen: Ein bemalter Leichnam, würde meine Mutter sagen.

Schon auf dem Gang läuft mir eine Mitarbeiterin über den Weg, bleibt stehen und stellt ein paar Fragen zu einer Dokumentation. Ich antworte und suche dabei in ihren Augen nach einem Hintersinn. Keine Spur davon, entweder weiß sie nichts, oder ihr ist das egal. Letzteres wäre mir lieber. Gleichgültigkeit ist in der Regel nützlicher und heilsamer als Mitleid.

Aufmerksam und voller Respekt hört sie mir zu. Ich bin Wissenschaftler, und innerhalb der Institutsmauern ist allein das von Bedeutung. In einer wissenschaftlichen Institution ist die Verwirklichung der Persönlichkeit wichtiger als die der Frau. Die Mitarbeiterin steht konzentriert, diszipliniert vor mir wie beim Militär, und ich vertraue ihr fast ebenso wie mir selbst: sie würde niemals etwas durcheinanderbringen, sich nicht verspäten, nichts vergessen. Ich habe überhaupt bemerkt, daß Frauen verläßlicher sind als Männer. Jedenfalls in unserem Institut.

Dann schwenke ich zum Chef ab. Ein paar Dinge sind zu entscheiden.

Die Sekretärin fixiert mich, als habe sie die Mona Lisa vor sich und als wolle sie ergründen, weshalb die ganze Welt von dieser massigen, allem Anschein nach schwangeren, großstirnigen und brauenlosen Madonna so bezaubert ist.

Sie weiß es schon. . . denke ich und strecke in Gedanken den Arm aus, um auf Distanz zu gehen.

»Sie können Ihr Gehalt in Empfang nehmen«, sagt die Sekretärin und macht sich ans Geldzählen.

Ich stelle fest, daß die Tür zum Chef von innen verschlossen ist, also ist man dort gerade dabei, das neue Jahr zu begießen. Bei uns ist es Tradition, alle staatlichen und kirchlichen Feiertage auf diese Art zu begehen. Man trinkt also, ohne mich einzuladen. Weshalb wohl? Sicherlich, weil meine Freundin dabei ist und man uns nicht zusammentreffen lassen will. In der Regel geht sie zu allen Feten, warum nicht also auch zu dieser. Möglich, daß auch sie die Absicht hat, sich so zu geben, als sei nichts vorgefallen. Vielleicht ist auch mein Mann dabei. . . Oder beide. Warum auch nicht?

Ich fühle, wie meine innere Verfassung sich physisch bemerkbar macht und wie mir vor Anspannung die Augen hervortreten. Am liebsten möchte ich kehrtmachen, aber die Sekretärin zählt seelenruhig Kleingeld, dreiundachtzig Kopeken muß sie zusammenbekommen.

Der Chef schaut zur Tür herein, erblickt mich und zieht sich sogleich wieder zurück. Ich zwinge mich, an Ort und Stelle zu bleiben, nehme den Lohn entgegen, gehe ruhig hinaus und begebe mich in mein Labor. »Ein glückliches neues Jahr, Kollegen!«

Bis auf den heutigen Tag war das Labor für mich so etwas wie eine heilige Stätte, die Klause des Doktor Faustus, jetzt aber sehe ich, daß es einfach eine vollgestopfte Rumpelkammer ist.

Zum Arbeiten kann ich mich nicht aufraffen. Wäre gut, jetzt im Zimmer des Chefs aufzukreuzen, liebenswürdig zu lächeln, Platz zu nehmen, das Glas zu erheben, die »Jungverliebten« zu beglückwünschen, darauf einen hübschen kleinen Revolver aus der Tasche zu ziehen (ich besitze natürlich keinen, schön wär's), ihn auf meinen Mann zu richten und rücksichtsvoll zu fragen: »Wie hättest du's lieber, in den Rücken oder in die Stirn?« Und ihm dabei in die Augen blicken, das wäre die Hauptsache dabei, zu sehen, wie sie entweder umherirren oder erstarren.

Wie würde sich wohl die Freundin aufführen? Sie würde ihn entweder decken oder ihn als Deckung benutzen, je nachdem, wen sie mehr liebt: ihn oder sich.

Und weiter? Brächte ich ihn um, so wäre ihm mein Schicksal ohnehin egal. Die Freundin würde sich rasch trösten, sie gehört nicht zu denen, die sich wie Donna Anna über die Grabplatte wirft und heult. Ihr neuer Mann trüge ihr die Kartoffeln vom Markt heim, und ich landete sicherlich in den stillen Steppen Transbaikaliens, wo man Gold schürft in den Bergen. . . Sehr dumm.

Ich seufze tief, nehme mir meine Mixturen und Suspensionen vor und beginne zu arbeiten. Ich führe eine biochemische Analyse durch, was mich Überwindung kostet, doch ich zwinge mich dazu, das vorgeschriebene Tagespensum zu bewältigen. Ich kann einfach nicht anders. Ganz allmählich nimmt mich die Arbeit gefangen, und ich breche gleichsam aus der Zeit aus. Die Zeit fließt losgelöst von mir dahin. Ich fühle sie nicht mehr und mein Schmerz läßt nach. Ich existiere wie unter einer lokalen Narkose. Ich sehe alles, begreife alles, und es tut mir weh. Aber es ist ein gedämpfter Schmerz, der zu ertragen ist.

Dereinst, als ich meine Bestimmung in der Wissenschaft suchte, hatte ich ein einziges Paar Schuhe: rosa mit weißem Einsatz. Leicht zu erraten, daß es sich um Sommerschuhe handelte, ich aber trug sie auch im Winter, um fescher auszusehen. Wie viele Kilometer mußte ich auf diesen Absätzchen abklappern, bis ich meinen Weg fand! Wie oft mußte ich dann später mit Kopf, Fäusten oder unter Tränen Wände einreißen, um mir dieses Labor zu erkämpfen. Wie ein Embryo durchlief ich alle Stadien der Persönlichkeitswerdung: das Sich-selbst-Suchen, das Sich-Bestätigen, das Bestätigtwerden. Und nun, im letzten Stadium, schnappt man mir den Mann weg, jetzt habe ich die Arbeit, aber keinen Partner mehr. . . Immerhin, die Arbeit ist mir geblieben. Erst habe ich sie hinter mir hergeschleift, jetzt hat sie sich eingelaufen, und eines Tages wird sie es sein, die mich am Arm nimmt und führt. Sie wird für mich da sein, also habe ich eine Zukunft. Kein Grund, die Bemitleidenswerte zu spielen, sich klein zu machen. Das ist ebenso verwerflich wie die Selbsterhöhung.

Die Tür geht auf. Mein Aspirant Gomonow kommt herein, aus seinem Gesicht spricht Lebensüberdruß: Entweder hat er zuviel getrunken oder zu wenig geschlafen. Wahrscheinlich beides.

»Haben Sie das Kapitel gebracht?« frage ich.

»Nein. Hab's vergessen.«

»Warum sind Sie dann gekommen? Um mir das zu sagen?«

Gomonow druckst herum. Ich sehe, daß er lügt. Er hat es nicht vergessen, sondern nicht fertiggestellt. Am liebsten würde ich ihn davonjagen, aber er ist begabt und genießt einfach das Leben.

Ich betrachte ihn: das Gesicht voll Lebensüberdruß, aber das Äußere gepflegt, die Schuhe tadellos.

»Wozu stehen Sie hier herum?«

»Was soll ich denn sonst tun?«

»Nach Hause gehen und holen.«

Gomonow steht unentschlossen da, dann schiebt er sich irgendwie seitwärts hinaus. Mal sehen, was er sich einfallen läßt.

Vielleicht sollte ich *sie* umbringen. Aber nein, dann heiratet er die *andere* Freundin – zu mir kehrt er nicht zurück. . . Diese Variante taugt also auch nichts.

Ich gebe einen Tropfen auf das Glasplättchen, schiebe es unters Mikroskop und blicke in eine andere Welt. Ich finde mich so leicht in ihr zurecht wie ein Musiker in der Partitur, ein Mechaniker im Motor, ein Arzt im menschlichen Organismus.

Wieder geht die Tür auf, die Sekretärin tritt ein.

»Wir schließen«, sagt sie mir.

Ich sehe ihr ins Gesicht, das glatt und oval ist wie ein Ei, und schlußfolgere, daß die acht Arbeitsstunden verstrichen sind.

»Ist die Fete dort zu Ende?« frage ich gelassen.

»Welche Fete?« Die Sekretärin reißt ehrlich verwundert die Augen auf.

»Na, die Neujahrs. . .«

»Wo?«

»Beim Chef.«

Die Sekretärin guckt blöde, dann empfiehlt sie: »Nina, messen Sie mal Ihre Temperatur. . .«

»Nina Alexejewna!« korrigiere ich, begreife aber, daß meine erhitzte Phantasie mir das Ganze eingeflüstert hat. Weder von meinem Mann noch von der Freundin war hier eine Spur. Was sollten sie auch hier verloren haben? Höchstens mich. . .

Die Sekretärin sieht mich erwartungsvoll an, als wolle sie mit ihrem Blick das Recht auf Mitgefühl erwirken. Ich aber verwehre ihr jeden Zutritt zu meinem Herzen.

Ich decke das Mikroskop ab, schließe die Papiere im Tischfach ein, blicke auf die Uhr. Vom Freitag ist nur noch ein kleines Stück übriggeblieben, also habe ich meinen zweiten schwarzen Tag unter Arbeitsnarkose überstanden. Unter dem Schutz der Zukunft.

Samstag

Der Samstag beginnt mit Anrufen. Sie unterteilen sich in sachliche und persönliche. Die persönlichen insofern, als der Gesprächspartner entweder Bescheid weiß oder nicht. Die es wissen, teilen sich in zwei Kategorien. Die einen beschimpfen meinen Mann und nennen ihn einen Schuft, die anderen beschimpfen die Freundin und nennen sie eine Hure. Dabei interessieren sie sich dafür, ob sie jung ist, womit sie mir zu verstehen geben, daß ich es nicht mehr bin. Ich antworte, wir seien gleichaltrig, was die erstaunte Frage provoziert: »Wo hast du bloß deine Augen gehabt?«

Ist ja bekannt, wo. Am Mikroskop.

Ich hätte dem jeweiligen Gesprächspartner entweder widersprechen, sein Mitgefühl ablehnen oder aber das Mitleid akzeptieren und zugeben können, daß ich weder essen noch schlafen noch einen vernünftigen Gedanken fassen kann. Ich tue aber weder das eine noch das andere. Ich wähle Kutusows Taktik nach der Schlacht von Borodino. Als Napoleon erwachte, und weiterkämpfen wollte – genaugenommen hatte er dies schon am Vorabend beschlossen –, sah er, daß niemand mehr da war. Es gab keinen Gegner. Kutusow hatte seine Truppen antreten lassen, noch bevor Napoleon erwachte, und sie vom Schlachtfeld abgezogen, und zwar in unbekannte Richtung (für Napoleon unbekannt, natürlich).

Der Korse hatte daraufhin mit den Schultern gezuckt und war auf Moskau marschiert. Nach der Einnahme der Stadt erwartete er gemäß der herrschenden Etikette die Parlamentäre (vielleicht hießen sie auch anders). Die Besiegten hätten den Siegern, wie es sich gehörte, Achtung bezeigen, vielleicht sogar einen Ball veranstalten müssen. Nichts dergleichen geschah, keinerlei Parlamentäre, keinerlei Bälle. Statt dessen brannte Moskau, es gab nichts zu essen, doch die Weinkeller standen weit offen. Das Heer ließ sich vollaufen. Napoleon bot dem Zaren großzügig Waffenstillstand an, doch der Zar lehnte ab, und zwar in höchst ungehobelter Form. Frieden schloß er nicht, zu kämpfen machte er auch keine Anstalten – völlig unbegreiflich. Währenddessen brannte Moskau weiter, die Soldaten tranken, die einbrechende Kälte tat ein übriges.

Höchste Zeit heimzukehren, aber bis nach Hause war es weit. Womit das Ganze für die Franzosen endete, brauche ich nicht zu erzählen. Das lernt man in der Schule.

Ich wähle also Kutusows Taktik. Ich rolle meine Fahnen ein und berufe meine Soldaten ab. Die Anrufer kommen einfach nicht auf ihre Kosten.

»Weißt du schon, daß Slawka dich sitzengelassen hat wegen irgendeiner Schlampe?« schreit meine Schulfreundin von einem Stadtende zum anderen.

»Du glaubst doch nicht etwa, daß du es weißt und ich nicht?« Ich tue erstaunt.

»Ich hab mich in ihm getäuscht!« schreit die Schulfreundin und schickt sich zu weinen an. »Hätte ich nie von ihm erwartet! Er war auch ein Stück meines Lebens. . .«

Ich schweige. Wer sie hört, könnte meinen, er habe sie und nicht mich sitzenlassen.

»Ist er denn völlig übergeschnappt?«

»Wieso?«

»Na, kann man sie denn mit dir vergleichen?«

Zweifellos kann man das. Objektiv betrachtet bin ich besser. Aber für *ihn* ist *sie* es. Weil sie ihm mehr geben kann. Und mehr von ihm empfangen kann. Ich dagegen kann weder das eine noch das andere.

»Was macht die Renovierung?« frage ich.

»Bis jetzt konnte ich keinen Tischler auftreiben!« Die Schulfreundin schaltet augenblicklich um. »Es ist widerwärtig, niemand will arbeiten! Auch Geld braucht offenbar keiner, höchstens zwei Rubel für Portwein. Stell dir vor, drei Monate lang kann ich keinen Menschen finden, der mir eine Stange in den Einbauschrank einsetzt.«

»Wofür denn eine Stange?«

»Um den Mantel aufzuhängen! Ich kann nicht einziehen, solange ich den Mantel nirgends aufhängen kann. Wann sehen wir uns?«

»Wann du willst.«

»Also am Wochenende.«

Wir verabreden uns immer, treffen uns aber nie. Offenbar hat sich meine Vergangenheit wie eine Erdschicht gesenkt, und auf der Oberfläche vollzieht sich ein anderes Leben. Auch die Stimme meiner Schulfreundin klingt, als käme sie unter der Erde hervor, vielleicht schreit sie nur deshalb so, um oben verstanden zu werden.

»Ich glaube an dich!« schreit sie. »Du bist stark!«

Das stimmt. Ich lege den Hörer auf, da schrillt es schon wieder unter der Hand hervor. Diesmal ist es ein Arzt. Nicht meiner, sondern einfach ein Arzt. Wir verbringen jedes Jahr gemeinsam mit unseren Familien die Ferien am Meer und sind alle sechsundzwanzig Urlaubstage unzertrennlich. In Moskau verkehren wir nicht miteinander. Wenn wir uns dann nach einem Jahr wieder treffen, haben wir das Gefühl, als hätten wir uns nie getrennt.

»Hasse ihn!« empfiehlt er. Also weiß er's.

»Warum?«

»Die Energie des Hasses hilft sehr.«

»Schreib mir ein Rezept aus«, bitte ich.

»Wofür?«

»Für den Haß, wofür denn sonst. . .«

Er überlegt, dann schlägt er vor: »Wollen wir zusammen Mittag essen gehen?«

Ich habe seit dem Morgen nichts zu mir genommen, im Grunde esse ich schon den dritten Tag nichts.

»Ich kann nicht. Ich kriege nichts runter.«

»Vielleicht solltest du dich mal auf Station begeben?«

»Auf was für eine, in die Klapsmühle?«

»Da wirst du enthemmt. Am besten, du wechselst die Umgebung. Fahr irgendwohin.«

Kitty fährt ins Ausland, als Wronski sie wegen Anna Karenina aufgibt. Zweifelsohne ist eine Auslandsreise besser als die Klapsmühle.

»Ich überleg's mir«, verspreche ich.

»Tu das. Ich muß Schluß machen, ich hab's eilig, ein Patient liegt bei mir im OP.«

Ein starkes Stück. Hat einen Patienten im OP und schwätzt alles mögliche daher. Da soll man Ärzten noch vertrauen.

Ich lege auf und denke über die Haß-These nach.

Wahrscheinlich hält die Energie des Hasses aufrecht wie jede Energie. Aber ich liebe ihn jetzt wie nie zuvor, genauer: wie am Anfang. Als wir zusammen durch den Wald gingen und vor uns ein Teich schimmerte. Über uns flog ein Krähenschwarm auf und verursachte ein Geräusch, als flüchteten die Vögel über die Kronen der Bäume hinweg. Er blieb stehen und küßte mich. Seine Lippen waren kalt. Wenn er mich heftig begehrte, hatte er kalte Lippen.

Ich stellte sie mir zusammen vor. Sie trägt das Haar zurückgekämmt, ihr Kopf läßt sich bequem streicheln. Er tut es und drückt das Haar kräftig mit der Hand an. Das ist seine Art. So streichelte er mich, seine Tochter und unseren Hund Filka. Dabei ziehen sich Filkas Lider zurück, die Augäpfel werden entblößt und wirken wie verdreht. So sehen Augen auf Fotos aus, die man auf den Kopf stellt.

Vielleicht sollte man sich wirklich in die Klapsmühle begeben. Früher hieß diese Einrichtung »Kummerhaus«. Man würde mir einen flauschigen Morgenrock aushändigen, und ich würde umherschlendern, entpersönlicht, inmitten ebensolcher Berockter. Dort grämen sich alle, und ich wäre einer unter vielen.

Um die Mittagszeit ruft die *andere* Freundin an. Sieh an, sie hat lange ausgehalten.

»Wie geht's?« fragt sie. Sie will hören, wie ich mich vor

Gram krümme, um sogleich zur Freundin zu rennen und es ihr brühwarm zu erzählen. So etwas ist interessanter als ein Theaterstück, man selbst ist Dramaturg, Schauspieler und Regisseur und nicht nur passiver Zuschauer.

»Was meinst du?« Ich stelle mich dumm.

»Na, überhaupt. . .«, die *andere* Freundin druckst herum.

»Indira Gandhi ist in Moskau eingetroffen«, sage ich. »Sie ähnelt dem Vater.«

»Welchem Vater?«

»Ihrem. Jawaharlal Nehru.«

»Ah. . . Weswegen ist die denn hier?«

»In Staatsangelegenheiten. Und vor einer Stunde hat die Raumfähre ein Kopplungsmanöver durchgeführt.«

»Wo denn?«

»Im Kosmos.«

»Und woher weißt du das?«

»Habe ich in der Zeitung gelesen. Abonnierst du keine?«

Doch die *andere* Freundin interessiert nicht, was in der Welt und im Kosmos passiert, sondern unmittelbar bei mir zu Hause.

»Wie geht's dir so?« fragt sie erneut.

»Was willst du denn wissen?« Ich stelle mich dumm.

»Nur so. . . im allgemeinen.«

»Im allgemeinen«, sage ich, »ist es unbequem, mit einem Hintern auf zwei Marktplätzen zugleich zu sitzen, auch wenn er so groß ist wie deiner.«

»Bist du etwa gekränkt?«

»Nein. Wieso denn. . .«

Ich lege auf und stelle mir die Verwirrung der *anderen* Freundin vor und ihren Ärger. »Unglückliche Hundesöhne« habe ich unlängst gelesen. Ich erinnere mich nicht, bei wem und wo. Und so sind wir alle: unglückliche Hundejunge – Söhne und Töchter. Wir selbst sind an allem schuld, wir verdienen kein Mitleid und haben es dennoch so nötig.

Gegen Abend ruft Gomonow an und lädt mich zum Konzert eines berühmten Sängers ein. Er sollte sich besser hinsetzen und das Kapitel schreiben. Gewöhnlich nehme ich weder kleine noch große Gefälligkeiten an. Wenn ich aber zu Hause bleibe, komme ich ins Grübeln, und das darf ich nicht. Ebensowenig wie ein Erfrierender schlafen darf.

Aus dem Nachbarzimmer dringt Maschas und Kostjas Lachen herüber. Genauer: Wiehern! Mit so aktiver Freude können nur sehr junge und sehr gesunde Organismen auf die Umwelt reagieren.

Der Schlagerjüngling auf der Bühne singt und bewegt sich. Seine Beine stehen keinen Augenblick still. Diese Manier hat der Neger aus »Boney M.« bei uns eingeführt. Unserer steht ihm in nichts nach: kraushaarig, in weißem Atlas, eine flatternde Bluse, zuckend, als stünde er unter Starkstrom.

Ich sehe ihn mit gedankenlos starren Augen an wie ein tiefgefrorener Barsch. Ich kann nicht behaupten, daß es mir nicht gefällt. Meine Nerven sind außer Funktion. Wenn jetzt ein Lüster auf mich niedersauste, ich würde mich nicht vom Platz rühren.

Der Sänger hat sein Lied beendet. Die vor mir sitzenden Mädchen klatschen los, kreischen. Eines von ihnen läuft mit einem Blumenstrauß nach vorn. Ich mutmaße, daß es sich bei den Jugendlichen um »Syrichi« handelt. Dieses Wort entstand in den fünfziger Jahren, in Lemeschews Glanzzeit. Die weiblichen Fans standen damals im klirrenden Frost unter seinen Fenstern und gingen sich von Zeit zu Zeit im Geschäft »Syr«* in der Gorki-Straße aufwär-

* russ. Käse

men. »Syrichi« hat den Beigeschmack von dumm, von der Gesellschaft verachtet, dafür aber auch von jung und begeisterungsfähig.

Ich habe schon seit langem bemerkt, daß die Natur nach dem Prinzip »dafür« eingerichtet ist. Häßlich, dafür klug – und ist jemand klug und schön, so trinkt er dafür. Ein anderer ist klug und schön und Nichttrinker, hat aber dafür kein Glück im Leben. Jedes Schicksal gleicht einem Jubiläumsrubel: Es hat eine entsprechende Kehrseite.

Der erste Teil ist zuende. Gomonow und ich suchen das Foyer auf. Er steht neben mir, unschön, elegant wie Baron Tusenbach in Zivil. Er blickt mürrisch drein, weil er das Kapitel nicht geschrieben und keine Ausrede parat hat.

Zufällig stoße ich auf mein Spiegelbild und erkenne mich kaum wieder. Etwas Wesentliches hat sich verändert. Früher gingen von mir Zuversicht und Vertrauen aus. Ich war überzeugt, daß alle mich liebten, daran war ich von kleinauf gewöhnt. In der Familie wurde ich geliebt, weil ich die Jüngste war, in der Schule, weil ich begabt und gewissenhaft war. Unsere Klassenlehrerin betrat die Klasse mit den Worten: »Ihr seid durch die Bank Faulenzer und Liederjane. Einzig die Perepelizyna ist wie ein Stern im Nebel!« Damit war ich gemeint. Auch im Institut hatte man mich gern, als Lehrkraft. N. Wostrikow hatte mich so lange hoffnungslos und vergeblich geliebt, bis sein Gefühl in Haß umschlug, ich aber hatte weder die Liebe noch den Haß wahrgenommen. Wie meine Mutter zu sagen pflegte: »Die Alte zürnte der Stadt, und die Stadt wußte es nicht einmal.« Ich war es gewohnt, die Allerschönste, Allerklügste, die Aller-Aller. . . zu sein. Nun aber waren Zuversicht, Vertrauen und das Gefühl des Über-allen-Stehens aus meinen Zügen gewichen. Sie wirkten verloren und stumpf.

»Sie überlegen wahrscheinlich, weshalb ich Sie eingeladen habe?«

»Nein, ich überlege nicht, Sie hatten einfach eine Karte übrig und außerdem einen freien Abend.«

»Nein, so einfach ist es nicht«, Gomonow widersprach ernsthaft. »Ich möchte mich über etwas sehr Wichtiges mit Ihnen unterhalten.«

Will er mir etwa einen Antrag machen?

»Nina Alexejewna, ich möchte von Ihnen wissen: Steh ich beruflich am richtigen Platz?«

»Aber Sie schreiben doch schon die Dissertation. . .«, entgegnete ich erstaunt.

Gomows Dissertation ähnelte Maschas Zimmer – chaotisch, liederlich, aber man hatte das Gefühl, als ob durch ein kaputtes Fenster ein sommerlicher Pilzregen strömte.

»Na und? Alle schreiben«, räumte Gomonow resigniert ein. »Aber vielleicht bin ich unbegabt. . .«

»Wer hat Ihnen das gesagt?« – »Wostrikow.«

»Hat er sich so ausgedrückt?« frage ich ungläubig.

»Er hat es anders formuliert, aber er meinte es so. . .«

Diese Methode nennt man »Ersäuf die Kätzchen, solange sie noch blind sind«. Wostrikow fürchtet bewußt oder unbewußt Konkurrenz. Ich kann zwar nicht behaupten, Wostrikow selbst sei der Unbegabteste von allen, ein Ausbund an Talentlosigkeit; alle seine Aufsätze waren geleckt und zurechtgestutzt, aber es gab weder Regen noch Sonne in ihnen, kein Platz zum Atmen.

»Warum glauben Sie das? Sie müssen doch selber eine Meinung dazu haben«, meinte ich diplomatisch.

»Eben nicht.« Gomonow riß die Augen auf. »Ich kann mich selbst nicht einschätzen.«

Ich habe seit langem die Feststellung gemacht, daß talentierte Menschen nichts von sich selbst verstehen.

»Sie haben recht«, sagte ich. »Schreiben tun alle, Sie aber sind ein echter Wissenschaftler. Ihre Fehler sind für mich wertvoller als Wostrikows Erfolge.«

Gomonow blickt zu mir auf wie eine »Syricha« zu Lemeschew. Er sieht in mir nicht nur mich, sondern auch die Bestätigung seiner selbst. In letzter Zeit hat er den Glauben an sich selbst verloren, daher der verbitterte Ausdruck in seinem Gesicht. Der Verlust des eigenen Ich aber ist genauso quälend wie der Verlust eines anderen Menschen, zum Beispiel des Lebensgefährten. Ich habe Gomonow sich selbst zurückgegeben, seine Augen erstrahlen langsam wie ein Lüster über einem Saal. Man kann direkt zusehen, wie er gleich dem Aschenputtel nach dem Erscheinen der Fee hübscher wird.

»Danke. . .« Er drückt meine Hand.

Der zweite Teil beginnt. Der Sänger betritt die Bühne und singt das »Rondo« von Mozart.

Das Rondo ist ein ausgesprochenes Klavierwerk, und daß es nun gesanglich interpretiert wird, hat etwas Überraschendes, etwas Abenteuerlich-Erfrischendes, ähnlich wie Gomonows Dissertation. Der Sänger hat Mozart leicht auf modern getrimmt, aber das erschlägt ihn nicht, sondern läßt ihn im Gegenteil hervortreten. Ich empfinde fast greifbar Mozarts Genialität.

Ich denke daran, daß er jung, noch vor seinem vierzigsten Lebensjahr, starb und man ihn in einem Massengrab für arme Leute begraben hat. Mozart war ein Genie, dafür starb er jung.

Die Geschichte seines Requiems, das er im Vorgefühl des Todes schrieb, ist bekannt. Er war jung und noch nicht reif für den Tod. Zusammen mit seinem Cembalo trauerte und litt er – ebenso wie ich in den letzten drei Tagen. Vielleicht nicht genauso, anders. . . Obwohl, warum eigentlich anders? Freud und Leid äußern sich bei allen Menschen gleich. Also bin ich nicht allein.

Ich habe eine Besonderheit: Ich liebe mein Leben nicht. Möglich, daß das mit meinem Sternbild zusammenhängt

– der Skorpion, der sich selbst auffrißt. Auch ich fresse etwas auf: meine halbverwaiste Kindheit, meine schlecht gekleidete und erniedrigende Jugend, und nun meine geschändeten reifen Jahre. . . Jetzt aber, in diesem Augenblick, erscheint mir das Leben erhaben und sinnvoll. Besser Opfer als Henker.

Das Konzert ist gegen halb elf zu Ende. Bis zum Ende des Samstags bleiben anderthalb Stunden. Wenn bis dahin nichts passiert, habe ich ihn überstanden.

Was hat mich über den Tag gebracht?

1. Kutusows Taktik.

2. Gomonow. Ich habe ihn auf seinen Schicksalsweg geschickt. »Mach dich zum Sterben bereit, aber säe Korn«, würde meine Mutter sagen.

3. Mozart. Das Einbezogensein in die große Energie des Leidens. Wenn *solche* Menschen gelitten haben, warum soll es mir dann anders ergehen?

Als ich zu Hause ankomme, schläft Maschka bereits mit leicht geöffneten Lippen und dem Ausdruck eines Umschuldslamms.

Sonntag

Ich sitze auf dem Sofa und starre auf einen Punkt vor mir. An diesem Punkt ist nichts Interessantes, ich bin einfach zu träge, meine Augäpfel auf ein anderes Objekt zu richten. »Distreß« sagt man dazu. Aus ihm heraus führen zwei Wege: einer auf den Balkon, vom Balkon auf die Erde mit der Beschleunigung eines frei fallenden Körpers. Der andere Weg führt in die entgegengesetzte Richtung, vom Distreß zum normalen Streß, vom Streß zur schlechten

Stimmung, von der schlechten zur ausgeglichenen und von der ausgeglichenen zur guten.

Den ersten Weg kann ich selbst beschreiten, den zweiten nicht. Dazu müßte jemand kommen, mich an der Hand nehmen und durch das Leid hindurch zur Freude führen.

Aber wer kann mich herausführen: Der Mann? Die Freundin? Die *andere* Freundin? Maschka und Kostja?

Es klingelt. Ich lenke den Blick vom Boden zum Telefon. Das Telefon schweigt. Da begreife ich, daß man an der Tür klingelt.

Ich erhebe mich, gehe zur Tür und öffne sie.

Vor mir steht meine Nachbarin, die ich »Belladonna« nenne, schöne Frau.

Belladonna arbeitet im Handel, wiegt hundertvierzig Kilo und ähnelt einem drallen, aufgeblasenen Säugling. Dick und romantisch. »Verträumtes Trampeltier« nannte sie mein Mann.

Unsere Beziehungen gründen sich darauf, daß ich ihr manchmal morgens eine Gurke oder einen Kohlkopf gebe, je nachdem, was ich im Hause habe. Manchmal setze ich ihr ein Frühstück vor, und sie freut sich wie ein Kind, weil sie seit vielen Jahren nicht mehr richtig ißt, sondern nur noch Häppchen zu sich nimmt.

Zur Zeit ist sie krank geschrieben, Bluthochdruck. Sie sitzt in der Einsamkeit und kuriert sich mit Kognak. Allein ist es ihr langweilig, und so lädt sie mich zu einem Gläschen ein.

Wenn es mir schlecht geht oder wenn es mir so scheint, brauche ich bloß zu Belladonna zu gehen, um binnen zehn Minuten zu begreifen, daß ich eigentlich gut lebe. Sie stellt scheinbar jene Linie dar, jenseits derer man schon nicht mehr stürzen kann, weil da nichts mehr ist.

Belladonna nimmt mich beim Arm und führt mich in ihre Wohnung hinüber, die unaufgeräumt ist und einem Fundbüro ähnelt.

Der Farbfernseher ist eingeschaltet. Es läuft die Wiederholung der gestrigen Sendung. Ich setze mich in den Sessel und sehe zu.

Auf dem Tisch stehen eine Flasche Kognak, eine Halbliterdose mit schwarzem Kaviar, ein leeres Glas, Belladonna holt ein zweites Glas, wischt es mit dem Finger aus und schenkt Kognak ein.

»Trink!« befiehlt sie.

»Laß mich!« antworte ich kurz. Ich bin im Ton nicht wählerisch, sonst macht sie mit einem, was sie will.

Die Sendung handelt von der letzten Lebensperiode Puschkins. Ein Literaturwissenschaftler verliest Briefe und Dokumente.

»Er sieht gut aus«, bemerkt Belladonna.

Ich sehe ihn an und stelle fest, daß er wahrhaftig besser aussieht als in den vorherigen Sendungen. Er trägt jetzt Lermontows Gedicht »Auf den Tod des Dichters« vor. Seit meiner Schulzeit habe ich diese Verse nicht mehr gehört. Nun, nach zwanzig Jahren, begreife ich, daß sie mit der Energie des Hasses und der Energie des Leidens geschrieben worden sind.

Belladonna bedeckt das Gesicht mit der Hand und fängt hemmungslos zu heulen an.

»Sei still!« befehle ich.

Belladonna hört sofort auf und schnieft nur noch ein paarmal.

»Trinken wir auf Lermontow«, schlägt sie kläglich vor und blickt mich schief an.

»Laß das!«

Belladonna zuckt mit den Schultern. Sie versteht nicht, daß jemand nicht trinken will, wenn er die Möglichkeit hat.

»Aber ein Gläschen. . .«, beharrt sie schüchtern.

»Ich gehe sofort!«

Belladonna gibt auf. Am meisten fürchtet sie, allein zu

bleiben mit ihrem Drama. Ja, auch sie hat ihr Drama, nur ein ganz anders geartetes. Sie hatte einen jungen Mann namens Tolik geliebt, der aber hatte sich mit jemandem geprügelt und dafür fünf Jahre bekommen (wie sehr muß man sich wohl schlagen, um so lange eingebuchtet zu werden!). Belladonna hatte ihr ganzes Herz, ihre ganze Zeit, ihr ganzes Geld darauf verwendet, seine vorzeitige Entlassung zu erwirken, und hatte dies auch erreicht. Er erschien bei ihr – oh, lang ersehnte Stunde! – und stahl ihr einen Brillantring!

Ich kreuzte damals bei ihr auf, als ihr Ideal zusammenbrach. Ich brauchte gerade etwas, Salz oder Streichhölzer, und klingelte an ihrer Tür. Sie öffnete mir, nüchtern und verwirrt, in einem kniekurzen Bademantel. Ihre Knie waren rund wie Tjubetejkas*.

Im Zimmer saß verstört Tolik. Er hatte himmelblaue Augen, klar wie Fayence.

»Stell dir vor«, sagte Belladonna fassungslos, »er hat meinen Ring gestohlen. . . Eben noch hat er hier gelegen, und nun – weg ist er!«

Tolik schielte in meine Richtung. Es war ihm unangenehm, daß er vor Fremden in so unvorteilhaftes Licht gestellt wurde.

Ich wußte nicht, was ich sagen und wie ich überhaupt auf solche Situation reagieren sollte. Teure Ringe hatte ich nie, moralisch derart verkommene Bekannte ebensowenig. Ich vermutete, daß der Ring nicht die letzte Habe der Belladonna war und daß es für sie nicht schwierig sein würde, den Verlust zu ersetzen. Daher entschloß ich mich, das Ganze scherzhaft abzutun.

»Für junge Männer muß man zahlen!« sagte ich.

Toliks Augen blitzten auf. Offenbar war er derselben

* buntes Käppchen der Usbeken

Auffassung wie ich, scheute sich aber, dies auszusprechen. Er lebte merklich auf und sah mit Adlerblick zuerst mich, dann Belladonna an, voller Erwartung, was sie sagen würde.

»Wenn er mich darum gebeten hätte . . .«, überlegte Belladonna, »aber warum hat er eigenmächtig . . .«

»Von dir etwas erbitten . . .«, sagte ich ungläubig.

Tolik nickte zu meiner Vermutung, und ich begriff, daß ich seine Gedanken las. Er dachte genauso wie ich, und wenn zwei derselben Auffassung sind, haben sie doppelt recht.

»Wie denn das. . .?« Belladonna war fassungslos.

Ihr tat es nicht sehr um den Ring leid wie um den Verlust des romantischen Traums. Der Traum war kompromittiert, und Belladonna stand da wie eine riesige Puppe mit ausgebreiteten Armen.

Ich nahm die Streichhölzer und ging, ohne erfahren zu haben, was bei der Geschichte herauskam.

Sicherlich nichts. Tolik hatte keine Belladonna mehr, dafür den Ring. Belladonna blieb ohne Ring, ohne Tolik und ohne Traum.

Nach einiger Zeit, vielleicht einem halben Jahr, traf ich sie nachts vor dem Haus. Ich kam vom Labor und Belladonna wer weiß woher. Ich war, was sie betraf, nicht auf dem laufenden. Sie entstieg einem Taxi, besser, wälzte sich heraus, und stand mitten auf dem Hof, wo sie die frische Winterluft einsog, die vom frischgefallenen Schnee nach Melone duftete. Der Schnee fiel in großen Flocken. Am dunklen Himmel zogen die Wolken rasch unter dem Mond dahin, und es schien, als glitte der Mond so schnell dahin. Belladonna hob das Gesicht zum Himmel. Ich nahm an, daß sie sich nun laut beklagen würde. Es ging über ihre Kraft, den schweren Körper und das leere Herz ohne Ideale zu tragen. Und das Herz war es müde, das vom

Kognak schwer gewordene Blut zu pumpen. Die Welt würde jetzt Worte der Einsicht und Reue zu hören bekommen, und ich wäre Zeuge dieses heiligen Augenblicks. Doch Belladonna seufzte schallend und sagte plötzlich: »Wie schön es ist zu leben. . .«

Die Fuchspelzmütze saß auf ihrem Kopf wie ein groteskes Tier.

Das Fernsehprogramm ist zu Ende. Wir starren die kahle Bildröhre an.

»Trink doch wenigstens ein halbes Gläschen! Symbolisch. . .«

Sie hebt das Glas an mein Gesicht und stopft mir einen Löffel Kaviar in den Mund.

Der Kaviar ist fade und riecht nach Tran. Ich erhebe mich, gehe in die Küche und spucke aus.

»Ja, er schmeckt nicht«, sagt Belladonna mitfühlend. »Er ist ungesalzen, direkt vom Fisch.«

»Wieso das?«

»Geklaut«, erläutert Belladonna schlicht und fügt übergangslos hinzu: »Aber du gefällst mir. Du bist eine Frau mit Verstand. Auch dein Mann gefällt mir. Ein hochanständiger, zuverlässiger Mensch. Und deine Tochter ist hübsch. Überhaupt, eine gute Familie. . . Wohin willst du?«

Sie sieht, daß ich gehen will und schließt die Wohnungstür zu. Ich fingere hilflos an den unzähligen Sicherheitsschlössern herum, etwas wie Klaustrophobie, Furcht vor der Enge des geschlossenen Raums, ergreift von mir Besitz. Mir ist, als müßte ich ersticken, wenn ich hier nicht herauskäme. Belladonna steht neben mir – jetzt findet sie mich gar nicht mehr klug und hübsch, ganz im Gegenteil.

»Du bist widerwärtig«, verkündet sie. »Auch dein Mann

ist widerwärtig, wie ein Stör. Und deine Tochter ist eine freche Göre, sie grüßt mich nie. . .«

Belladonna kann mich weder mit Kognak halten, noch mit Schmeicheleien und Schlössern. Ich stoße mich von ihr ab wie artfremdes Gewebe, und Belladonna tröstet sich damit, daß der Verlust nicht allzu groß ist.

Endlich habe ich alle Schlösser geöffnet und springe, beinahe glücklich, in den Treppenflur hinaus. Ich habe eigenständig, genauer, mit Belladonnas Hilfe, den Weg vom Distreß zum Glück zurückgelegt, unter Umgehung aller Zwischenstationen. Ich betrete meine Wohnung, in der es kein überflüssiges Möbel, keinen gestohlenen Kaviar, weder Toliks noch Brillantringe gibt. Ich trete ein und denke: wie schön es ist zu leben. . .

Montag

Ich erwache davon, daß der Köter Karaj mit der Kette klirrt. Er bellt nicht. Das Bellen hat man dem Armen verboten, Bewegung kann man ihm aber nicht untersagen, und so läuft Karaj hin und her und schleift die schwere, meterlange Kette mit.

Sie denken wahrscheinlich, ich sei schon in der Klapsmühle und hätte Halluzinationen, doch nichts dergleichen. Am Sonntag nachmittag hat mich eine zufällige Freundin aus Samarkand angerufen und mir erklärt, es gehe ihr ziemlich dreckig und sie benötige meinen Rat. Der Anruf kam unerwartet, aber mir schien, als hätte da jemand seine Hand im Spiel.

Ich riß mich von meiner Wohnung los und stieg fünf Stunden später in Samarkand aus dem Flugzeug.

Der Flughafen bot das typische Bild einer südlichen Stadt, nur dominierten hier nicht Tellermützen wie in Sotschi, sondern Tjubetejkas. Lia (so heißt meine zufällige Freundin) kam mich abholen, ich sah schon von weitem, wie sie in der Menge nach mir Ausschau hielt.

Ein kleiner Exkurs in dic Vergangenheit: Wir hatten uns vor Jahren im Krankenhaus kennengelernt, in das wir mit akuter Blinddarmentzündung eingeliefert worden waren. Wir lagen nebeneinander, standen zur selben Zeit auf, machten gemeinsam die ersten Schritte, aßen gemeinsam und redeten, redeten, redeten. . . Schon nach einer Stunde wurde offenbar, daß unsere Seelen identisch waren wie bei eineiigen Zwillingen. Genauer gesagt: Wir haben eine Seele, die geteilt ist – ein Teil ist in mir, der andere in dem östlichen Mädchen, Studentin an der Schauspielschule. Der einzige Unterschied zwischen uns beiden bestand darin, daß sie von der Duse schwärmte, ich hingegen keine Vorstellung von ihr hatte. In allem übrigen stimmten wir überein und staunten an jedem dieser sieben Tage aufs neue über diese Erkenntnis.

Ich erwache also, hülle mich in den wattierten Tschopan* und gehe auf den Hof hinaus.

Wie wunderbar ist es, vom Zimmer aus direkt ins Freie zu treten! In Moskau kann ich vom Zimmer aus auf den Balkon treten und von der neunten Etage die Gegend betrachten. Manchmal habe ich dabei das Gefühl, jeden Augenblick könne sich mir jemand von hinten nähern und mich hinunterstoßen. Ich durchlebe den Schrecken des kurzen Kampfes, den Schrecken des Sturzes – von dem des Aufpralls gar nicht zu reden. Ein Psychiater hat mir mal erklärt, daß es dafür einen speziellen psychologischen

* mittelasiatischer Mantel

Terminus gibt und daß dieses Gefühl nichts Pathologisches an sich hat. Pathologisch – das heißt unnormal – sei es für den Menschen, in der neunten Etage zu wohnen, fast dreißig Meter über der Erde.

Hier nun, in Samarkand, sind Haus und Garten durch eine hohe Mauer von der Straße getrennt. Auf der Mauer, direkt über der Hundehütte, sitzt eine Katze und betrachtet gelassen und entrückt wie ein buddhistischer Mönch diese Welt.

Die Katze blickt zum hellblauen, weiten Himmel auf. Ich tue es ihr nach und mir scheint, als sei der Himmel hier höher als in Moskau. Nun läßt die Katze ihren Blick weiter zu den Baumwipfeln schweifen. Die Zweige sind noch kahl, aber mir ist, als könnten sie jeden Augenblick Knospen treiben und zarte Blüten hervorbringen: weiße, rosa, zart-fliederfarbene. Die Katze sieht sich an den Bäumen satt und mustert mich, diese Fremde im usbekischen Tschopan.

Karaj steht mit erhobenem Kopf da und starrt unentwegt die Katze an. Seine Beinmuskeln straffen sich, dann macht er einen Satz und schnellt wie ein lebendes Geschoß in die Höhe, getrieben von jenem Haß, der sich in Jahrhunderten bei seinen Artgenossen angesammelt hat. . . Die Kette indes erweist sich um zwanzig Zentimeter zu kurz, und diese zwanzig Zentimeter entscheiden die Sache und holen Karaj zur Hütte zurück, wobei es ihm fast den Kopf abreißt. Karaj rast, protestiert wütend, schnappt nach Luft. Die Katze aber erhebt sich faul und stolziert mit angeekelter Miene die Mauer entlang. Sie wäre auch weiterhin sitzengeblieben, ihr ist es schnurz, was dort unten vor sich geht, aber so viel Lärm, so viel feindliche Gesinnung stören sie bei der Betrachtung der Welt.

Aus dem Haus trippelt die einjährige Diana, Lias Tochter. Sie hat schwarze Keramikaugen und so lange, geschwungene Wimpern, als seien sie in einer Kosmetikfabrik hergestellt.

»Wau!« Sie stößt ihren Puppenfinger in Richtung Karaj.

Von der Katze ist nichts mehr zu sehen, doch noch immer japst Karaj vor ohnmächtiger Wut, die er loswerden muß.

Aus dem Haus kommt Lia gelaufen. Sie trägt ein Duse-Kleid, das natürlich nicht von der Duse selbst stammt. Lia hat es sich nach einem Foto geschneidert. Sie sieht darin romantisch und altmodisch aus, mit einer großen Kamee-Brosche unterhalb des hohen Kragens.

»Still!« ruft sie Karaj scherzhaft-drohend zu, dann nimmt sie Diana auf den Arm und überschüttet sie so heftig mit Küssen, als wolle ihr jemand die Kleine für immer wegnehmen.

»Sie wäre mir beinahe gestorben«, teilt sie mir mit, als der Anfall mütterlicher Liebe abgeflaut ist. »Vom Penicillin sind bei ihr im Darm Pilze gewachsen.«

»Wie schrecklich. . .«

Diana blickt mich von der Höhe der mütterlichen Arme hochmütig an.

»Hör mal, unsere Mütter haben uns großgezogen. . . Wieviel Zeit sie wohl darauf verwandt haben. . . Ob sie sich auch so verausgabt haben?«

»Sicherlich. Was denn sonst.«

»Dann haben wir kein Anrecht auf unser Leben.«

»Wie das?« Ich begreife nicht.

»Nun, ich wende soviel Kraft für Diana auf, befasse mich nur mit ihr, also ist sie mein Eigentum. Ich wiederum gehöre meiner Mutter, und wenn ich mich zum Beispiel umbringen will, vergreife ich mich folglich an fremdem Eigentum. Solange wir Eltern haben, sind wir verpflichtet zu leben.«

Ich schaue Lia mißtrauisch und aufmerksam an. Gerade

jetzt haben ihre Worte einen besonderen Sinn für mich. Sie bemerkt meinen Gesichtsausdruck, wie sie überhaupt alles bemerkt.

»Gehen wir der Tante Blümchen zeigen!«

Wir gehen in den Garten, kauern uns hin und sehen, wie sich aus dem Erdboden ein zartes, rührend einsames Schneeglöckchen emporstreckt. Hier in Samarkand ist es größer als in nördlichen Gefilden. Und nicht weiß, sondern gelb. Wir sind verzaubert. Mir scheint, daß ein leises Läuten von dem gelben Glöckchen ausgeht.

»Uh«. Diana stülpt die winzigen Lippen wie ein Affenjunges vor und zeigt auf das Blümchen.

Karaj in der Hofecke fährt fort zu jaulen und zu bellen, er kann sich nicht beruhigen. »Er ist ein Dummkopf, weißt du«, teilt Lia mir mit. »Aber Sascha liebt ihn nun mal, er liebt den Hund mehr als mich. Tatsache.«

Wir erheben uns und gehen frühstücken. Auf dem Tisch inmitten der Speisen, die ich »Kolonialwaren« nenne, prangt ein Berg Plow. Auf der Reiskuppel obenauf liegen Hammelfleischstückchen, Quittenscheibchen, gedünstete Knoblauchzehen und noch irgend etwas Wunderhübsches, nie Gesehenes.

Lia legt mir auf. Der Duft von Hammelfleisch und von einem besonderen Kraut namens »Sira« steigt zu mir auf. Jedes Reiskorn liegt für sich da und ist von der Lackschicht eines hochwertigen Fetts überzogen.

»Na, was sitzt du da?«

Unsicher greife ich zur Gabel.

»Mit den Händen!« Sie legt drei Finger zusammen und zeigt, wie man sie benutzt.

Ich mache es nach, und es glückt mir.

Lia betrachtet mich mit ethnographischem Interesse. »Nun?« fragt sie.

»Es geht, nur seltsam. . .« Ich kann meinen Zustand

wirklich nicht erklären. Mein Körper ist gleichsam wieder zu mir zurückgekehrt nach einem langen Konflikt. Als hätten wir – ich und mein Körper – im Streit gelegen und uns endlich versöhnt. Ein wunderbares Gefühl, eine paradiesische Glückseligkeit.

Lias Mutter kommt und nimmt Diana mit. Wir bleiben zu zweit in der Küche an dem großen Holztisch zurück. Ich, angetan mit dem Tschopan, Lia in ihrem Duse-Kleid. Von diesem Kleid lenkt Lia das Gespräch auf Italien und kommt auf ihre Touristenreise in dieses Land zu sprechen. Die Maschine nach Mailand war natürlich nicht in Samarkand gestartet, sondern in Taschkent. Eingedenk der Tatsache, daß sie mit der Zeit auf Kriegsfuß steht, hatte Lia beschlossen, einen Tag früher nach Taschkent zu fahren, und da sie die verbleibenden vierundzwanzig Stunden irgendwie totschlagen mußte, suchte sie ein Hotel und kam in einem Zweibettzimmer unter.

Ihre Zimmergenossin war ein ukrainisches Mädchen namens Anna, die mit der Reisegruppe nichts zu tun hatte. Sie verbrachte die Zeit auf eine seltsame Art: auf dem Bett liegend und weinend.

Lia, die sich gewöhnlich in alles einmischte, beschloß diesmal so zu tun, als bemerke sie nichts. Anna aber weinte den ganzen Tag, bis Lia es nicht mehr aushielt und fragte: »Was heulst du?«

Anna bekannte, daß sie von irgendeinem Rustam schwanger sei, in den sie sich auf einer Großbaustelle verliebt habe. Rustam aber wußte von nichts, weil er in seinen heimatlichen Kischlak zurückgekehrt war. Der war nicht allzuweit von Taschkent entfernt, aber Anna hatte Angst, allein zu ihm zu fahren.

Lia sah auf die Uhr. Es war ein Uhr nachts, das Flugzeug sollte um sechs starten. Fünf Stunden hatte sie noch, der Kischlak aber lag etwa zwei Wegstunden von Taschkent entfernt. Zwei hin, zwei zurück – das war zu schaffen. Fluchend zwang Lia das Mädchen, die Sachen zu packen, und sie brachen auf. Sie hielten einen Laster mit Plane an, in dem sonst Soldaten befördert werden. Die Straße war schlecht, der Laster holperte, Lia und Anna wurden tüchtig durchgerüttelt. Schließlich langten sie im Kischlak an, und alles weitere lief ab wie in einem kitschigen Film. Von Rustams Schwester, einem dreizehnjährigen Mädchen, erfuhren sie, daß der Bruder nicht zu Hause sei, er feiere in der benachbarten Straße seine eigene Hochzeit. Anna erstarrte und wollte losheulen. Offenbar konnte sie nichts anderes, so reagierte sie auf alles.

Lia begab sich zu der benachbarten Straße, betrat das Hochzeitshaus, bat Rustam, sich vom Tisch zu erheben, führte ihn auf den Hof und drohte, ihn vor allen Gästen bloßzustellen. Rustams Unterkiefer klappte im wahrsten Sinne des Wortes nach unten, er stand mit offenem Munde da. In diesem Zustand nahm ihn Lia beim Arm, führte ihn zu Anna und gab beiden genau fünfzehn Minuten, doch es verging eine halbe Stunde, und die beiden kamen auf keinen gemeinsamen Nenner. Anna wollte, daß Rustam sie mit auf die Hochzeit nähme und anstelle der Braut placierte oder wenigstens daneben auf die andere Seite. Usbeken seien schließlich Moslems, und der Islam erlaube die Vielweiberei. Rustam dagegen versuchte ihr klarzumachen, daß es mit der finsteren Vergangenheit ein für allemal vorbei sei und die Angehörigen der Braut kein Verständnis für ihn haben würden.

Nach einer halben Stunde ging Lia zu den beiden und sagte: »Ich gehe.«

Annas Augen füllten sich mit Tränen. Lia sah sie haßerfüllt an und begriff, daß sie die Heimat der Duse nicht kennenlernen würde. Andererseits: die Duse war ein Traum, das Mädchen Anna aber war aus Fleisch und Blut.

»Also, was ist?« fragte sie.

Rustam bezeichnete die Angelegenheit als Fehler, als jugendliche Verirrung.

»Fehler muß man wiedergutmachen«, bemerkte Lia.

Rustam stimmte ihr mit einem Kopfnicken zu und schlug zwei Varianten der Wiedergutmachung vor. Die erste – Gewissensbisse, die zweite – Geld, das er für einen halben Saporoshe erspart hatte. Anna entschied sich sofort für Gewissensbisse, weil Rustam sich mit Geld innerlich losgekauft hätte. Lia aber zog die zweite Variante vor. Anna stellte sich bockbeinig. Rustam unterstützte sie. Lia sah auf die Uhr und sagte, wenn er in vier Minuten – genau in vier und nicht etwa in fünf – nicht das Geld herausrücke, würde sie ihn, wie schon gesagt, vor der ganzen Hochzeit bloßstellen. Rustam verließ das Zimmer und kehrte sogar früher zurück, nach dreieinhalb Minuten. Er brachte das Geld in einer Plastiktüte, auf der »Adria« geschrieben stand.

Anna heulte nun noch hemmungsloser.

»Dummerjan«, sagte Lia ruhig. »Wovon willst du denn das Kind großziehen?«

Anna hielt für einen Augenblick im Weinen inne und sah, mit den nassen, verklebten Wimpern klappend, auf Lia. An das Kind hatte sie nicht gedacht, nur an die Liebe. Das Kind, das in ihrem Inneren schwamm, schien keinerlei Beziehung dazu zu haben.

Alles endete damit, daß Lia sie ohne weitere Fragen nach Taschkent zurückbrachte, sonst hätte sie noch in das ukrainische Dorf Rutschenkowo fahren müssen, wo Annas strenge, konservative Eltern wohnten. Beim Abschied wies sie Anna darauf hin, daß Kinder aus Mischehen in der Regel besonders hübsch und talentiert seien und daß sie das Kleine, falls sie es als lästig empfinden sollte, auch ihr überlassen könne. Anna versprach es. Zu weinen hatte sie aufgehört, ihre Stimmung besserte sich merklich. Anstelle des Chaos war Bestimmtheit getreten. Und das diszipliniert immer.

Lia erreichte den Flughafen um halb acht. Die italienische Maschine hatte natürlich nicht gewartet. Italiener sind Kapitalisten, und Kapitalisten halten bekanntlich nichts von Sentimentalität. Und so blieb Italien hinter den Meeren, und das Grab der Duse in Asola zwischen den Gebirgsgipfeln Montella und Monte Grania zurück.

Dafür wurde im Dörfchen Rutschenkowo ein Junge mit weißblondem Haar und schwarzen Augen geboren. Man nannte ihn Denis, und er war wirklich sehr hübsch; bezüglich seiner Talente ließ sich vorerst noch nichts sagen. Als lästig wurde er jedenfalls nicht empfunden. Anna weinte zwar, aber nun vor Glück.

»Pfeif doch auf Italien«, tröstete ich sie. »Es heißt, die armen Italiener seien nicht einmal in der Lage, eine Untergrundbahn zu bauen. Sowie sie graben, stoßen sie auf eine kulturhistorische Schicht.«

»Weißt du, was ich unlängst begriffen habe?« entgegnete Lia. »Daß vor mir auch Menschen gelebt und eine Menge geleistet haben.«

»Was du nicht sagst, war dir das neu?«

»Nein. . . Aber ich habe jetzt erst begriffen, daß ich eine Art Stafettenträger bin zwischen denen, die vor mir waren und denen, die nach mir kommen. Aber was soll ich ihnen übergeben?«

»Diana.«

Lia seufzte. Sie hat ein Haus zu ebener Erde, einen Mann namens Sascha, einen Garten, Plow, aber es ist ihr nicht vergönnt, sich in der Gesellschaft zu verwirklichen. Sie würde alles hergeben, wenn sie die Karriere der Duse wiederholen könnte.

Die Duse aber war Vergangenheit und wurde von der Realität verdrängt. Lias Wirklichkeit bestand darin, daß sie gegenüber einem ihrer Schauspieler-Kollegen handgreiflich geworden war. Es war zum Skandal gekommen, daher war ihr so hundeelend zumute.

Die Vorgeschichte ist folgendermaßen: Fast alle Hauptrollen im Theater hatte die Primadonna gespielt. Seit aber Lia engagiert war, fiel natürlich die Hälfte der tragenden Rollen an sie. (Ich jedenfalls halte das für natürlich.) Das verdroß die Primadonna. Sicherlich hätte sie Lia umgebracht, aber die Gefängniszelle lockte sie nun auch wieder nicht. (Das begreife ich.) Dennoch konnte sie sich mit der Rivalin nicht abfinden, und so wählte sie eine legalere Methode: das Herausekeln.

Der Mann der Primadonna war Lias Partner in vielen Stücken, und zwar als Liebhaber. Immer wenn Lia im Laufe der Handlung hingerissen ihren Monolog sprach, beugte sich der Partner zu ihr vor und murmelte ruhig und sachlich fürchterliche Flüche, die das Publikum natürlich nicht hören konnte. Dieser unvorhergesehene Text, bestehend aus höchstens drei Wörtern, hatte auf Lia die gleiche Wirkung wie auf mich – als stieße man sie im Oktober in einen Fluß. Sie geriet aus dem Konzept, fiel im wahrsten Sinne des Wortes aus der Rolle und konnte sich dann einfach nicht mehr zusammennehmen.

»Hättest du dich doch beschwert!« Ich empöre mich.

»Beschweren! Bin ich etwa eine Petze?«

Lia hatte beschlossen, selber damit fertig zu werden. Bei einem dieser Zwischenfälle wartete sie ab, bis sie wieder hinter den Kulissen waren, und verabreichte ihm eine Ohrfeige – keine gespielte, sondern eine echte, so daß sich auf der Wange des Helden, die ihre Form und Farbe veränderte, alle fünf Finger abzeichneten. Der Mann der Primadonna geriet in denselben Zustand wie Karaj beim

Anblick der Katze. Aber er lag nicht an der Kette, daher konnte er Lia erreichen. Lia war nicht darauf gefaßt, daß er zurückschlägt, und so konnte sie sich beim Gegenschlag nicht auf den Beinen halten. Es endete damit, daß sie mit einer Gehirnerschütterung im Krankenhaus landete.

Lia erwartete, daß die Primadonna samt Ehemann sie im Krankenhaus besuchen würden. Sie würde ihnen in die Augen sehen, und sie wären beschämt. Doch sie kamen nicht. Vormittags probten sie, und abends traten sie auf. Lia verstand die Welt nicht mehr. Da mischte sich Sascha ein. Auch er nahm von einer Beschwerde Abstand. Er besuchte einfach eine Vorstellung, in der der Mann den d'Artagnan und die Primadonna die Constance Bonancieux spielte. Sascha setzte sich nicht wie alle Zuschauer an seinen Platz, sondern stellte sich im Gang neben der Tür auf und blickte mit leicht geneigtem Kopf starr auf d'Artagnan. Der verlor den Faden, wurde nervös, so als ob man ihm Mutterflüche ins Ohr flüsterte, und spielte seine Rolle mit Ach und Krach zu Ende. Der einfältige Saal applaudierte dankbar. Sascha erklomm die Bühne, streckte Schweigen gebietend den Arm aus, und sagte akzentuiert:

»Dieser Schauspieler, dem Sie alle Beifall spenden, hat vor drei Tagen eine Frau geschlagen! Sie liegt mit einer Gehirnerschütterung im Krankenhaus!«

Eine Pause trat ein. Dann ertönte ein Pfeifen, Johlen. Die Samarkander sind ein ebenso naives, temperamentvolles Völkchen wie die Sizilianer. Im Saal brach ein Skandal los, einem italienischen völlig ebenbürtig.

D'Artagnan hielt es für geraten, vorerst nicht mehr auf der Bühne zu erscheinen, er fürchtete, man könne ihn mit faulen Tomaten bewerfen. Der Skandal breitete sich wie ein Feuer in der Stadt aus. Und siehe da, nun erschienen die Primadonna und ihr Mann mit Blumen, Obst und schuldbewußten Gesichtern bei Lia im Krankenhaus. Die Primadonna weinte und bat um Verständnis, ihr Mann schluckte. Lia fühlte sich beinahe als Märtyrerin. Jetzt hing es von ihr ab, ob die beiden im Theater und überhaupt in der Stadt blieben oder als wandernde Bettler losziehen mußten mit dem Quersack auf dem Rücken und zwei kleinen Kindern auf dem Arm.

Lia wurde aus dem Krankenhaus entlassen, und nun hatte sie mich aus Moskau zu sich gerufen.

Ich bemerke, daß Lia blaß ist. Dunkle Ringe zeichnen sich unter ihren Augen ab, seelische und physische Qualen vereinigen sich.

»Was tun?« fragt sie und blickt mich forschend an.

»Nichts. Deine Großmut trifft sie mehr als deine Gehässigkeit.«

»Die trifft nichts! Die haben kein Gewissen!«

»Die nicht, aber du hast eins.«

»Wenn ich nachgebe, und der nächste tut das auch, breiten sie sich doch aus wie Penicillinpilze!«

Ich fühle, wie auch in mir die Schlange der Rachsucht das Haupt erhebt. Meine Kehle ist wie zugeschnürt, aber ich überwinde mich.

»Denk um«, sage ich. »Rachsucht ist eine schlechte Ratgeberin.«

»Erinnerst du dich: ‚Doch ich den dritten Schatz bewache, den letzten Schatz, die heil'ge Rache. Ihn überlasse ich nun Gott'.«

»Also überlasse diesen Schatz Gott. Du selbst hältst dich besser zurück.«

Im Hof bellt Karaj, aber nicht wegen der Katze, sondern in Ausübung seiner Pflicht, keinen Fremden über die Schwelle zu lassen. Der Fremdenführer Igor ist gekommen, den Lia mir zu Ehren bestellt hat.

Igor ist halb Pole, halb Usbeke. Man hat den Eindruck, daß das verschiedene Blut sich nicht in ihm vermischt hat.

»Wie sieht das Besichtigungsprogramm aus?« fragt Lia.

»Registan, Gur Emir, Bibi Chanum, das Observatorium von Ulugbek«, zählt Igor auf.

»Wir brauchen ein Taxi«, schlägt Lia vor. »Sonst reicht der eine Tag nicht aus.«

»Nicht nötig«, widerspricht Igor. »Wir werden uns beeilen und es weniger ausführlich machen.«

»Wäre es nicht möglich, daß wir ganz darauf verzichten?« werfe ich ein.

»Wie das? Weshalb bist du dann hergekommen?« fragt Lia verdutzt.

»Deinetwegen.«

Igor geht. Ich höre, wie sie im Hof reden. Lia bietet ihm Geld an, doch er nimmt es nicht. Dabei bleibt es.

Lia kommt zurück. »Vielleicht war es falsch. . .«, sagt sie zweifelnd.

»Nein, ich bin sowieso nicht aufnahmefähig«, bekenne ich.

»Wie geht es dir denn überhaupt?« besinnt sich Lia. Bis dahin haben wir nur von ihr gesprochen. »Sicherlich gut. Dir kann's ja gar nicht schlecht gehen.«

»Wieso?«

»Weil du die Schönste und Klügste bist. Alle anderen verblassen neben dir.«

»Vielleicht sieht das jemand anders. . .«

»Höchstens ein Dummkopf. . .«, sagt Lia mit Überzeugung.

Ich schweige, weiß ich doch, daß ich nicht die Schönste und Klügste bin, sondern eine einsame, alternde Frau. Lias Glaube aber tut mir gut.

Draußen ist es jäh dunkel geworden. Übergangslos. Was hat uns dieser Tag gebracht?

Das ebenerdige Haus. . . Frühling. . . ein Schneeglöckchen. . . Diana und Denis. . . eine Katze und einen Hund. . . Plow. . . die Duse. . . All das gleicht einem Eimer kristallklaren Brunnenwassers, den man in meine Schizophrenie gegossen hat, die dadurch dünnflüssiger wird.

Aber die Hauptsache ist natürlich nicht der Plow, nicht der Frühling, nicht der Verzicht auf Rache. Die Hauptsache ist Lia. Die *zufällige,* die *wirkliche* Freundin. Morgen früh fliege ich zurück, und wir sehen uns vielleicht wieder fünf Jahre nicht. Aber es gibt sie, und ihr Anruf wird rechtzeitig erfolgen, nicht zu früh und nicht zu spät, und auch ich werde rechtzeitig zu ihr kommen. Nicht um eine Stunde werde ich mich verspäten.

Wie kann man sich aus dem Fenster stürzen, wenn auf der Welt, selbst wenn es am anderen Ende ist, ein Mensch mit identischer Seele lebt. Wer sich im Affekt hinausstürzen will, sollte sich in letzter Sekunde besinnen, irgendwo festhalten, an einem Ast an der Balkonbrüstung, und kehrtmachen wie auf einem rückwärts laufenden Filmstreifen.

Vor dem Schlafen treten wir auf den Hof hinaus und von dort auf die Straße. Auf der Straßenmitte stehen üppige, hohe Platanen. Das Licht der Laternen läßt ihre Kronen wie in einem Rauchschleier erscheinen. Der Mond am Himmel gleicht einer mittelasiatischen Melone. Wir gehen an einer langen, massiven, hohen Mauer entlang, uns entgegen kommen gemächlich zwei junge Usbeken im Chalat*. Ich habe das Gefühl, als ob ich auf dem Gelände einer Irrenanstalt spaziere.

Ein Hund nähert sich uns vorsichtig, er ist rothaarig wie ein Fuchs. Seine Ohren sind bis zum Ansatz abgeschnitten,

* orientalischer, weiter Mantel

er sieht aus, als habe man ihm eine Badekappe übergezogen. Ich errate, daß man die Ohren abschneidet, damit der Hund besser einen heranschleichenden Dieb hört. Die arme Kreatur ist so mager, daß man die Rippen zählen kann. Ich hole einen Kringel aus der Tasche und werfe ihn dem Hund zu. Er schnappt ihn im Flug auf, verschlingt ihn sofort und verschluckt sich dabei. Er entfernt sich von mir, seinen gewichtslosen Körper vorsichtig und unschlüssig tragend. Er senkt die Schnauze, erbricht den Kringel auf die Erde und frißt ihn erneut, diesmal bedächtiger, danach nähert er sich mir wieder.

Ich bekomme Schüttelfrost, ich klappere am ganzen Körper, als sei ich einem herbstlichen kalten Fluß entstiegen.

»Frierst du?« wundert sich Lia.

Ich wickle mich in den Tschopan und kriege die Zähne nicht zusammen. Der Hund verharrt vor mir, den runden Kopf leicht geneigt, und blickt mich an.

Nicht die Kälte macht mich schaudern, sondern einfach das wiederkehrende Mitleid und die Zärtlichkeit. So kehrt wahrscheinlich die Seele in einen verlassenen Körper zurück wie der Herr in ein leerstehendes Haus.

Dienstag

»Papa hat angerufen«, Mascha wirft mir einen verstohlenen Blick zu.

Ich sehe ihrem Gesicht an, daß sie alles weiß, aber nicht, ob auch ich im Bilde bin, und nun fürchtet sie, mir ein seelisches Trauma zuzufügen. Lügen kann die Arme nicht, ihr kindliches Gesichtchen ist so beredt, daß ich nicht hinsehen kann. Ich bücke mich, knöpfe die Reisetasche auf, hole Geschenke hervor: einen Tschopan, eine Tjubetejka, einen Kasan für Plow und einen Kugman – das ist ein Waschkrug. In Moskau ist das alles nicht verwendbar einschließlich des Kasan, weil er keinen Deckel hat und nicht in die Backröhre paßt.

»Wen hat er angerufen, dich oder mich?« frage ich.

»Ist das nicht dasselbe?«

»Natürlich nicht. Du bist du, und ich bin ich.« Ich gestehe ihr das Recht zur Selbstbestimmung bis hin zur Loslösung zu. Das Recht auf Automonie. Doch sie lehnt es ab.

»Dummheiten. Ich – das bist du, und du – das bin ich.«

Es fällt mir schwer, mich in der Hocke zu halten, also setze ich mich auf den Boden.

»Mama, ich hab ein sehr, sehr wichtiges Anliegen: Ich möchte in den Ferien mit Kostja zu ihnen auf die Datscha fahren.«

»Wenn du willst, dann fahre«, antworte ich.

Maschka hat diese Reaktion nicht erwartet, sie war auf meinen Widerstand gefaßt. Sie hat Anlauf genommen, um eine Tür einzurennen, die aber steht offen, und so schlägt sie der Länge nach hin. Sie braucht sozusagen Zeit, sich zu erheben und sich den Staub abzuklopfen.

»Kostjas Mutter will mit dir reden. Sie übernimmt die Verantwortung.«

»Was denn für eine Verantwortung?« Ich horche auf.

»Für mich. Überhaupt. . .«

»Warum denn?« Eigentlich eine dumme Frage. Wahrscheinlich ist das Wichtigste im Leben die Verantwortung füreinander.

Ich erhebe mich, trete ans Fenster, starre in das leichte Schneegestöber.

Aus meinem Fenster sieht man das Gebäude der libyschen Botschaft, umgeben von einem Zaun. Innerhalb des Zaunes ist ihr Territorium. Ringsum das winterliche Moskau, und in der Mitte ein Stück Libyen mit seiner Küche, seinen Traditionen. . .

»Was hat Vater gesagt?«

»Daß ich schon groß bin.«

Hat also an ihr Verständnis appelliert: Du bist schon groß, wirst alles verstehen. . . Und falls Maschka nicht versteht, tröstet er sich mit: Wenn du älter bist, begreifst du.

»Mascha. . .«

»Was?«

»Wenn du mal heiratest, nimmst du mich dann zu dir?«

»Na klar.«

»Ich werde dir nicht auf die Nerven gehen. Ich werde eine fügsame Alte sein.«

Maschka schweigt hinter meinem Rücken. Dann fragt sie: »Hast du meine weißen Stiefel gesehen?«

»Wenn du willst, nimm meine.«

»Und du?«

»Ich werde sie ab und zu von dir borgen.«

Maschka überlegt angestrengt. Ohne mich umzuwenden, sehe ich ihre angespannte kindliche Stirn.

»Nein. Wir machen's lieber umgekehrt. Ich leihe sie von dir. Im äußersten Notfall.« Sie tritt zu mir, umarmt mich. Der Raum schließt sich. Wie der Zaun rings um die Botschaft. Und in der Mitte ist unser Reich.

Mittwoch

In den Reagenzgläsern mit den Lösungen fängt sich das Licht wie in den Flaschen einer Bar. Mein Labor kommt mir nicht mehr vor wie das Studierzimmer des Doktor Faust. Auch nicht wie eine Rumpelkammer, es ist ein normales, gut ausgestattetes Labor in einer modernen wissenschaftlichen Institution, und ich bin ein normaler wissenschaftlicher Mitarbeiter, der ein aktuelles biologisches Problem erforscht. Ich weiß bereits, daß das Glückshormon Anti-Adrenalin zu einem bedeutenden Prozentsatz aus Eiweiß besteht, deshalb sind dicke Menschen gutmütiger als dünne. Und ich weiß auch, daß ich keine Umwälzung bewirke, also kein künstliches Glück schaffe, weil es das nicht gibt. So, wie es kein künstliches Brot geben kann.

Was meinen Rang betrifft, so entspricht er ganz und gar nicht dem eines Generals, doch darauf kommt es nicht an. Wie sagte doch Anton Tschechow: »Die Existenz großer Hunde darf die kleinen Hunde nicht irritieren: Jeder bellt mit der Stimme, die er hat.«

Ich bin ein SNS*. Diese drei Buchstaben erinnern an eine Nummernserie des »Shiguli« in Stawropol, Saratow, Simferopol. Es gibt so viele SNS, wie es Shigulis gibt in diesen Städten, und das kränkt mich nicht im mindesten. Nur vor den Franzosen ist es mir peinlich, Als ob es nötig gewesen wäre, einer ganzen Stadt blauen Dunst vorzumachen.

Hinter meinem Rücken öffnet sich die Tür. Jemand tritt behutsam ein. Ich drehe mich um. Es ist die Freundin. Ich kann noch registrieren, daß sie durchaus passend gekleidet ist: schmucklos und gediegen. Wohlbedacht. Aber, mein Gott. . . wie weit bin ich jetzt von alledem entfernt. Wie

* russ. Abkürzung für eine Dienststellung

weit ist dieser schwarze Freitag entrückt. . . Er und seine Probleme sind irgendwo im vergangenen Leben geblieben, wo für mich alles gestorben ist außer Maschkas Kindheit. Vielleicht ist es nicht gestorben, aber es hat sich gesenkt wie eine kulturhistorische Schicht. Ich bin in eine andere Zivilisation hinübergewechselt, und wenn die schreckliche Woche nicht gewesen wäre, so hätte ich nicht Einlaß gefunden ins Heute, weil dafür eine Eintrittskarte vonnöten ist, die für den Preis des Leidens erworben ist. Nur das Leid zwingt die Seele, sich abzumühen und Neues zu schaffen – wie hochtrabend das auch klingen mag. Und wenn das Leiden nicht die Grenze überschreitet und den Menschen zerbricht, macht es ihn größer. Man soll also das Geld nicht fürchten. Fürchten soll man ein glattes, gefälliges Leben.

Über all das dachte ich aber erst später nach. Jetzt, in diesem Augenblick, ist mir nicht nach Schlußfolgerungen und Verallgemeinerungen zumute. Ich raffe meine Kolben zusammen und schütte deren Inhalt ins Becken. Ich spüle zwanzig Jahre meines Lebens weg, und es tut mir überhaupt nicht leid.

»So oder so«, sagt schließlich die Freundin, »aber ich hätte es dir sagen müssen.«

»Versteht sich«, antworte ich. »Aber das ist schon nicht mehr von Bedeutung. . .« Ich nehme den Mantel und verlasse das Labor. Die Freundin weicht zur Seite, läßt mich vorbei. Möchte wissen, was sie denkt. . . Hat wohl angenommen, ich bin gekränkt. . . Im Flur läuft mir Gomonow über den Weg.

»Sie sind zurück?« Er bleibt stehen, hat also meine Abwesenheit bemerkt.

»Nein«, sage ich. »Ich bin nicht zurück. Ich bin nicht da.«

Ich habe mit meinem früheren Ich Schluß gemacht, und

das neue existiert noch nicht, also bin ich wirklich nicht vorhanden.

Ich verlasse das Institut.

Unser Gebäude steht an einer Kreuzung, vier Straßen führen von hier in alle Himmelsrichtungen. Ich kann beliebig wählen. Frei wie in der Studentenzeit bin ich jetzt, habe keine Arbeit, keinen Mann und nicht einmal Stiefel. Die habe ich Maschka gegeben.

Es weht oben und unten. Ein einziger Schneenebel. Der Frühling scheint nie zu kommen. Aber er kommt gewiß, ich habe ihn gestern mit eigenen Augen gesehen. Man muß nur abwarten.

Die Zeit vergeht. Der Nebel löst sich auf. Von meinem Stern geht ein stilles, reines Licht aus. Es ist, als habe am Himmel ein Großreinemachen stattgefunden.

DAS GEHEIMNIS DER ERDE

Jelena Andrejewna Shurawljowa, hinterm Rücken »schielende Aljona« genannt, erwachte morgens mit dem Gefühl, alles satt zu haben.

Sie blieb eine Weile mit offenen Augen liegen, gab sich diesem Zustand hin, und als er vollends von ihr Besitz ergriffen hatte, beschloß sie, ihn in Worte zu fassen und die Worte auszusprechen. Per Telefon.

Nikolajew würde um neun anrufen. Sie würde den Hörer abnehmen und sagen: »Weißt du was? Ich hab's satt. Ich will nicht mehr.«

Gewöhnlich rief er Punkt neun an. Das war seine Zeit. Er sagte: »Hallo.«

Sie antwortete: »Hallo.«

Er sagte: »Tschüß.«

Und sie: »Tschüß.«

Alles in allem vier Worte, je zwei von jeder Seite. »Hallo« und »Tschüß«.

Doch ist das gar nicht so wenig, wie es auf den ersten Blick scheint. In Wirklichkeit enthält dieses Gespräch viel mehr als vier Worte und lautet eigentlich so: »Ich bin in Gedanken bei dir. Grüß dich.«

»Und ich bin bei dir.«

»Ich hab aber zu tun. Muß mich ranhalten. Mach's gut.«

»Ich respektiere deine Arbeit. Für einen richtigen Mann ist die Arbeit wichtiger als die Frau. Aber dann kommst du zu mir. Ich warte. Mach's gut.«

All das liegt in den vier Worten, je zwei von jeder Seite. Heute würde alles anders sein.

Heute würde er sagen: »Hallo.«

Sie würde antworten: »Ich hab's satt. Ich will nicht mehr.«

Er würde sich wundern. »Aber warum denn?«

Sie darauf: »Wozu die Frage. . .«

Der vorsintflutliche runde Wecker zeigte neun Uhr und drei Minuten. Dann neun Uhr vier.

Sechsundfünfzig Minuten später zeigte er genau zehn Uhr.

Nikolajew rief nicht an. Das war gegen alle Regeln und Gewohnheiten. Das war genauso, als ob die Sonne eine Stunde später aufginge oder überhaupt nicht.

Aljona sah bald zum Wecker, bald zum Telefon und war irritiert. Sie fürchtete, die Verstörtheit könne ihren Vorsatz unterhöhlen, und anstatt des zurechtgelegten Satzes wollte sie in den Hörer brüllen: »Warum rufst du nicht an? Ich stehe und warte wie 'ne Dumme. . .«

Wäre gut, mal in die Küche zu gehen und den Teekessel aufzusetzen, aber sie fürchtete, das Rauschen des Wassers könnte alle anderen Geräusche verschlucken, auch das Läuten des Telefons.

So verharrte sie am Apparat. Dann hatte sie das Stehen satt und setzte sich in den Sessel.

Die Zeit um sie herum blieb stehen. Vielleicht aber war sie es selbst, die stehenblieb, während die Zeit weiterlief, langsam ihre nackten Füße und das zarte Gesicht umströmte.

Aljona ähnelte der amerikanischen Schauspielerin Audrey Hepburn. Hätte auch Audrey auf dem rechten Auge geschielt, sie wäre glatt die Kopie von Aljona, ihres Zeichens Gesangslehrerin der Unterstufenklassen.

Gesang ist nicht obligatorisch, die Kinder wollen sich in der Regel in diesem Fach selbst bestätigen – in den Augen des Klassenkollektivs oder in den eigenen Augen. Die bewußten Schüler in der Person des Gruppenratsvorsitzenden und der Gruppenratsmitglieder versuchen für Ordnung zu sorgen, und sehr oft mündet dieses Ansinnen in einen Bürgerkrieg: Die Bewußten verdreschen die Rowdys und umgekehrt.

In solchen Fällen ist Aljona bestrebt, sich hinter das Klavier zu verdrücken, weil sie nicht weiß, auf welche Seite sie sich schlagen soll, und fürchtet, von beiden Seiten etwas abzubekommen.

Während sie den Blick auf das Telefon gerichtet hält, sieht sie vor ihrem inneren Auge eine Unterrichtsstunde in der »4a« ablaufen.

Der rundäugige, kugelköpfige Afanassjew kräht zweimal. Einfach so, um für die beginnende Stunde einen allgemeinen lockeren Ton anzustimmen. Die Gruppenratsvorsitzende Swonarjowa, dick und früh entwickelt, ergreift ihre Mappe und haut sie Afanassjew ins runde Gesicht. Afanassjew prallt mit dem Hinterkopf gegen die Zentralheizung, wie in einem Trickfilm wächst vor aller Augen eine große Beule. Das ist ein offenkundiger Machtmißbrauch seitens der Swonarjowa. In der Klasse beginnt es zu grollen wie vor einem Vulkanausbruch.

Aljona erstarrt im ersten Moment vor Schreck, aber schon im nächsten Augenblick legt sie laut und pathetisch los: »Die Geschichte kennt zwei geheimnisumwobene Todesfälle: den des Zarewitscha Dmitrij und den des Komponisten Mozart!«

nehmen, wenig zu essen und sich viel zu bewegen. Während er jetzt den Pfannkuchen verdrückte, empfand er widerstreitende Gefühle: Sollte er, ein hochintelligenter Mann, der wissenschaftliche Artikel in Fachzeitschriften veröffentlichte, nicht genügend Willenskraft besitzen, den Pfannkuchen wegzuschieben, aufzustehen und zu gehen? Andererseits – was steckte alles in diesem Pfannkuchen? Um ihn herzustellen, müssen die Menschen Korn säen, müssen es ernten, zur Mühle fahren und daraus Mehl mahlen. Aber das ist nur die eine Hälfte. Die Menschen müssen Äpfel ernten, die runde Frucht der Erde und der Sonne, sie in Kisten verladen und zur Konservenfabrik transportieren, wo aus ihnen Marmelade gemacht wird. Weiter gelangen Mehl und Marmelade zum Koch, der den ganzen heutigen Morgen über Teig geknetet und die Pfannkuchen in Öl gebacken hat. Wenn man sich überlegt, wieviel Arbeit das ist. Und das soll man verschmähen? Weswegen? Was würde sich denn ändern, wenn er, sagen wir mal, drei Kilo abnähme? Nichts. Es würde nicht mal einer merken. Und selbst wenn es jemandem auffiele und man ihn fragte: »Tolja, du hast ja so abgenommen?«, worauf er erwidern würde: »Ja, ich habe Diät eingehalten, keine Mehl- und Süßspeisen.« Na und? Lohnt sich etwa der Riesenaufwand, bloß damit ein Halbidiot einem diese Frage stellt . . .

Während Klimow aß und grübelte, betraten seine Tischnachbarn den Speisesaal. Die Nachbarin rechter Hand war eine vornehme Greisin, die einer vertrockneten Heuschrecke ähnelte. Es hieß, sie sei früher eine wichtige Person gewesen, so etwas wie eine berühmte Ballerina oder die Frau eines großen Denkers. Vielleicht auch beides. Sie selbst erzählte nichts, und Klimow fragte nicht. Ihn interessierte fremdes Leben nicht, wenn es keine Beziehung zu seinem eigenen hatte.

Gegenüber und links von ihm saßen Oleg und Lena. Sie waren ein glückliches Paar und kamen daher zu jeder Mahlzeit zu spät. Oleg war urgesund wie ein Braunbär und genauso krumm. Er hatte die Eigenart, dauernd zu witzeln und mit forcierter Stimme zu reden wie der Wolf in den »Hase und Wolf-Filmen«. Bei seinem Anblick fragte sich Klimow, ob es wirklich so schwer sei, andere für sich zu interessieren. Mußte man deswegen mit gekünstelter Stimme reden? Genügte es nicht, sich so zu geben, wie man war? Vielleicht beneidete Klimow ihn einfach und war sich dessen nur nicht bewußt.

Lena war jung, stand aber nicht in der ersten, eher in der zweiten Jugendblüte, wenn alles, was sich nur entfalten kann, entfaltet ist und hier und da sogar schon leicht abblättert. Es war nicht die Maiblüte, sondern die Juliblüte der Schönheit. Um ihren entblößten Hals hingen Perlen, Ketten und Kettchen. An und für sich nicht schön, ihr aber stand es. Ihr Gesicht glänzte leicht von Creme. Man sah, daß sie ihre Haut gut pflegte. Wenn Klimow in ihr ungeschminktes Gesicht blickte, stellte er sich vor, sie sei seine Frau und sie frühstückten gemeinsam zu Hause. Dieser Gedanke verwirrte ihn und weckte Erinnerungen an etwas, was er so gerne vergessen wollte.

»Ich habe alles verdrückt«, gestand Klimow den Tischnachbarn.

»Früh macht das nichts«, tröstete ihn die Alte. »Hauptsache, nicht vor dem Schlafen.«

»Essen sollte man viel, aber oft«, witzelte Oleg und lachte selber über seinen Scherz.

Lena schwieg und sah zerstreut vor sich hin. Sie trank von ihrem Tee und wärmte sich die Hände am Glas. Dann brach sie sich ein Stück Brot von Olegs Scheibe ab. Unbewußt wollte sie einen Berührungspunkt mit ihm haben. Immer und in allem.

Nach dem Frühstück unternahm Klimow einen Spaziergang, um die überflüssigen Kalorien loszuwerden. Spazierengehen lag ihm eigentlich nicht und er mochte es nicht, weil das müßige Gehirn dann Erinnerungen beschwor, Situationen ausmalte, die er lieber nicht bis ins Letzte ausgemalt hätte. Es gibt Situationen, die man besser nicht zu Ende denkt.

Klimow verließ das Sanatoriumsgelände und schlug den Weg zum Wald ein. Von allen Naturerscheinungen – genauer, aus dem ganzen Sortiment der Natur als da sind: Feuer, das Meer, Berge, die Steppe und so weiter – liebte Klimow am meisten den Wald. In der Kinderzeit hatte sein Freund Slawka einmal gesagt, Bäume seien verstorbene Menschen, und es könne sogar vorkommen, daß unter den Bäumen im Wald irgendein sehr ferner Verwandter sei, der noch zu Zeiten Iwans des Schrecklichen gelebt habe. Klimow hatte das geglaubt. Und er glaubte es bis auf den heutigen Tag. Das heißt, er wußte natürlich, daß es nicht so war, aber immerhin hatte keiner das Gegenteil bewiesen. Im Wald fühlte sich Klimow ruhig und versöhnt, als wäre er in den Semesterferien zu Hause auf Besuch. Der Wald versöhnte ihn mit der Vergangenheit und der Gegenwart. Hier empfand er die völlige Verlassenheit nicht, die er etwa in der Metro verspürte. Am einsamsten fühlte er sich in Menschenansammlungen.

Neben einer hohen Kiefer verzweigte sich der Weg in drei Richtungen. Klimow blieb stehen wie der russische Recke und überlegte, welchen der drei Wege er wohl am besten einschlagen sollte. In diesem Augenblick trat eine Katze zwischen den Bäumen hervor. Sie war dermaßen ausgemergelt und böse, daß sie kaum mehr Ähnlichkeit mit einer Katze hatte.

Hinter dem Wald war einen Datschensiedlung. Die Katze hatte vielleicht den ganzen Winter über in einer leeren Datsche gesessen in Erwartung der Hausherren und war jetzt erbittert und verzweifelt. Nun hatte sie sich auf den Weg gemacht, nachdem sie all ihre Verzweiflung und Empörung zusammengerafft hatte. Sie hob die geweiteten Augen zu Klimow auf und hub zu schreien an. Nicht zu miauen, sondern eben zu schreien, wobei sie kurze Atempausen einlegte. Ihre Augen waren gelb wie Sägespäne mit länglichen Pupillenschlitzen.

»Was hat sie denn?« fragte Klimow eine vorübergehende Frau.

»Sie will was zu fressen«, erklärte die Frau ruhig, ohne stehenzubleiben.

»Was fang ich bloß mit dir an?« überlegte Klimow laut. »Na gut, gehn wir.«

Er machte kehrt und schritt zurück in Richtung Ferienheim. Die Katze verstummte und folgte ihm. Sie lief nicht nebenher wie ein Hund, sondern hinter ihm. Sie versuchte nicht, sich einzuschmeicheln und lief da, wo es für sie am bequemsten war.

Ihnen entgegen rollte ein Invalidenauto. Darin saßen zwei Männer. Sie machten offenbar einen Sonntagsausflug. Ihre Gesichter drückten die Bereitschaft zum Genießen aus. Klimow gab dem Fahrzeug den Weg frei und versank augenblicklich bis zum Knie. Auch die Katze war vom Weg abgebogen und tappte leicht auf den Harsch. Sie war so mager, daß sie praktisch nichts wog.

Das Fahrzeug rollte vorüber, fauchte eine violette Wolke aus, und in der reinen Luft roch es sofort nach Stadt.

Sie langten am Ferienheim an. Klimow wandte sich zur Katze um und sagte: »Warte. Ich komme gleich wieder.«

Die Katze setzte sich hin und wartete.

Klimow betrat den Speisesaal und suchte die Kellnerin Lida.

»Hätten Sie nicht ein paar Speisereste?« fragte er mit einem gewinnenden Lächeln.

»Für wen?«

»Da ist eine Katze, hungrig wie ein Hund. . . « Klimow langte einen Rubel aus der Tasche und ließ ihn in die Tasche von Lidas weißer Schürze gleiten.

»Oh, was soll das. Wofür?« protestierte sie, ohne aber ernstlich verstimmt zu sein. Sie schüttelte den Kopf, als wolle sie sagen: das ist doch nicht der Rede wert, und verschwand in ihren Gefilden. Eine Minute später kehrte sie zurück und brachte ein kleines Töpfchen mit Speiseresten – Brei, Kraut angebissene Pfannkuchen und sogar ein paar ganze Würstchen. Es gab also doch Leute, die sich zurückhielten beim Essen, owohl auch sie den vollen Preis gezahlt hatten.

Klimow kehrte zur Katze zurück, stellte das Töpfchen vor sie hin, erregt und frohlockend. Doch die Katze zeigte keinerlei Freude. Sie senkte geschäftig die Schnauze in den Topf und erhob sie nicht eher, als bis sie alles gefressen und den Topf blitzblank geleckt hatte. Ihr Leib schwoll allmählich an wie bei einer Mücke, die sich vollsaugt. Schließlich zog die Katze die Schnauze aus dem Topf und sah Klimow an. Ihre schmalen Pupillen hatten sich gerundet.

»Noch mehr?« fragte Klimow.

Die Katze fixierte ihn stumm.

Klimow ging ein zweites Mal zu Lida und wurde versorgt. Er bemerkte, daß diesmal vorwiegend Brei im Topf war. Auch der Katze entging das nicht, aber sie machte sich trotzdem ans Fressen, wahrscheinlich auf Vorrat. Sie glaubte nicht an den morgigen Tag und nicht einmal an den heutigen Abend.

Aus dem Gebäude trat Klimows Tischnachbarin, die Alte. Sie trug einen weiten schwarzen Pelz mit quadratischen Schultern wie eine kaukasische Burka.*

»Sie frißt schon den zweiten Topf leer«, sagte Klimow spöttisch entzückt.

»Sie wird noch platzen. . . « Die Alte riß erstaunt die Augen auf. »Kann man denn einen hungrigen Magen so überlasten?«

Klimow entzog der Katze den Topf und brachte ihn in die Küche. Als er wieder herauskam, sah er neben dem Gebäude die Wirtschafterin Jelena Dmitrijewna. Sie hatte eine wattierte Jacke über den weißen Kittel gezogen und trug einen Stapel Frottierhandtücher, wodurch sie den Rücken gestrafft hielt. Diese Haltung verlieh ihr etwas Stolzes. Gewöhnlich zeigen Leute, die auf einer niederen Stufe der Prestigeleiter stehen, gerne ihre Macht, das ist ihre Art der Selbstbestätigung. Für sie war auch Klimow, der wissenschaftliche Beiträge in Fachzeitschriften publizirte, nur ein ganz gewöhnlicher Urlauber, ja sogar noch schlimmer, weil er gegen die Hausordnung verstieß.

»Wem gehört die Katze?« fragte Jelena Dmitrijewna streng.

»Niemandem.«

»Wie kommt sie dann hierher?«

»Ich habe sie mitgebracht«, bekannte Klimow und wurde aus irgendeinem Grund verlegen.

»Es ist also Ihre?«

»Nun, ja. . . «

»Denken Sie ja nicht, daß Sie sie hierlassen können. Die Hunde werden sie zerreißen.«

Klimow fiel ein, daß im Ferienheim tatsächlich zwei Hofhunde gehalten wurden, einer ohne Schwanz und beide würdelos, Bettlerhunde. Jedesmal nach dem Mittagessen

* Filzumhang

trugen die Urlauber ihnen Essenreste hinaus, und die Hunde blickten ihnen unterwürfig auf die Hände und in die Augen. Die Konkurrenz einer Katze würden sie kaum dulden.

»Und denken Sie ja nicht, daß Sie sie zu sich aufs Zimmer nehmen können«, warnte die Wirtschafterin. »Tiere im Haus sind bei uns verboten.«

Damit drehte sie sich um und ging, den Rücken gestreckt, ja sogar durchgebogen. Klimow mußte aus irgendeinem Grunde daran denken, daß sie sich im Sommer sicherlich Salat aus Gräsern zubereitet, die überall wachsen: Wegerich, Nesseln, Löwenzahnstengel, Klettenwurzeln. Menschen essen diese Kräuter gewöhnlich nicht. Sie essen nur das, was sie säen. Das ist ein großer Fehler. In den wilden Kräutern steckt Lebenskraft, die dem Körper Widerstandskraft verleiht, und der Körper gibt sie an den Geist weiter, denn bekanntlich steckt in einem gesunden Körper ein gesunder Geist.

Klimow seufzte, nahm die Katze von der Erde auf, setzte sie sich auf die Schulter und ging zurück zu der Stelle wo der Weg sich dreifach gabelte. Dort nahm er die Katze von der Schulter, setzte sie auf den Weg und ging in den Wald hinein. Die Katze folgte ihm. Klimow wandte sich um und sagte: »Lauf mir nicht nach. Du hast doch alles gehört.«

Er beschleunigte den Schritt, die Katze ebenfalls.

»Mach, daß du fortkommst!« Klimow zog ein wütendes Gesicht und stampfte auf, als wolle er auf das Tier zugehen. Dann drehte er sich um und entfernte sich. Die Katze überlegte und folgte ihm dann in den Wald, allerdings auf Distanz.

Klimow sah sich um und dachte: weder Schamgefühl noch Skrupel . . . Und das nennt sich Katze.

Gewissenlosigkeit wirkt ansteckend. Klimow blickte sich suchend um, nahm einen kleinen schwarzen Ast vom

Boden auf und schleuderte ihn nach der Katze. Die sprang beiseite, blickte erst auf den Ast, dann zu Klimow, und ihren Augen war abzulesen: Was bist du doch für ein Schuft!

»Sehr gut so«, sagte Klimow und setzte seinen Weg fort.

Tief im Wald kamen zwei Skiläufer mit weitausholenden Schritten vorüber, der eine ganz in Grellblau, der andere in Grellorange. Klimow sah näher hin. Es waren Oleg und Lena. Lena blieb stehen und wartete, gebeugt auf die Stöcke gestützt, auf Oleg. Wahrscheinlich machte es ihr Freude, ihn zu sehen, wie er sich riesig, orangenfarben wie eine Fackel, näherte. Und ihm gefiel es, sich ihr zu nähern, ganz in Himmelblau vor dem Hintergrund des verschneiten Waldes. Sie lächelten einander zu, und ein Frostwölkchen umschwebte ihre Lippen.

Klimow mußte an seine Skiausflüge denken. Gewöhnlich hatte er sich zum Skilaufen wie für einen Subbotnik gekleidet, hatte sich die allerletzten Fetzen übergezogen, so daß er am Ende wie ein deutscher Kriegsgefangener aussah. Na und, war es nicht egal, was man anhatte? Jetzt jedoch dünkte ihm, er habe etwas im Leben versäumt, was mit Würde zu tun hat.

Er blickte sich um. Die Katze war nicht da.

Der Weg ging in eine Skispur über. In der Spur zu laufen war mühsam, umkehren aber mochte er nicht. Er wollte der Katze nicht wieder begegnen. Ihre Beziehungen waren immerhin gestört. Er seufzte und ging auf's Geratewohl weiter, von Zeit zu Zeit tief im Schnee einsinkend.

Unerwartet kam er am Fluß heraus, der von Schnee zugedeckt war. An zwei Stellen dampften Eislöcher. Auf einem festgetrampelten Pfad überquerten zwei Jungen mit Taschen den Fluß. Sie kamen wahrscheinlich aus der Schule und nahmen den kürzesten Weg. Klimow stand da und sah zu, wie sich die beiden Figuren bewegten, schwarz auf weiß, wie im Stummfilm. Der Schnee glitzerte unter der Sonne. Die Jungen gingen ihrem Leben entgegen, vielleicht einem ungewöhnlichen Schicksal, und ließen sich vom täglichen Einerlei nicht verdrießen.

Man müßte jemanden anrufen und herkommen lassen, dachte Klimow. Aber dann überlegte er, daß die Besucher unweigerlich einen Teil der Stadt mitbrächten, aus der er geflohen war.

Die Beiden kamen wie immer zu spät, nur der Alte saß schon auf seinem Platz.

Klimow war hungrig und machte sich mit Vergnügen an die kalte Vorspeise.

»Wo ist denn Ihre Katze?«fragte die Alte.

»Ich habe sie zurückgebracht«, antwortete Klimow, während er ein Sardinenstückchen mit zarten tropfenden Rändern auf die Gabel spießte.

»Wohin denn?«

»Zum Weg.«

»Sie haben sie auf dem Weg ausgesetzt?« Die Alte wunderte sich.

»Wo soll ich sie denn hintun?« frage Klimow seinerseits verwundert.

»Was heißt, hintun? Sie reden von einem Lebewesen wie von einem Ding. . . «

Klimow hörte zu essen auf.

»Ich verstehe nicht, was Ihnen mißfällt. Daß ich eine hungrige Katze gefüttert habe?«

»Wenn Sie begonnen haben, an einem fremden Schicksal Anteil zu nehmen, müssen Sie es bis zu Ende tun. Oder überhaupt die Finger davon lassen.«

»Ja. Aber das bezieht sich doch nicht auf Katzen.«

»Sie haben unrecht. Eine Katze hat eine sehr ausgeprägte Persönlichkeit. Sie können sich gar nicht vorstellen, was das ist, eine Katze. Sie ist mit dem Mond verbunden. Wie das Meer.«

»Woher wissen Sie das?«

»Ich weiß es. Ich selber war bei meiner ersten Geburt eine Katze.« Die Alte lächelte, als mache sie sich selber darüber lustig.

Eine Verrückte, dachte Klimow.

Sie schwiegen.

Die Kellnerin Lida trat heran und stellte einen Teller Borschtsch vor Klimow hin.

Ihm wurde klar, daß er nicht länger neben der Alten sitzen wollte. Mit Bedauern blickte er auf den Sahneklecks im goldig-rubinroten Borschtsch und erhob sich vom Tisch.

»Und das Hauptgericht?« fragte Lida erstaunt.

»Fastentag«, erwiderte Klimow lakonisch und ging auf sein Zimmer. Er setzte sich in den Sessel und befahl sich, nicht weiter daran zu denken. Wenn ihn etwas sehr erregte und er keinen Ausweg wußte, verbot er sich, die Sache konsequent zu Ende zu denken.

Ihm kam der Gedanke, sich ein Mittagsschläfchen zu genehmigen. Er hatte nicht gegessen und hatte folglich das Recht, auf Bewegung zu verzichten und sich für eine dreiviertel Stunde schlafen zu legen.

Er entkleidete sich und legte sich ins Bett. Der gestärkte Kissenbezug, der Komfort und die Ruhe ließen ihn beinahe so etwas wie Glücksgefühle empfinden. Er nahm ein Buch vom Nachtschränkchen, öffnete es und folgte dem Autor des Buches in eine andere Welt. Er überließ sich dem Treiben jener Welt wie ein Fremder, für den niemand Interesse zeigt, und schloß die Augen. Als er sie wieder öffnete, war es drei Uhr nachts. Aus den fünfundvierzig Minuten waren zehn Stunden geworden, sein nächtliches Schlafpensum. Der Organismus war vielleicht erschöpft, vielleicht war auch für den Bruchteil einer Sekunde etwas falsch gelaufen, waren sein inneres Koordinatensystem und die Reflexe durcheinandergeraten.

Draußen war es stockdunkel. Klimow hatte Hunger. Er überlegte, was er tun könnte: Zum Lesen hatte er keine Lust, zum Schlafen auch nicht. Einfach daliegen und an die Decke starren war langweilig. Er stand auf, zog sich an und trat auf die Straße.

Es hatte gefroren. Der Schnee knirschte unter den Füßen. Klimow schlug seinen gewohnten Weg zum Wald ein. Der Mond löste sich von der Stelle und schwamm hinter ihm her. Die Bäume standen wie vertraute Menschen, und es war überhaupt nicht schrecklich, sondern tat im Gegenteil gut, allein zu gehen und den Mond wie an einer Leine hinter sich herzuführen. Vom Mond breitete sich ein Leuchten über Himmel und Erde aus. Klimow wurde plötzlich klar, daß er das alles schon einmal gesehen hatte. Aber wann? Wo?

Es war vor zweiundzwanzig Jahren gewesen. Er besuchte damals die zehnte Klasse, und sie feierten Neujahr bei Lenka Tschudakowa auf der Datsche. Gerade um diese Zeit, nachts um drei Uhr, waren sie auf die Straße hinausgelaufen. Der Himmel war genauso, und die Bäume zeichneten sich deutlich im Mondschein ab. Und da war noch etwas, was ihn zittern machte. Nicht der Frost. Auch nicht Lenka Tschudakowa und nicht der billige Portwein, von dem die Zähne dunkel wurden. Es war ein Ansturm von Glück gleich dem Wasserandrang in einem elastischen Schlauch, der diesen zittern läßt. Es war die Gewißheit, daß sich seine Persönlichkeit, seine Liebe bald vollkommen verwirklichen würden. Er stand auf der Außentreppe und hielt sich sich an den Ellenbogen gefaßt, um das Zittern zu unterdrücken. Das war vor zweiundzwanzig Jahren . . . Und danach? Danach war er überglücklich und ebenso tiefunglücklich gewesen. Aber daran dachte er lieber nicht. Nicht zu Ende denken . . . Aber warum eigentlich nicht? Vielleicht sollte er es gerade jetzt tun und alles nach bestem Gewissen richtigstellen und prüfen . . . Vielleicht war er deshalb erstmals wieder nach zweiundzwanzig Jahren nachts auf die Straße gegangen . . .

Er verhielt den Schritt und stellte fest, daß er an der Weggabelung stand. Er schaute nach allen Seiten, tastete mit den Blicken jeden Meter des vom Schnee erhellten Bodens ab. Sein Herz schlug heftig.

Die Katze saß wartend unter einem Baum und rührte sich nicht. Möglich, daß sie schlief, auch möglich, daß sie sich auf langes Warten eingestellt hatte und ihren Gedanken nachhing.

Klimow überlief es heiß vor Dankbarkeit. Die Katze hatte also richtig eingeschätzt, was in ihm steckte. Demnach war sie wirklich eine Persönlichkeit, denn je edler eine Persönlichkeit ist, um so mehr Gutes sieht sie in anderen. Edelsinn überträgt sich auf den Partner. Klimow strebte zum Baum, fast bis zu den Achseln versinkend. Plötzlich hiet er inne, als habe ihn jemand vor die Brust gestoßen.

Es war nicht die Katze, sondern ein Ast, derselbe, den er nach ihr geworfen hatte.

Klimow stand da und fühlte eine Leere in sich. In dieser Leere schlug schwer und hallend wie im Leerlauf das Herz. Der Mond blieb über Klimow stehen. Er glich nicht einem leuchtenden Schädel, wie er irgendwo gelesen hatte, sondern einem Planeten aus weiter Entfernung. Das heißt, er glich sich selbst. Die Erde sah vom Mond aus sicherlich genauso aus. Nur, daß der Mond gelb war und die Erde blau.

ZICKZACK DER LIEBE

Die wissenschaftliche Assistentin Irina Dubrowskaja kam vom Rendevous nach Hause. Ohne abzulegen, wie sie war, in Pelz und Stiefeln, durchquerte sie das Zimmer, blieb am Fenster stehen und heulte los.

Im Treppenhaus wurde endlos renoviert. Die Hausverwaltung hatte beschlossen, alles neu weißen und streichen zu lassen. Die Treppenaufgänge waren dick mit Schlämmkreide bespritzt und mit grüner Farbe bekleckert. Es schien, daß es ewig so bleiben würde.

Im Haus gegenüber waren einzelne Fenster erleuchtet, insgesamt vier im ganzen Block. Die Menschen schliefen zu dieser Jahreszeit rund um die Uhr, während Irina, allein ihrem Unglück überlassen, dastand und weinte. Keiner, der das Unglück hätte bannen und selbst an seine Stelle treten können. Einen solchen Menschen gab es nicht, es würde ihn wohl nie geben, und sie brauchte ihn auch nicht. Sie brauchte überhaupt nichts, weil ihr Leben eine einzige, endlose Renovierung war: Dauernd ging etwas in die Brüche, etwas anderes wurde aufgebaut, und im nachhinein stellte sich heraus, sie hätte das Alte besser nicht kaputtmachen und das Neue besser bleiben lassen sollen.

Irina sah sich gleichsam mit den Augen eines Außenstehenden, wie sie so einsam und verlassen vor sich hin weinte, sie tat sich nun doppelt leid. Sie heulte in den Pelzärmel, um die Nachbarn nicht zu wecken. Da klingelte das Telefon. Irina nahm den Hörer ab und hielt den Atem an.

»Ja bitte. . . «

»Ist da Igor Nikolajewitsch?« fragte eine ferne Männerstimme.

»Falsch verbunden.«

Irina knallte den Hörer auf die Gabel und wollte sich schon wieder ihrem Unglück hingeben, da klingelte das Telefon abermals.

»Ist dort Igor Nikolajewitsch?« fragte die Männerstimme wieder.

»Ist es wirklich so schwer zu begreifen, daß ich nicht Igor Nikolajewitsch bin?« parierte Irina gereizt. »Klingt meine Stimme vielleicht so?«

»Wieso regen Sie sich so auf?« Der Unbekannte wunderte sich.

»Und wieso rufen Sie dauernd an?«

»Habe ich Sie geweckt?«

»Nein. Ich schlafe nicht.«

»Sind sie erkältet?«

»Wie kommen Sie darauf?«

»Sie haben so eine verschnupfte Stimme.«

»Ich weine.«

»Wollen Sie, daß ich jetzt zu Ihnen komme?«

»Ja«, sagte Irina. »Wer sind Sie eigentlich?«

»Sie kennen mich nicht, mein Name wird Ihnen nichts sagen. Ihre Adresse. . . «

»Festivalstraße sieben Strich neun, Wohnung elf.«

»Leicht zu merken, lauter ungerade Zahlen.«

»Wo sind Sie denn?« fragte Irina.

»Ich stehe jetzt auf der Gorkistraße, und gerade fahren Panzer vorbei, in jedem sitzt ein Panzerfahrer mit Helm. Hören Sie's?«

Irina lauschte. In der Ferne grollte es tatsächlich, als wären große Manöver im Gange. Moskau bereitete sich auf die Parade vor.

Zwanzig Minuten später war er da. Irina sah ihn an und war erfreut, daß er so und nicht anders aussah. Ein anderer, selbst wenn er hübscher wäre, hätte ihr nicht so gefallen.

Er trug eine Brille, die seine Augen größer machte, was seinem Gesicht einen wunderbar-seltsamen Ausdruck verlieh. Er sah sie an, wie sie da im Mantel saß wie auf dem Bahnhof, und entschied: »Sie sollten nicht hierbleiben. Sie brauchen einen Tapetenwechsel. Kommen Sie mit mir.«

Irina erhob sich und folgte ihm. Wohin? Wozu?

Auf der Straße hielt er ein Taxi an und fuhr mit ihr zum Flughafen. Dort kaufte er zwei Tickets, bestieg mit ihr eine Maschine und in Riga stiegen sie aus.

Es war vier Uhr morgens. Sie fuhren zu einem Hotel.

Allein im Zimmer, trat sie ans Fenster. Der Morgen graute, man spürte die Nähe des Meeres. Vielleicht kam dieses Gefühl auch nur von dem Wissen, daß das Meer nahe war und sich irgendwie bemerkbar machen mußte.

Irina stand und wartete. Seinen überraschenden nächtlichen Anruf und diese unerwartete Reise deutete sie als eine geschickt eingefädelte Werbung. Und wo ein Anfang ist, muß auch eine Fortsetzung sein, und wenn es nach der üblichen Logik ging, so hätte ER in ein paar Minuten vorsichtig und einschmeichelnd an ihre Tür klopfen müssen. Aber entweder stimmte die Logik nicht, oder es war gar kein männliches Interesse vorhanden, jedenfalls klopfte niemand. Irina wartete noch ein wenig, ratlos, wie sie sich verhalten sollte. Dann beschloß sie, sich nicht weiter den Kopf zu zerbrechen, sondern sich einfach auszuziehen und hinzulegen.

Die Straßenbahn rasselte so, als schlüge jemand die Alarmglocke der Feuerwehr. Irina aber schlief fest und glücklich und lächelte im Schlaf.

Morgens rief ER an und schlug vor, am Büfett zu frühstücken. Sie aßen Piroggen, gefüllt mit Geräuchertem, und dann Schlagsahne und wunderten sich, weshalb man so etwas nur im Baltikum bekam. Ein Gericht selber auszudenken ist wie eine Entdeckung – man muß erst einmal darauf kommen. Aber wenn schon jemand auf Piroggen mit Geräuchertem gekommen war, warum wurde es nicht aufgegriffen? Schlagsahne gehörte allerdings zum Baltikum so wie Lobio* zum Kaukasus, Spaghetti zu Italien, Zwiebelsuppe zu Frankreich und Borschtsch zu Rußland.

Nach dem Frühstück setzten sie sich in den Vorortzug und fuhren nach Dzintari, dem Rigaer Strand.

Zuerst gingen sie ins »Kinderstädtchen« und gaben sich kindlichen Vergnügungen hin. Sie schaukelten, sausten mit federnden Knien eine Holzrutschbahn hinunter. Sie kreischte vor Vergnügen und Angst. Dann machten sie an einem Balken Klimmzüge. Irina konnte ihre eigene Schwerkraft nicht überwinden und hing wie ein Mehlsack da. Er versuchte, sie um die Knie zu fassen und anzuheben, aber sie lachte nur lauthals, bis sie nicht mehr konnte.

Dann unternahmen sie einen Strandbummel. Das Meer war noch nicht zugefroren. Graue Wellen mit weißen Schaumkronen schlugen ans Ufer. Die Luft war jodgetränkt. Direkt am Wasser lagen auf dem entblößten Sand reihenweise kleine, runde, rosige Muscheln. Man fühlte sich versucht, darauf zu treten, damit es knirschte. Sie trat wirklich darauf, und sie knirschten wirklich. Und plötzlich

* Bohnengericht

schien ihr, sie habe das schon einmal erlebt. Aber wann und wo? Vielleicht in frühester Kindheit? Vielleicht noch früher? Ihr ferner Vorfahre war vielleicht als Echse dem Meer entstiegen und hatte die Muschelbänke erblickt. Er hatte sie entdeckt, sie dagegen hatte sie wiedererkannt . . .

Die Kiefern am Ufer standen mit rötlichen, vom Wind gekrümmten Stämmen da. Die Silhouetten der Kiefernzweige vor dem Hintergrund des grauen Himmels erinnerten an japanische Postkarten.

Später fuhren sie zum Rigaer Dom, hörten das »Requiem« von Mozart. Während des ersten Satzes war Irina nicht bei der Sache, sie betrachtete alles um sich her: die Mauern des Doms, die Chorsänger, die ihr wie Altersgenossen des Doms vorkamen, jeder an die siebenhundert Jahre alt. Selbst die jungen Sopranstimmen sahen aus, als hätte man sie aus einer Mottenkiste hervorgeholt. Irina schielte zu IHM hinüber, um Anzeichen seines Interesses an ihr zu entdecken – etwa im Blick, in einer leichten, zufälligen Berührung. Doch nichts dergleichen. Er saß in den Holzstuhl zurückgelehnt, lauschte der Musik und schien in sich versunken. Er war fern und unerreichbar, gehörte niemandem.

Irina war leicht verwundert und leicht gekränkt. Doch auf einmal waren Verwunderung und Kränkung vergessen. Der Chor sang das »Lacrimosa«. Und das waren schon nicht mehr sechzig verschiedene Menschen, die nach Noten sangen, es war Mozart selbst, der klagte, sein »göttliches Ich«. Irina weinte, die Tränen rannen ihr über die Wangen, und mit ihnen schien der Schmerz aus dem Herzen zu weichen. Daher waren die Tränen so salzig, und das Herz wurde leicht.

Am Abend kehrten sie nach Moskau zurück.

Er begleitete sie bis an die Tür und nahm die Mütze ab.

»Geht es Ihnen besser?« fragte ER.

»Natürlich«, sagte Irina. »Wenn es das Meer, Mozart und Sie gibt, muß man nicht nur leben, es ist auch schön.«

Er küßte ihr die Hand und stieg die Treppe hinunter.

Irina stand da und sah, wie seine Spuren gleich gigantischen Bohnen auf den kreidebedeckten weißen Stufen zurückblieben.

Er fuhr mit der Metro bis zur Station »Jugo-Sapadnaja«, dann mit dem Bus bis zur Haltestelle »44. Quartal«, dann mit dem Fahrstuhl bis vor seine Wohnung. Er öffnete die Tür mit seinem Schlüssel.

Im Flur stand seine Frau mit der einjährigen Tochter auf dem Arm. Tochter und Frau waren beide rundgesichtig, beide ungekämmt, mit Haarbüscheln, die nach allen Seiten standen, und ähnelten bezaubernden Wilden.

»Bist du wieder auf Zickzackkurs gewesen?« fragte die Frau und richtete ihre kleinen, runden Knopfaugen auf ihn.

Er gab keine Antwort, zog sich schweigend aus.

Das »wieder« bezog sich auf seinen Abstecher nach Sibirien in die Bijsker Vitaminfabrik. Irgendwer hatte dringend Sanddornöl gebraucht, und ER war natürlich in der Rolle eines Zauberers erschienen.

»Dir gefällt es zu bluffen«, sagte die Frau. »Ein schöner Menschenfreund bist du! Und ich hocke hier allein mit dem Kind . . . Rotiere wie ein Hund beim Übersetzen einer Fähre.«

Er sah die Frau an und versuchte sich vorzustellen, wie ein Hund das wohl anstellt. In der Ungewißheit, ob sie ihn auch mitnehmen, rennt er umher und bellt. Er hat Angst, sein Herrchen zu verlieren.

»Du hast unrecht«, sagte ER weich. »Du bist mein Hund, und ich bin dein Herrchen. Das weißt du.«

»Ganz egal«, sagte die Frau. »Ich bin müde. Du willst

die ganze Menschheit glücklich machen, nur für mich machst du nichts. Dafür bist du zu träge, es langweilt dich.«

»Was soll ich denn für dich machen?«

»Wenn du wenigstens den Eimer runterbringen würdest. Der Müll quillt schon über. Ich habe ihn viermal mit dem Fuß festgestampft.«

»Kannst du ihn denn nicht selber runterbringen?« fragte ER verwundert. »Du siehst doch, daß ich müde bin.«

Er setzte sich in den Sessel, nahm die Brille ab und schloß die Augen.

Die Frau sah ihn mitfühlend an.

»Ich habe ja nichts gegen deine Wunder«, sagte sie. »Sollen die Leute mit deiner Hilfe gesund und glücklich werden. Aber warum auf meine Kosten?«

Er öffnete die weitsichtigen Augen.

»Auf wessen Kosten werden denn die Wunder in Märchen vollbracht?«

Die Frau dachte nach. »Auf Kosten der FEE«, fiel ihr ein.

»Na also. Du bist demnach meine Fee.«

Die Frau wollte etwas entgegnen, aber bevor sie noch einen Gedanken gefaßt hatte, war er eingeschlafen. Er war wirklich müde.

Die Fee brachte die Tochter zu Bett, danach den Mann. Dann trug sie den Eimer hinaus. Dann wusch sie das Geschirr. Dann kochte sie Makkaroni, damit man sie früh schnell aufwärmen konnte.

Die wissenschaftliche Assistentin Irina Dubrowskaja erwachte am Montag früh um halb acht Uhr. Sie sah an die Decke und überlegte: Hatte es nun ein »gestern« in ihrem Leben gegeben oder nicht? Einerseits erinnerte sie sich so deutlich an den Geschmack der Schlagsahne, an die Kiefernzweige vor dem grauen Himmel, daß es anders nicht sein konnte. Natürlich hatte es das gegeben. Andererseits existierten keine greifbaren Spuren, nicht mal der Kofferanhänger vom Flughafen. Da fielen ihr die Fußspuren auf der Treppe ein.

Sie sprang aus dem Bett, lief in den Flur, riß die Tür zum Treppenhaus auf und . . . So etwas gibt es nur in der Kindheit, wenn man aus der Schule kommt, ins Zimmer tritt, und in der Ecke steht eine Neujahrstanne. Oder wenn man einen ausgetretenen Waldpfad entlanggeht und auf einmal ein Steinpilz dasteht.

Es gab keinerlei Spuren. Weder von Fußabdrücken, noch von Schlämmkreide, noch von Malerarbeiten. Die Renovierung war abgeschlossen, und Tante Mascha hatte schon in der Frühe die Treppe gewischt. Die Karos auf dem Boden zeigten ein frisches Rotbraun gleich der Farbe der Scheuerleiste. Die Wände waren zartgrün, die Decken weißblau.

Das Treppenhaus wirkte festlich wie eine Neujahrstanne, wie ein unvermutet dastehender Steinpilz. Und es schien, daß es ewig so bleiben würde.

PFERDE MIT FLÜGELN

»Es wird nichts draus«, sagte Natascha. »Die fahren nirgendwo hin.«

»Warum nicht?« fragte Wolodja und bog mit dem Auto zweimal rechts ab.

»Darum nicht. Mit denen kann man genauso wenig rechnen wie mit einer falschen Münze.«

Wolodja parkte das Auto neben dem zweiten Aufgang. Es war abgemacht, daß die Gussews unten stehen, aber es war niemand da.

Natascha stieg aus dem Auto und ging zur dritten Etage hoch. Die Tür wurde bei Gussews nie abgeschlossen – nicht etwa, weil sie so vertrauensselig waren, sondern weil sie die Schlüssel verloren hatten.

Natascha betrat die Wohnung, sah sich um und stellte fest, daß sie einen Besen oder eine Schaufel hätte mitbringen sollen, um sich den Weg zu bahnen. Bei jedem Schritt mußte man erst nach einem freien Fleck Ausschau halten. Im Flur lag sämtliches im Haus vorhandene Schuhwerk herum, von Jeanssandaletten bis zu Filz- und Gummistiefeln. Und alles in je vier Exemplaren. An den Sportschuhen haftete noch der getrocknete Schmutz vom Herbst.

Die Zimmertür stand offen, und es bot sich ein analoges Bild: Auf Fußboden und Stühlen lag alles bunt durcheinander, was eigentlich in den Schrank gehörte.

Alka war eine totale Schlampe. Wie Gussew, dieser normale, gutverdienende Mann, mit ihr leben konnte, war völlig unbegreiflich.

Alka kam in Trainingshosen mit ausgebeultem Hinterteil in den Korridor, riß die haßsprühenden Augen auf und schüttelte beide Fäuste.

Gussew tauchte auf, niedergeschlagen, unrasiert, verlottert, mit dem Gesicht eines Sträflings.

»Grüß dich«, sagte er trübe, so als wäre von einem gemeinsamen Sonntagsausflug nie die Rede gewesen.

Natascha öffnete den Mund, um eine Frage zu stellen, doch Alka faßte sie beim Arm und zog sie in die Küche. Im Spülbecken stapelte sich sämtliches im Haus vorhandene Geschirr. Von den Wänden blätterte die Farbe ab, die Decke war voller Wasserflecken. Natascha hatte unwillkürlich das Gefühl, als könne ihr jeden Augenblick eine Eidechse auf den Kopf fallen. In diesem Milieu hätte sich durchaus eine Eidechse oder auch ein Krokodil einnisten können. Man würde es nicht einmal bemerken.

»Das ist ja ein Tohuwabohu bei dir«, wunderte sich Natascha.

»Weißt du. . . « Alka sah die Freundin eindringlich mit ihren Aquamarinaugen an. Ihre Augen hatten die Fähigkeit, je nach Stimmung und Beleuchtung die Farbe zu wechseln. Alkas Wandlungsfähigkeit war überhaupt erstaunlich. Wenn sie aus ihrer Höhle ins Freie trat, hatte jedermann den Eindruck, sie käme aus einer Hollywood-Villa mit vierzehn Lakaien und drei Dienstmädchen. Sie verstand es, wie aus dem Ei gepellt, elegant, mit einem flüchtigen Lächeln auf dem stolzen, aristokratischen Gesicht, aufzutreten. Sophia Loren in ihren besten Zeiten.

Jetzt stand sie trostlos, großnasig wie eine Krähe da. Die Hexe Baba Jaga in der Jugendzeit.

»Weißt du, wenn man mir einen Löffel Gift gegeben hätte. . . ich schwöre, ich hätte ihn geschluckt und es nicht bereut, keine Sekunde hätte ich diesem Leben nachgetrauert. . . «

Natascha begriff, daß es soeben einen Krach gegeben hatte. Daher lief Gussew wie abwesend herum, und die Kinder kamen nicht aus ihrem Zimmer, hockten wie Taubstumme da drin.

Wie sich herausstellte, hatte Gussew sich geweigert, am Ausflug teilzunehmen. Und zwar wegen einer drittgradigen alten Verwandten, die vor drei Tagen gestorben war. Alka war der Auffassung – so sagte sie es auch Natascha –, daß es für die Alte längst an der Zeit gewesen war: Sie war noch zu Zeiten Alexanders II. geboren, nach dem noch ein weiterer Zar das Zeitliche gesegnet, sich die Gesellschaftsordnung verändert hatte, mehrere Kriege stattgefunden hatten – der erste Weltkrieg, der Bürgerkrieg und der Zweite Weltkrieg. All das hatte die Großmutter überlebt und war nun vor drei Tagen gestorben. Gussew zeigte sich trotz allem betroffen, weil die Großmutter ihn als kleinen Jungen geliebt hatte und ihm im letzten Krieg während der Evakuierung eine wattierte Jacke und eine Baskenmütze geschickt hatte.

Die Söhne, diese Parasiten – beklagte sich Natascha –, beschimpften und rauften sich ununterbrochen. Die reinste Hölle zu Hause. Das Geschirr seit einer Woche nicht gespült. Alle warten, daß Alka aufwäscht. Alles lastet auf ihr: Geldverdienen, Haus und Herd. Selbst so eine kleine Abwechslung wie ein Sonntagsausflug mit Freunden ist ihr verwehrt. Alkas Augen bekamen einen tragischen Ausdruck und verfärbten sich rauchig-grau wie eine Regenwolke.

Wolodja hupte vor dem Fenster.

»Was für ein abscheulicher Hupton«, sagte Alka, für Sekunden von ihrem eigenen Kummer abgelenkt. »Wie eine kleine Sekunde: c und cis.«

»Wie grün und rosa«, sagte Natascha.

Alka war Choreographin in einer Musikschule und Natascha Zeichenlehrerin in einer Schule für junge Talente. Die eine empfand die Welt in Farben, die andere in Tönen. Sie paßten dennoch wunderbar zusammen, wie eine Art Klangmalerei.

»Dann gehe ich«, sagte Natascha. »Sehr schade. . . «

Es tat ihr wirklich leid, daß Alka nicht mitfuhr, denn die Hauptsache war sie. Wolodja – das waren die Räder. Gussew sollte nur Wolodja Gesellschaft leisten, damit er den Frauen nicht zwischen den Füßen rumstolperte. Man könnte die Männer sich selbst überlassen, und sie würden über Reagan reden.

Männer sind genau solche Quasselstrippen wie Frauen, nur daß die Frauen ihre Freundinnen durchhecheln und die Männer die Regierungen. Im einen wie im anderen Fall ist es eine Art der Selbstbestätigung. Reagan hat etwas falsch gemacht, und Gussew deckt es auf. Auch Wolodja Wischnjakow sieht das so. Demnach sind beide klüger als Reagan. Im Vergleich zu ihnen ist Reagan ein Schwachkopf, obwohl er jetzt im Weißen Haus sitzt, während sie mit ihren angetrauten Lehrerinnen durch den Winterwald spazieren.

Natascha hätte Alka über die Ausstellung von Kinderzeichnungen und über Mansurow erzählt. Von Mansurow hätte sie ein, zwei, drei Stunden lang geredet, und Alka hätte ihr zugehört, wobei sich ihre Augen mal dunkelgrün wie Malachit, mal hellgrün wie Smaragd gefärbt hätten.

Gussew betrat die Küche und suchte in dem Geschirrberg nach einem Krug. Polternd zog er einen hervor.

»Wollen wir nicht doch fahren?« bettelte Alka.

Gussew trank schweigend Wasser aus dem schmutzigen Krug. Er fühlte sich unwohl in seiner Haut wegen seiner menschlichen Regung. Alka hält es für natürlich, wenn ein sehr alter Mensch stirbt. Er hingegen hält es für unnatürlich, wenn seine Verwandte stirbt. Sie tut ihm leid, egal wie alt sie ist, selbst wenn sie dreihundert wäre. Alte Verwandte sind für ihn eine Trennschicht zwischen ihm und dem Tod. Je mehr sterben, desto dünner wird die Schicht. Und wenn die Eltern sterben, steht man dem Tod von Angesicht zu Angesicht gegenüber. Der nächste ist man selbst.

»Schön«, sagte Natascha. »Ich gehe.«

»Bist du auch nicht böse?« fragte Alka.

»Ich habe es gewußt«, sagte Natascha.

»Woher?«

»Ich kann hellsehen. Mit mir geht überhaupt etwas vor. Ich fühle alles im voraus.«

»Die Nerven«, konstatierte Alka. »Das kommt, weil wir wie Pferde mit Flügeln leben.«

So bezeichneten sie die Mücken, die bei ihnen auf der Datsche in Iljinsk herumflogen. Sie waren schwer von menschlichem Blut und bissen – zwar nicht wie Pferde, aber auch nicht wie Mücken. Es gab tatsächlich eine Ähnlichkeit zwischen der Haltung eines weidenden Pferdes und einer stechenden Mücke auf der Hand.

»Was ist das für ein Pferd mit Flügeln«, fragte Gussew. »Ein Pegasus?«

»Selbst ein Pegasus«, sagte Alka.

»Scher dich doch zum Kuckuck.« Gussew schleuderte den Becher auf den Geschirrberg und verließ die Küche.

Natascha hielt ihn zurück, umarmte ihn zum Abschied. »Beschimpft euch nicht«, bat sie.

»Wenn wir das jetzt zurücklassen«, Gussew stippte mit

dem Finger auf den Abwasch, »finden wir das wieder so vor, und es bleibt eine weitere Woche liegen. Das ist doch kein Zuhause mehr! Hier kann man ja verschütt gehen! Sag du es ihr wenigstens mal!«

»Mach ich«, versprach Natascha, küßte Gussew, spürte an der Wange seinen Stachelbart, nahm den Tabakgeruch und noch irgendeinen Geruch wahr, ähnlich wie in ungepflegten Wohnungen. Der Geruch eines ungeliebten Mannes.

Der Wald war weiß, blau, rosa, fliederfarben. Perlmutt.

In Gedanken nahm Natascha Pinsel, Farben, Leinwand zur Hand und malte. Sie würde durch die Zweige brechende Sonnenstrahlen malen, dazu ein paar wie Edelsteine funkelnde Schneeflocken. Und seitwärts, ganz in der Ecke, eine kleine schwarze Bank, frei von Schnee. Alles in Schönheit und Glanz, nur an der Seite etwas Einsames, denn Winter ist gleichbedeutend mit Alter. Natascha stellte sich hier auf dem Waldpfad ihre begabten Schüler vor: Woronko und die Sassonowa. Woronko würde die Kälte darstellen, er würde die Luft gläsern malen. Die Sassonowa würde aus allem, was sie umgab, einen Tannenzweig wählen. Nichts als einen schneebedeckten Tannenzweig inmitten des Schnees. Jede Nadel würde sie malen. Sie arbeitet vom Detail her. Mädchen denken anders als Jungen. Sie sind aufmerksamer und sehen mehr das Naheliegende.

»Warst du in der Psychiatrie?« fragte Wolodja.

»Laß das jetzt«, bat Natascha.

Sie hatten vor, auf Einladung nach Ungarn zu fahren. Zu den notwendigen Formalitäten gehörte eine Bescheinigung von der psychiatrischen Fürsorge, daß sie, Natascha, nicht behandlungsbedürftig war, also im Ausland keine Überraschungen zu befürchten waren. Dreimal war Natascha zur Sprechstunde gefahren, und jedesmal umsonst: mal war sie zu früh da, mal zu spät, mal während der Mittagspause.

Wolodjas Bemerkung hatte sie aus ihren Gedanken gerissen und in die psychiatrische Dispensaireabteilung des Gagarin-Stadtbezirks mit den tristen Wänden und den Schlangen von Heilung suchenden Alkoholikern versetzt.

»Hör bloß mit einer Psychiatrie auf.«

»Versuche einer, mit dir zurechtzukommen.« Wolodja war wütend. Als Zeichen seines Protests überholte er Natascha. Er mochte es nicht, von jemandem abhängig zu sein, auch nicht von seiner Frau.

Natascha blickte auf seinen Rücken und dachte: ein Klassemann. Er war gut gewachsen, hatte einen schönen Kopf, schöne Hände, vollkommen geformte Nägel wie ein schneidiger Husar. Doch nichts in der Welt hätte Natascha bewegen können, diese Hände mit den schön geformten Nägeln wieder zu lieben. Irgendwann einmal, in den ersten fünf Jahren, vor Margoschkas Geburt, waren sie so ineinander verliebt gewesen, daß sie sich Tag und Nacht nicht voneinander trennten. Sie gingen stets Hand in Hand, schliefen Hand in Hand. Jetzt hatten sie getrennte Schlafzimmer, zwischen ihnen war eine Wand im direkten und übertragenen Sinn.

Natascha bereute, in den Wald gefahren zu sein. Zu Hause hätte man sich verschanzen können – er hinter der Zeitung, sie hinter die Kochtöpfe. Hier ging das nicht, man mußte sich irgendwie unterhalten. Mit den Gussews wäre alles einfacher. Gussew würde sich mit Wolodja und Alka mit Natascha zusammentun. Zuerst würden sie Marjanka durchhecheln. Marjanka hatte einen Ausländer geheiratet, erstickte in Klamotten, verkaufte aber nichts davon. Von Schenken schon gar nicht zu reden. Ist ja bekannt: Im Westen zählen alle das Geld, und wenn unsereiner in den Westen kommt, wird er im Handumdrehen genauso. Nicht mal für die engsten Freundinnen fällt dann was ab, selbst für Geld nicht. Dabei möchte man so gerne schön sein.

Wieviel Jahre blieben ihnen noch dafür – fünf, na gut, sechs . . . Obgleich sie sich vor zehn Jahren auch nur noch fünf, höchstens sechs Jahre gegeben hatten. Es heißt, je älter man wird, desto höher setzt man die Grenze für die Jugend an.

Sie würden über Jelena sprechen, die Gerüchten zufolge philippinische Wunderdoktoren aufgesucht hatte, die sie endgültig geheilt hatten, während alle Ärzte einschließlich der Koryphäen sie schon aufgegeben hatten. Allein der Gedanke, daß es so etwas gibt, ist beruhigend. Auch wenn die Wunderdoktoren auf den Philippinen sitzen und es unvorstellbar erscheint, wie man dahin gelangt.

Marjanka und Jelena waren Freundinnen, genauer, ehemalige Freundinnen. Neben der Freundschaft gibt es aber noch die Liebe, und etwas Wichtigeres als die Liebe – darin waren sich Alka und Natascha einig – gab es nicht. In der Liebe lag auch der Sinn des Lebens. Deswegen sucht der Mensch sein Leben lang nach Liebe. Er sucht und findet sie oder findet sie nicht, oder aber er findet und verliert sie wieder. Bei Lichte betrachtet handelt die ganze Musik, Literatur und Malerei davon. Selbst die Kindererziehung. Woronko zum Beispiel zeichnete mit Vorliebe Holzhütten mit erleuchteten Fenstern. Eine Hütte im Feld. Eine Hütte im Garten. Im Winter. Im Herbst. Und jedesmal entsteht der Eindruck, daß hinter diesem erleuchteten Fensterchen Wesen leben, die einander lieben: ein Mann und eine Frau, eine Großmutter und ihr Enkel, ein Mädchen und seine Katze. Die Lampe strahlt ein weiches Licht aus. Selbst wenn man das Bild im Dunkeln betrachtet, leuchtet die Lampe. Auf der Ausstellung hat er den ersten Preis bekommen. Aber das steht schon auf einem anderen Blatt. Die Ausstellung war ein Thema für sich. Die Hauptsache aber war Mansurow.

Alka würde fragen: »Wie habt ihr euch denn kennengelernt?«

Das war so: Die Leiterin der Ausstellung hatte sich an Natascha mit den Worten gewandt: »Sag es niemandem weiter, die hiesigen Chefs haben zu einem Bankett eingeladen.« Wieso das niemand wissen durfte, war Natascha unklar. Na schön. Das Gelage fand außerhalb der Stadt, am Ufer irgendeines Gewässers, statt. Die Frösche quakten nicht, sie schrien wie Kater. In Turkmenien ist Wasser eine Seltenheit. Sonst gibt es da nur Sand, Wüste, Kamele. In der Provinz schmieren sich die Mädchen das Haar mit Kefir ein. Aber das ist wieder ein Thema für sich. Turkmenien ist auch wahnsinnig interessant. Aber die Hauptsache war Mansurow.

»Du weißt, Alka, daß ich schöne Männer nicht mag. Ich habe das Gefühl, daß sie nichts für mich sind. Zu gefährlich. Ich stehe auf inneren Gehalt. Aber jetzt begreife ich, daß Schönheit eine besondere Substanz ist. Ein Triumph der Natur. Weißt du, wenn das Auge sich weidet, mehr noch, betroffen ist. Du schaust und denkst: Das kann doch nicht wahr sein! Das gibt es nicht! Ich trete an die Tafel. Er sieht mich, erhebt sich und geht mir entgegen: die Schultern gestrafft, der Torso geschmeidig wie bei einem jungen Raubtier. Und die Zähne, der Ausdruck . . . Die Augen stehen weit auseinander wie bei einem Achaltekinsker Pferd. Es heißt übrigens, daß man Achaltekinsker nicht schlachtet. Sie sterben eines natürlichen Todes und werden wie Menschen begraben. Wir sind in einem Gestüt gewesen. Für jedes Pferd wird auf der Auktion mehr geboten als man für einen Volvo bezahlt. Das wäre ja auch . . .

Einen Volvo kann man auf dem Fließband montieren, einen Achaltekinsker ›montiert‹ die Natur. Als ich das Gelände der Pferdezucht betrat, wendete die kleine Herde der Achaltekinsker mir die Köpfe zu. Nichts als hochgereckte Köpfe, große Augen. Sie sehen mich an und scheinen zu fragen: ›Wer bist du?‹ Oder: ›Was willst du?‹ Oder: ›Bist du vielleicht zufällig ein Pferd?‹

Ja, also, Mansurow erhebt sich und kommt mir entgegen – dichter Haarwuchs, der Körper wie modelliert, der Gang wie Mowgli, halb Mensch, halb Wolf.«

Alka würde fragen: »Was denn nun, Pferd oder Wolf? Das ist doch etwas ganz Verschiedenes. Was hat denn ein Pferd mit einem Hund gemeinsam?«

»Er ist eben verschieden. Unterbrich mich nicht.«

»Na gut. Und weiter?«

»Weiter sagte er nur ein Wort: Lik. . . «

»Ist das ein turkmenisches Wort?«

»Turkmenisch versteht er nicht. Seine Mutter ist Russin, einen Vater hat er nicht. Er soll übrigens auch Halbrusse gewesen sein.«

»Was heißt denn nun ›lik‹?«

»Antlitz, Ikone.«

»Du? eine Ikone?« würde Alka verwundert fragen und Natascha mit anderen, Mansurowschen Augen ansehen, bemüht, in ihren Zügen etwas Heiliges zu entdecken. »Was hattest du denn an?«

»Das weiße Kleid.«

»Das schwedische? Aus ungebleichtem Leinen?«

»Er sagte, daß zu Beginn des Jahrhunderts die ärmsten Bäuerinnen solche Kleidung trugen. Ich war barfuß und trug mein ärmlichstes Kleid und um den Hals silberne Glöckchen, auf dem Trödelmarkt gekauft. Der Aschchabader Trödelmarkt übrigens. . . Nein, nicht übrigens, dazu muß ich mehr sagen. Die Farben sind frappierend. Die Frauenkleidung des fünfzehnten Jahrhunderts wird bis heute als Alltagskleidung getragen. Nicht zur Maskerade und nicht im ethnographischen Museum. Diese Kleidung ist sehr bequem. Da geht sie, die Turkmenin in der Nationaltracht. Die Zusammenstellung der Farben ist jahrhundertelang erprobt. Man glaubt sich zurückversetzt in ferne Zeiten, und nichts ist mehr da – keine Koexistenz zweier Systeme, keine kosmischen Flüge. Nichts! Das hölzerne Tor öffnet sich, und ein Holzkarren, gezogen von einem Esel, fährt auf den Marktplatz. Darauf ein alter Turkmene und eine Turkmenin, an die fünfhundert Jahre alt, in Nationalkleidung. Sie mit einer Pfeife. Und so war es immer und wird es sein.«

»Er sagte aber ›lik‹. Und was dann?« würde Alka unterbrechen.

»Nichts. Er blieb stehen: Da, sieh mich an! Strahlend weiße Zähne, jung, über sich den Himmel, im Rücken einen blühenden Tamariskenstrauch. Oder Saksaul. Saksaul geht übrigens im Wasser unter. Ich habe es nicht glauben wollen, habe einen dünnen Zweig hineingeworfen, und er ging sofort auf Grund.«

»Lenk nicht ab«, würde Alka bitten. »Du schweifst dauernd ab.«

»Wo war ich denn stehengeblieben?«

»Strahlend weiße Zähne, jung. . . «

»Später sah ich, daß er gar nicht mehr so jung war. Um die vierzig. Oder drüber. Es hatte sich schon Müdigkeit in ihm angesammelt, aber ein qualitativer Sprung war noch nicht erfolgt. Er bewegte sich noch und lachte wie ein Dreißigjähriger. Das Alter zählte überhaupt nicht, jedenfalls für die anderen. Ich dagegen sah alles. Ich sah, daß er arm, ja fast ein Elender war. Irrsinnig nervös, einsam. Er wartete auf Liebe, auf mich. Fast alle Menschen auf der Welt warten auf Liebe. In der Regel warten sie jedoch in Gesellschaft ihrer Frau, der Kinder, der Geliebten. Mansurow aber wartete allein und war schon ganz von Sinnen, so zermürbt war er vom Warten.«

»Wie hast du das sehen können?«

»Ich bin hellsichtig wie eine Fledermaus.«

»Eine Fledermaus ist blind. Und was weiter?«

»Weiter habe ich an diesem Abend keine Erinnerung an ihn. Ich saß mit den Chefs zusammen.«

»Wer ist Mansurow?«

»Ein Künstler. Er gehörte zur Jury.«

»Die Jury gehört aber doch auch zur Leitung.«

»Künstler und Leiter, die sind aus ganz verschiedenem Holz.«

»Warum hast du dich nicht selbst zu ihm gesetzt?«

»Ich konnte mich zu nichts entschließen.«

»Und weiter?«

»Ich erinnere mich kaum. Es wurde viel getrunken, gegessen, geredet. Alles mit der Maßlosigkeit und der Zurschaustellung der Orientalen. Dann waren da irgendwelche Autos, die irgendwohin fuhren, und alles begann von vorn mit Musik, Tanz, dem Karussell der Talente, Halbtalentierten, Spekulanten, die nach Schöngeistigem, nach schönen Frauen lechzen und niemandem wirklich Nutzen bringen.«

»Und die Hauptsache?«

»Die Hauptsache war mein Erfolg. Du weißt, Alka, daß ich mich nie brüste, daß ich mich, im Gegenteil, selbst über mich lustig mache.«

»Das stimmt«, würde Alka nickend beipflichten.

»Aber an diesem Abend war ich wie ein Champagnerkorken, der, hätte ihn nicht ein Stahldraht an der Flasche gehalten, mit einem Knall an die Decke geflogen wäre. Von mir ging so etwas wie eine glückliche Verrücktheit aus, und alle, die mich ansahen, hatten irre Augen.«

»Das Vorgefühl des Glücks«, hätte Alka darauf gesagt. »Mansurow.«

»Nicht Mansurow selbst, nicht er konkret, sondern alles Schöne, was es im Leben gibt: Jugend, Träume, Abenteuer, schöpferischer Aufschwung, ein kleines

Kind – all das hieß Mansurow. Begreifst du?« – »Und ob . . .«

»Jegor Ignatjew vom Moskauer Künstlerverband trat an mich heran und sagte: ›Natascha, was ist an Ihnen schon Besonderes? Rein gar nichts! Aber ich ertappe mich dabei, wie ich Sie anstarre und die Augen einfach nicht abwenden kann.‹ Und plötzlich Mansurow. Wie aus dem Boden gestampft. Wo war er bloß die ganze Zeit gewesen? Er steuert direkt auf mich zu. Ich erhebe mich. Wir umfangen uns und wiegen uns leise im Tanz. Langsam, fast auf der Stelle. Alle um uns her toben, spielen verrückt. Wir aber umarmen uns einfach und halten die ganze Welt umschlungen. Ein Gesicht am anderen. Ich zwinkere und fühle, wie meine Wimpern seine Wangen streifen.«

»Du Glückliche. . . « würde Alka seufzen.

»Wenn mir in diesem Augenblick jemand gesagt hätte: Das wirst du hundertfach büßen, das wirst du teuer bezahlen, möglicherweise mit dem Leben – ich hätte ihn dennoch nicht freigegeben. Mochte kommen, was wollte . . . Die Leiterin der Austellung sah mich höchst verwundert an, sozusagen: Du solltest deinen guten Ruf wahren, dumme alte Trine . . . Ich aber hätte auf meinen Ruf spucken mögen.«

»Darauf spucken?« hätte Alka sich vergewissert.

»Damals – ja.«

Alka wäre vor Überraschung auf dem gefrorenen Waldpfad stehen geblieben und hätte Natascha mit einem Ausdruck angesehen, als hätte man ihr eine fliegende Untertasse gezeigt.

Natascha mußte daran denken, wie Mansurow sie zum Hotelzimmer begleitet hatte. Sie betraten zusammen das Zimmer und setzten sich, ohne Licht zu machen. Er in den Sessel, sie auf den Boden, zu seinen Füßen. Sie wollte es so, wollte orientalische Unterwürfigkeit mimen.

Sie hatte die europäische Selbständigkeit satt. Schweigend saß sie da, dann sagte sie: »Geh, sonst kompromittierst du mich.«

Er stand gehorsam auf, schritt zur Tür, öffnete sie, ein Lichtstreifen blitzte vom Korridor her auf und verschwand. Er selbst aber blieb.

Natascha glaubte, er sei gegangen, und ein heftiges Gefühl der Verlassenheit befiel sie. Sie erhob sich und legte sich in Kleid und Schuhen aufs Bett. Er trat hinzu und legte sich daneben. So lagen sie, beide bekleidet und schweigend, ohne einander zu berühren, wie Kinder. Die Spannung zwischen ihnen übertrug sich auf das Zimmer, benahm den Atem.

»Und was weiter?« hätte Alka gefragt.

»Nichts weiter«, hätte Natascha geantwortet. »Was du denkst, war nicht.«

»Warum nicht?«

Alka verstand beim besten Willen nicht, wo die Grenze des Erlaubten verlief, wenn es schon erlaubt war. Natascha hatte diesbezüglich ihren eigenen Standpunkt: Nach dem Willen der Natur umarmen sich zwei Menschen, werden geistig und körperlich eins, und daraus entsteht neues Leben. Oder auch nicht. Trotzdem sind sie eins, und danach kann man nicht einfach aufstehen und auseinandergehen, jeder zurück in sein Leben. Danach sollten Menschen sich keinen Augenblick mehr voneinander trennen, weil sie eins sind. Zusammen essen, denken, planen. Das hier aber war eine fremde Stadt, ein Hotelzimmer, in dem jemand vor dir gewohnt hat und nach dir der nächste wohnen wird. In ein paar Tagen hieß es den Koffer packen und mit dem Flugzeug nach Hause fliegen, zurück zur Frunsepromenade. Wer weiß, wie das Ganze dann aus der Distanz wirkte, vielleicht wie eine Art Ausleihdienst: Man hat sich für eine Weile etwas entliehen und gibt es fristgemäß zurück. Und wenn nicht, muß man zahlen.

»Blödsinn«, hätte Alka dazu gesagt. »Als ob man alles einkalkulieren könnte.«

»Das ist keine Kalkulation.«

»Was denn dann?«

»Die Angst vor der Sünde. Wie bei unseren Großmüttern. Oder einfach Anständigkeit, wie bei unseren Müttern.«

Unsere Kinder werden uns eines Tages deswegen auslachen.

»Wir sind eine andere Generation. Das ist es. Es ist die Moral einer anderen Generation.«

»Es gibt keine Moral für eine ganze Generation, sondern nur die Moral des einzelnen.«

»Er sagte mir, ich solle ihm eine Tochter schenken.«

»Ich verstehe nicht. Woher eine Tochter, wenn nichts gewesen ist?«

»Später, wenn alles anders sein wird. Wir werden eine Tochter haben, und sie wird genauso heißen wie ich.«

»Und er?«

»Er wird mit uns sein.«

»Was heißt ›mit uns‹? Mit dir und Wolodja?«

»Nein, mit mir, Margoschka und Natascha.«

»Wer ist Natascha?«

»Unsere Tochter.«

Von einem Zweig rieselte Schnee und verwehte auf dem Harsch.

Glück und Unglück erschüttern den Menschen gleichermaßen, nur mit umgekehrten Vorzeichen. Mansurow lag neben ihr, vom Glück erschüttert, und fürchtete sich zu bewegen, als wäre er nicht ein vierzigjähriger gut aussehender, mit allen Wassern gewaschener Mann . . . Übrigens war er auch berühmt, nicht Gott wer weiß was für eine Berühmtheit, aber in seinen Kreisen hatte er Erfolg und einen guten Namen. Für wen arbeitet man im Grunde? Doch um von seinesgleichen, von Gleichgesinnten, verstanden zu werden. Große Berühmtheit, Genie waren ihm versagt geblieben. Wie eben so die Zeit mit heutigen Talenten umspringt – den einen läßt sie gelten, den anderen läßt sie fallen, wie in einer Patience. Nicht daran darf ein Künstler denken, wenn er zum Pinsel greift. Er muß einfach wissen, daß kein anderer für ihn die Arbeit erledigt. Das heißt, daß er seine Sache mit einem Höchstmaß an Aufrichtigkeit und Talent machen muß.

»Darf ich rauchen?« fragte er. Er fürchtete, sie durch die Bewegung zu erschrecken, wenn er nach den Zigaretten und dem Feuerzeug zu suchen anfing.

»Aber natürlich«, sagte sie.

Er rauchte an, hielt die Zigarette an Nataschas Lippen. Sie nahm einen Zug. Sie lagen und rauchten an einer Zigarette. Es war wie in einem Luftschutzkeller, wenn oben die Geschosse explodieren und alles umkommt, während du durch Mauern und Erde geschützt bist.

Er fragte: »Bist du ein guter Künstler?«

Sie bejahte und fragte: »Und du?«

»Ich auch.«

Wieder rauchten sie. Und auf einmal sagte er, unverständlich zu wem und wozu: »Ja. . . «

Dieses »Ja. . . « lag auch ihr auf der Zunge.

Ob Natascha als Künstlerin den Durchbruch geschafft hatte oder nicht, war nicht ausschlaggebend. Äußerlich hatte sie es nicht. Sie war Lehrerin, lehrte begabte Kinder mit ihrem Talent umzugehen. Ein Künstler, der sich nicht durchgesetzt hat, ist trotzdem ein Künstler, er darf nur eines nicht: sich für einen schlechten Künstler halten. Denn wenn man so denkt und sich trotzdem an die Arbeit setzt, kommt das Scharlatanerie gleich. Nur ein Scharlatan produziert wissentlich etwas Schlechtes.

Mansurows Körper strömte Wärme, Zärtlichkeit und Güte aus, nicht wie zuvor Angespanntheit und Abwehr, Natascha lag wie eingetaucht in seine Zärtlichkeit, und ihr wurde klar: Wenn das nicht da war, so war nichts mehr da. Ein Herz ohne Liebe ist wie ein Haus ohne Feuer. Das war eine Zeile aus einem Lied, doch es traf die Wahrheit. Als wenn die Sicherungen im Haus durchbrennen, das Licht ausfällt und man nicht weiß, wohin mit sich – man kann weder lesen noch fernsehen. Der einzige Trost ist, daß es den anderen auch so geht.

Ohne Liebe leben ist ein Unglück. Manchmal vergißt man es. Man lebt der Trägheit, richtet sich sogar ein. Als ob es so sein müßte.

Und erst, wenn du so neben einem Menschen ausgestreckt liegst, der an das Stromnetz »Liebe« angeschlossen ist, wenn du siehst, wie er raucht, hörst, wie er atmet, wenn du sein vom Glück überwältigtest Gesicht siehst . . .

Natascha erinnerte sich an den Moment, als ihr schien, sie verkraftet das nicht, sie löst sich gleich in ihm auf und findet nicht mehr zu sich. Natürlich fand sie wieder zu sich. Aber ein Stück ihres Herzens ließ sie dennoch in ihm zurück. Wo er es wohl untergebracht hat?

Dann löschte er die Zigarette und schlief ein. Sie lag lange neben ihm und dachte daran, was man alles zuwege bringen könnte, wenn man jeden Abend zusammen mit einem geliebten Menschen einschliefe. Im Schlaf lädt sich der Mensch mit Glück auf und kann, wenn er erwacht, einer Rakete gleich ins Weltall schießen.

»Gehst du nun zum Psychiater?«

Natascha zuckte zusammen. Wolodja war unbemerkt herangetreten. Er stand da und sah sie feindselig an, so als wolle er sie in den Schnee stoßen, falls sie verneinte. Sie verspürte den Wunsch zu sagen: »Ich gehe nicht.«

»Fahren wir nach Hause«, verlangte sie. »Ich friere.«

»Und wann gehst du?« Wolodja ließ nicht locker.

»Ich gehe ja, mein Gott. . . «

Sie machte einen Bogen um ihn und schritt rasch in Richtung Straße.

»Warum bist du bloß so?« fragte Wolodja niedergeschlagen und folgte ihr.

»Wie ›so‹?«

»Du machst nur das, was dich interessiert. Das geht doch nicht. Du lebst doch nicht allein. . . «

Doch, allein, dachte Natascha, aber sie schwieg. Sie lebte seit langem allein. Wann hatte es eigentlich begonnen? Offenbar damals . . . Wolodja hatte geschworen, es sei eine Lappalie gewesen, aber er hatte zugegeben, daß etwas gewesen war. Das hätte er nicht tun dürfen. Sie hätte seiner Lüge ohne weiteres Glauben geschenkt, aber er war damit herausgerückt, ehrlich und reuig, und sie sollte das auch noch zu schätzen wissen.

Wenn man sich das jetzt nach so langer Zeit richtig überlegte, war es wirklich nur eine Dummheit gewesen. Aber damals. . . Damals war es ein echtes Drama, langanhaltend und quälend wie eine Lähmung. Damals hatte es einen Riß gegeben. Ihre Liebe hatte die starken gegensätzlichen Temperaturen nicht ausgehalten und einen Sprung bekommen. Sie befanden sich auf zwei verschiedenen Stücken einer Eisscholle, und der Ozean trieb diese Stücke in verschiedene Richtungen auseinander. Weder rüberspringen noch aufeinander zuschwimmen war mehr möglich. Noch gut, wenn man in Sicherheit blieb. Im übrigen – was spielte es schon für eine Rolle, wer schuld war? Sie oder er. Wichtig war das Jetzt, das Heute. Und heute waren sie bankrott. Ihre Ehe war ein gescheitertes Unternehmen. Und ein gescheitertes Unternehmen sollte man aufgeben, so schnell wie möglich.

Und was, wenn sie sich tatsächlich aufraffte und Mansurow heiratete? Ihm eine Tochter gebar? Sechsunddreißig Jahre ist nicht gerade das beste Alter für einen Neubeginn. Das ist nicht so wie mit zwanzig. Und nicht einmal wie mit dreißig. Aber dann kommt die Vierzig, dann die Fünfzig, die Sechzig. Und dieses Stück Leben will auch gelebt sein, hat auch einen Anspruch auf Glück. Wenn man die Chance hat, auch nur eine Woche glücklich zu sein, sollte man das wahrnehmen. Um so mehr aber, wenn es Jahre sind.

Weshalb sind die Menschen so in Konventionen gefangen? Es schickt sich nicht . . . ist peinlich . . . Ist es etwa schicklich, wenn das Herz ausgeschaltet ist? Ist das etwa schön? Bekommt sie dafür vielleicht einen Orden? Oder schenkt man ihr ein zweites Leben? Wie? Warum soll sie sich nicht von dem gutsituierten Wolodja scheiden lassen und den armen Mansurow heiraten? Und was hieß überhaupt »gutsituiert«? Jetzt leben alle ungefähr gleich gut. Der Unterschied besteht vielleicht darin, ob man eine Einraum- oder eine Fünfraumwohnung bewohnt. Das ist längst nicht der Unterschied zwischen einem Einfamilienhaus und einem Palast. Und alle essen ungefähr das gleiche. Was spielt es für eine Rolle, ob Kaviar oder Hering? Übrigens ist beides schädlich wegen des Salzgehaltes. Galina aus der Bestellabteilung pflegt zu sagen, wenn sie die Lebensmittel ausgibt: »Fressen ist Sache der Schweine.« So ist es. Der Mensch mißt dem Essen und den Dingen viel zuviel Bedeutung bei. Sind körperliche Unbeschwertheit und seelisches Gleichgewicht nicht wichtiger? Wie aber erlangt man das? Doch nur an der Seite eines geliebten und liebenden Menschen. Indem man neben ihm liegt, eine Zigarette raucht, schweigt. Oder sich Schneeschuhe anschnalt und auf einer seidigen Skispur lossaust, das Blut mit Sauerstoff reinigt. Oder einfach in einem Zimmer sitzt und fernsieht. Er im Sessel, sie zu seinen Füßen. Alka, Alka . . . Mein Gott, was tun? Wie schwer das Leben ist . . .

»Willst du warten?« hätte Alka gefragt.

»Leben und warten. Leben in Erwartung. . . «

»Ist er denn verheiratet?« hätte Alka sich erkundigt.

»Geschieden.«

»Warum?«

»Sagt er nicht. Aber wie ich vermute, ist da Verrat im Spiel. Nicht Treuebruch, sondern menschlicher Verrat.«

»Das Leben ist brutal«, hätte Alka gesagt.

»Deswegen braucht man auch nahestehende Menschen, die einen verstehen und bestärken.«

»Hat er Kinder?«

»Einen Jungen.«

»Vielleicht versöhnen sie sich? Immerhin, ein Kind. . . «

»Das habe ich ihm auch gesagt, dieselben Worte. ›Sie hat mich verraten. Ich habe sie erschossen und begraben‹, hat er erwidert. ›Soll ich jetzt das Grab wieder aufreißen?‹«

»Verzeihen ist nicht möglich?«

»Kommt darauf an, nach welchen Gesetzen man richtet – wenn nach den Gesetzen der Kriegszeit, dann sicherlich nicht. Jedenfalls nicht bis ins letzte. Es wäre ein Kompromiß, und Kompromisse korrumpieren.«

»Der Mensch verzeiht leicht den eigenen Verrat, aber nicht einen fremden.«

»Bist du etwa auf Seite der Frau?« hätte Natascha gefragt.

»Ich bin immer auf Seiten der Ehefrauen.«

Was mochte sie überhaupt für eine Frau sein? Wovon redeten sie eigentlich?

Natascha erinnerte sich, wie sie morgens Schaschlyk gegessen hatten. Ein hübscher turkmenischer Junge hatte es direkt auf der Straße zubereitet und war dabei bemüht, neben den fetten Fleischstückchen auch gutes, weiches Fleisch aufzuspießen. Sie und Mansurow hatten die heißen Fleischstückchen abgebissen, die nach verkohltem Saksaulholzdufteten, und sich angeblickt, einander sehend und doch nicht sehend. Das heißt, sie nahm ihn schon nicht mehr objektiv, mit den Augen eines Außenstehenden, wahr. Sie sah ihn durch ihr Wissen und ihr Geheimnis.

Er trug einen Panamahut wie früher die Kolonialoffiziere, der straff und etwas schräg auf seinem Kopf saß. ›Ich verstehe, warum bei den Cowboys alles ein wenig zu eng sein muß‹, hatte er gesagt. ›Mit zu weiten Hosen und weitem Hut, der einem auf die Ohren rutscht, kannst du auf keinen Mustang aufsitzen und reitest in keine Prärie. Du gehst nach Hause und legst dich aufs Ohr.‹

In straffsitzenden Jeans und Hut hatte er vor ihr gestanden. Ein Mowgli-Cowboy. Wie er sie sah, richtiger, wie sie in seinen Augen aussah, wußte sie nicht. Doch sie fühlte sich sehr wohl unter seinem Blick, geborgen wie eine Tochter, angesehen wie die Frau eines Königs, verwöhnt wie eine Schönheit.

Der turkmenische Junge schnitt die Zwiebel längs zur Knolle. Natascha schnitt die Zwiebel gewöhnlich quer. Sie fragte, wie es richtig sei. Da reichte Mansurow ihr sein Schaschlyk, nahm dem Jungen das Messer ab, die Zwiebel. In rascher Folge klopfte das Messer auf den Tisch, und Augenblicke später türmte sich ein Häufchen ideal geschnittener, millimeterdünner, fast durchsichtiger Zwiebelringe.

»Kannst du kochen?« fragte Natascha erstaunt.

»Dich lasse ich später nicht an den Herd heran«, antwortete Mansurow.

Ein Reisebus war für das Hotel bestellt worden, aber er kam nicht. So bummelten sie um das Hotel herum.

»Erzähl etwas von dir«, hatte Mansurow gebeten.

Natascha wurde plötzlich klar, daß sie sich fast gar nicht kannten und nichts voneinander wußten. Sie hatten nur dieses innere Wissen, das Menschen vereint oder trennt oder gleichgültig läßt.

»Was soll ich erzählen?«

»Was du willst.«

Natascha dachte nach und wählte den traurigsten Abschnitt aus ihrem Leben. Sie wollte sich beklagen, wollte, daß er sie verstand und bemitleidete.

Sie erzählte von jener lang anhaltenden Lähmung. Mansurow blieb stehen. Sein Gesicht war angespannt und unbeweglich, als unterdrücke er einen Schmerz. Plötzlich gebot er: »Schweig! Warum tust du das?«

»Was?«

»Warum vertiefst du dich da hinein?«

»Wo hinein?«

»In den Schmerz. Das ist doch vorbei für dich, du hast es doch verwunden. Und nun wühlst du es wieder auf, quälst dich wieder. Ich verbiete es dir!«

»Aber. . . «

»Schluß! Ich laß dich nicht wieder weg. Bleib hier stehen, neben mir.«

Die Leute drehten sich nach ihnen um, obwohl Natascha und Mansurow sich nichts erlaubten, sie standen einfach da und redeten. Dennoch zogen sie durch irgendetwas die Aufmerksamkeit auf sich. Es war wohl das Geheimnis der vergangenen Nacht, das die Menschen innehalten ließ, so wie sie bei einer Trauung mit Kirchenchor stehenbleiben.

Trauen lassen müßte man sich, mit Brautschleier und weißem Kränzchen im Haar, die Augen niedergeschlagen. Mit einem Menschen leben, der einen nicht an die Kochplatte läßt, keine schweren Erinnerungen duldet. Zusammen leben und füreinander da sein. Ohne Verrat am anderen, auch nicht den kleinsten, nichtigsten.

Er dachte offenbar an das gleiche, weil er sagte: »Ich werde nur für dich leben und du für mich.«

Natascha geriet ins Sinnen.

Doch dann verloren sie sich aus den Augen. Der Bus

kam. Mansurow verschwand irgendwohin, so wie nur er verschwinden und wieder auftauchen konnte. Eben noch stand er da, und weg war er. Wie vom Erdboden verschluckt. Hatte es ihn überhaupt gegeben, und würde es ihn wieder geben?

Natascha bestieg zusammen mit den anderen den Bus und war die ganze Zeit nervös, weil sie nicht wußte, wie sie sich verhalten soll: Aussteigen und auf Mansurow warten oder mitfahren? Auf ihn böse sein oder sich solidarisch zeigen? Aber wie sollte man sich zu einem verschwundenen Menschen solidarisch verhalten? Ebenfalls verschwinden?

Indessen fuhr der Bus an und entführte alle zum achten Weltwunder. Oder auch siebenten, egal. Alka . . . Wenn du wüßtest . . . Der Verstand faßt es nicht. Natürlich faßt es der Verstand von bestimmten Leuten, Wissenschaftler begreifen sicherlich alles, wie und wieso . . . Tief unterhalb der Erdoberfläche, genauer, des Felsens, ein unterirdischer See. Man steigt wie in einen Schacht hinab und plötzlich am Fuße der Felsen ein opalfarbener See. Das Wasser fast heiß, siebenunddreißig Grad, nach Schwefel riechend, wie in der Hölle.

Wenn man ins Meer steigt, selbst in das wärmste, liegt die Wassertemperatur immer noch mindestens zehn Grad unter der Körpertemperatur, und der Mensch braucht eine Weile, um sich daran zu gewöhnen. Hier aber geht man wie in ein warmes Wannenbad hinein. Wie in die Seligkeit.

Sie wollte damals allein sein. Sie schwamm durch die steinernen Labyrinthe und kam auf einmal an einem anderen, riesigen runden See heraus. Stille. Irgendwie eine besondere, unirdische Stille. Ein Stille-Vakuum. An den senkrechten Felsen Fledermäuse, blind und düster wie Boten einer jenseitigen Welt. Und sie selbst hier unter der Erde, im achten Weltwunder, unter den Füßen Tausende von Metern Tiefe. Hier umkommen, das hieße Schwefelwasser schlucken, und nur die Fledermäuse ziehen eine Ehrenrunde. . . Mansurow! Wo bist du? Erscheine!

»Ist er erschienen?« würde Alka fragen.

»Er ist doch nicht Voland*.«

»Seltsam. Er hätte erscheinen müssen.«

»Hätte . . . aber er erschien nicht.«

»Und dann?«

Dann stiegen alle aus dem See, kletterten nach oben, auf die Erde. Die Sonne ging unter. Der Himmel war rosig. Berge. Und ein deutliches, fast physisches Empfinden des Moments, von dem man sagen könnte: Verweile doch. . . !

Natascha empfand in der Regel ein nostalgisches Gefühl für die Vergangenheit, der sie vieles verzieh. Sie hoffte auf die Zukunft, fühlte die Hoffnung wie den Pulsschlag in sich: in der Minute neunzig Schläge, Hoffnung, die sie am Leben hält. Nur zur Gegenwart verhielt sie sich achtlos. Gegenwart, das war wie der Weg zum Bäcker nach Brot: ankommen, Brot kaufen und zurückgehen. Der Weg selbst zählte nicht. Ein Hund, der einem am Weg begegnet, oder die Wolken über dem Kopf oder der Baum, der die Wärme vergessen zu haben schien – all das verflüchtigte sich. Hauptsache das Ziel! Damals jedoch, in dem Moment – möglicherweise war es der Einfluß des Schwefelwassers, oder das achte Weltwunder bestand eben darin: Das wirklich Wunderbare war nicht der See selbst, sondern der verharrende Augenblick. Eine solche Wehmut hatte sie angesichts der Schönheit erfaßt. Schönheit kann auch schwermütig machen.

»Die Fähigkeit, etwas so intensiv aufzunehmen und zu empfinden, ist ein Zeichen für Jugend«, hätte Alka eingeflochten.

* Literarische Figur aus Michail Bulgakows Roman »Meister und Margarita«

»Die Jugend ist sorglos. In der Jugend scheint alles haufenweise da zu sein, scheinen noch tausend Weltwunder und Millionen solcher Augenblicke bevorzustehen. Warum verweilen?«

»Vielleicht kam das einfach von Mansurow?« würde Alka mutmaßen.

»Nein. Damals haben alle etwas dabei empfunden. Nikolas aus Litauen stand mit seinem Schnauzbart da, als hätte es ihm die Sprache verschlagen. Dann sagte er nur ein Wort: ›bon‹.«

»Warum hat er französisch und nicht litauisch gesprochen?«

»Er war unlängst aus Paris zurückgekehrt. Und Jegor Ignatjew erklomm auf einmal einen Berg, pflückte ein paar unscheinbare Blumen und drängte alle, daran zu schnuppern. Mich auch. Ein reiner, durchdringender Duft, wie Regen. Mir tat er irgendwie leid, ich wollte ihn beruhigen und sagte: ›Ist ja gut, Jegor . . . Ist ja alles in Ordnung mit dir‹.«

»Na, und Mansurow?« würde Alka erinnern.

»Gegen Abend kehrten wir ins Hotel zurück.«

Als sie das Zimmer betrat, klingelte das Telefon. Es war, als sei es defekt und klingelte ununterbrochen.

Sie nahm den Hörer ab. Schweigen, dann sagte Mansurows Stimme sehr ruhig: »Der Kuckuck soll dich holen mit deiner Schönheit. Der Kuckuck soll dich holen mit deinen Preisen.«

Natascha zuckte zusammen.

»Was für Preise?«

»Deine Schüler haben zwei erste Preise bekommen.«

»Wer?«

»Sassonowa und Woronko.«

Das Häuschen mit dem anheimelnden Fenster hatte also den ersten Preis bekommen. Demnach denkt sie richtig und lenkt die Gedanken ihrer Schüler richtig. Woronko für das Häuschen, die Sassonowa für den Schmetterlingsflügel. Sie hatte sich einen Schmetterlingsflügel vorgenomen und ihn so wiedergegeben, daß alle nur aufstöhnten, weil sie es so früher nie gesehen hatten. Hatten es wahrscheinlich für Kleinkram gehalten. Die Sassonowa aber hatte erklärt: ›Das ist kein Kleinkram.‹ Überhaupt gibt es so etwas nicht, denn das Große setzt sich letzten Endes auch aus dem Kleinen zusammen.

Zehn Minuten später stand Mansurow vor ihr, von echter Verzweiflung gepackt, und sie beobachtete mit fast ethnographischem Interesse, wie sich dieses starke, zersetzende Gefühl bei ihm äußerte.

»Erklär bloß nichts!« Er bewegte heftig abwehrend die Hand. »Sag bloß nichts!«

»Aber. . . «

»Schweig! Hör mich an! Unsere Tochter würde genauso werden! Eine Verräterin und Egoistin. Das vererbst du ihr, und sie wird mich ebenso verlassen. . . «

»Ebenso verschwinden«, flocht Natascha ein.

»Du siehst mich nicht wieder. Du bist ganz anders, als ich dachte. Es ist nicht an mir, dich zu verurteilen. Lebt doch, wie ihr wollt. Ich spiele nicht mit. Ich gehe.«

»Ja, geh«, hatte Natascha gesagt, gekränkt wegen der Anrede in der Mehrzahl ›Lebt doch, wie ihr wollt‹. Als ob sie einem ihm verhaßten Clan angehörte. »Geh, wer hält dich denn. . . «

»Ich gehe ja schon. Natürlich gehe ich. Ich habe alles begriffen.«

»Was denn?«

»Ich habe begriffen, daß nur ich das brauche, du aber nicht.«

»Was ›das‹?«

Sie verstand, was er meinte, wollte aber, daß er es

formulierte. Er schwieg eine Weile, suchte offenbar nach Worten. Dann sagte er:

»Die eiserne Tür in der Wand. Im Kämmerchen von Papa Carlo. Den Schlüssel haben du und ich allein. Aber du hast eine andere Tür, zu der mein Schlüssel nicht paßt. Ich bin müde. Mein Gott. . . «

Er warf sich in den Sessel und ließ den Kopf hängen. Dann stützte er die Ellenbogen auf seine spitzen Knie und barg das Gesicht in den Händen.

»Mein Gott. . . « wiederholte er. »Geht es denn wirklich nicht anders? Geht es wirklich nur so?«

Er war der fremden Türe müde. Des wiederholten Verrats.

Natascha hatte Mitleid mit ihm, es schmeichelte ihr aber auch, daß sie der Anlaß für eine solche ernste seelische Krise war.

»Beruhige dich!« sagte sie streng. »Es ist nichts passiert. Ein Mißverständnis, nicht mehr.«

Er hob den Kopf.

»Du warst einfach verschwunden. Ich habe dich verloren. Wo warst du bloß?«

»Ich? Meinst du mich?«

Sie sahen einander lange verständnislos an, und Natascha begriff, daß er aufrichtig davon überzeugt war, sie sei davongelaufen, sie habe ihn los sein wollen.

»Du hast unrecht«, sagte sie. »Glaub mir.«

»Wie soll ich es glauben?« Sein Herz, des Verrats müde, erwartete und glaubte nur an eines – den nächsten Verrat.

»Wie soll ich es glauben?« fragte er nochmals verwirrt.

»Glaub es einfach, ohne nachzudenken. Sag dir: Ich glaube es.«

Sie trat zu ihm. Er erhob sich, strich mit zwei Fingern langsam über ihre Wange. Er kehrte gleichsam zu ihr zurück, berührte sie unsicher, zaghaft.

»Die Leiterin der Ausstellung hat den Bus überblickt und gesagt: ›Alle anwesend. Wir können abfahren‹«, erklärte Natascha noch. »Und da sind wir gefahren.«

»Das hat sie absichtlich gesagt. Sie haßt mich. Alle hier hassen mich. Ich bleibe nicht länger hier. Ich fahre mit dir.« – »Wohin?«

»Egal. Wo du bist, werde auch ich sein. Ich kann nicht ohne dich. Das habe ich heute begriffen. Ich kann nicht. Als ob man mir mit einer riesigen Faust einen Hieb versetzt hätte. Hierher«, er legte die Hand unterhalb der Rippen auf, »und mir die ganze Luft genommen hätte. Ich war am Ersticken, rannte herum. Die Luft – das bist du. Dich habe ich eingeatmet. Ohne dich sterbe ich.«

Natascha schwieg.

»Du glaubst mir nicht?«

»Doch. Aber ich bin verheiratet, und überhaupt. . . « Nicht der erste Teil des Satzes war hier wesentlich, sondern das letzte Wort ›überhaupt‹.

»Na und?«

»Wo wirst du wohnen? Was wirst du machen?«

»Mir ist es ganz gleich, wo ich wohne und wo ich arbeite. Hauptsache, ich bin bei dir. Alles wird so sein, wie du es willst. Wenn du sagst: ›Heiraten‹, so heirate ich. Wenn du sagst: ›Stirb‹, so sterbe ich.«

»Nicht nötig. Leb lieber.«

»Mein Gott«, würde Alka seufzen. »Und mich braucht niemand, auch nicht eine Sekunde.«

»Du hast auch so genug Selbstvertrauen«, hätte Natascha entgegnet. »Du bist dir selbst genug.«

»Ich?« Alka hätte nachgedacht. »Natürlich, ich habe es nicht nötig, daß man mir jeden Augenblick sagt, ich wäre besser als alle anderen.«

»Ich möchte mit jemandem teilen. Mich ganz anvertrauen. Die Welt mit vier Augen sehen.«

»Vertrau dich deinem Mann an«, hätte Alka gesagt.

»Er braucht mich nicht. Das heißt, er braucht mich natürlich, aber anders – meine Arbeitskraft, die Hände, den Buckel, die Pferdestärken. Die Augen nicht.«

»Was gibt es da für einen Ausweg? Die Augen aus dem Haus tragen ist Sünde. Blind leben ist eine noch größere Sünde.«

»Wie soll man denn leben? Worin liegt die Wahrheit?«

»Wenn ein Mensch krank ist, liegt die Wahrheit für ihn in der Gesundheit. Wenn er in der Wüste ist und Durst hat, ist für ihn Wasser die Wahrheit. Wenn er Gesundheit und Wasser hat, aber keine Liebe, dann ist Liebe für ihn die Wahrheit. Was man nicht hat, das ist die Wahrheit«, hätte Alka gesagt. »Eine letzte Wahrheit gibt es nicht. Ebenso wie es keine letzte Zahl gibt. Es wird nie eine letzte Zahl gefunden werden, und eine endgültige Wahrheit auch nicht. Und das ist richtig so. Wenn der Mensch die Wahrheit erkennen würde, würde die Menschheit stagnieren. Sie würde zur Wahrheit vordringen, und Schluß. Alles weitere wäre schon nicht mehr von Interesse.«

»Wahrscheinlich gibt es keine allgemeine Wahrheit. Jeder hat seine eigene. Hauptsache, man findet sie heraus, und sie geht nicht verloren, so wie ein Edelstein in einer Schachtel mit Knöpfen und Perlen.«

»Und wie findet man heraus, was der Edelstein und was die Perlen sind?«

»Die Arbeit und die Kinder sind die Edelsteine.«

»Und die Liebe?«

»Das hängt davon ab, was nach ihr bleibt. . . «

Als die Ausstellung geschlossen wurde, trat Ignatjew an Natascha heran und sagte: »Ich gratuliere. Erfolg ist das verläßlichste Narkotikum.«

Natascha lächelte ihm flüchtig zu, das Glas in der Hand.

Sie hatte ein Trägerkleid an, das Schultern und Rücken frei ließ.

Mansurow war nicht da. Schon als sie den Saal betrat, fühlte sie es gleich, und später überzeugte sie sich davon.

Künstler, Pädagogen, die Chefs traten auf sie zu, gratulierten. Natascha dankte, glaubte an das aufrichtige Wohlwollen, wartete aber die ganze Zeit auf Mansurow, jede Faser ihres Körpers war vom Warten gespannt.

Die Ausstellungsleiterin kam und fragte: »Warum ist Mansurow der Wischnjakowa zwei Tage lang nicht von der Seite gewichen?«

Sie sprach so, als handele es sich nicht um Natascha, sondern um eine dritte Person, deren Verhalten sie mißbilligte.

»Zwei Tage – ist das so viel?« fragte Natascha leichthin, dennoch war zu merken, daß sie diese dritte Person in Schutz nahm.

»Das ist sehr viel«, sagte die Leiterin überzeugt.

Es war wirklich sehr viel. Zwei Tage, das waren achtundvierzig Stunden, zweitausendachthundertachzig Minuten. Und jede Minute eine Ewigkeit. Zweitausendachthundertachtzig Ewigkeiten.

Natascha wollte schon fragen: Was hast du da deine Nase reinzustecken? Doch offenbar hatte gerade sie Grund dazu, sonst würde sie nicht herumschnüffeln. Natascha war schließlich nicht Anna Karenina, Mansurow nicht Wronski. Wolodja war nicht Karenin, obwohl er Beamter war, und sie bewegten sich nicht in der Welt der Aristokratie. Aber dennoch. . . Natascha begriff, daß sie sich erklären mußte.

»Mansurow macht gerade eine schwierige Zeit durch«, sagte sie unbestimmt. Das hieß soviel wie: Die Menschen müssen einander in schweren Augenblicken beistehen.

»Sie sind sehr vertrauensselig«, sagte die Ausstellungsleiterin. In ihrem Tonfall schwang herablassendes Mitgefühl.

»Ich verstehe nicht.« Natascha wies das Mitgefühl gleichsam von sich.

»Man kann Sie sehr leicht um den Finger wickeln«, erläuterte die Leiterin.

Natascha wußte nicht, was besser war: das Gespräch fortzusetzen oder nicht. Doch im selben Augenblick zuckte sie freudig zusammen. Mansurow war eingetreten. Sie hatte ihn noch nicht gesehen, fühlte aber, daß er aufgetaucht war. Er trat zu Natascha und zog sie zur Tanzfläche. Er forderte sie nicht auf, geleitete sie nicht, sondern zog sie weg. Eben noch hatte sie dagestanden und sich unterhalten, das Gesicht leicht erhoben, und schon tanzte sie, ohne Übergang.

Mansurow wiegte sich vor ihr wie eine Wasserpflanze, langsam und plastisch. Er alberte gekonnt. Mowgli beim Wolfsreigen. Er war ein Gleicher im Rudel und auch wieder nicht. Natascha lachte, obwohl es ringsum nichts Komisches gab. Der Organismus reagierte einfach mit Lachen auf das Glück. Sie war so übervoll davon, daß sie das Gefühl hatte, es nicht mehr länger auszuhalten. Alles hat seine Grenze. Auch das Glück.

Die Musiker ließen die Instrumente sinken. Alle verteilten sich auf ihre Plätze an den Tischen. Natascha fiel erschöpft in sich zusammen wie nach einem Skilanglauf, wie nach einer physischen Überanstrengung. Sie hatte Durst.

Sie kehrte zum Tisch zurück und trank den Wein wie Wasser, um den Durst zu löschen.

Die Ausstellungsleiterin trat heran und sagte: »Es stimmt nicht.«

»Was stimmt nicht?«

»Was Sie mir gesagt haben. Ich habe alles gesehen.«

»Was geht denn die das an?« würde Alka fragen. »Er gefiel ihr wohl?«

»Nein, das ist es ja«, hätte Natascha entgegnet. »Sie wollte, daß er auch mir mißfiel.«

»Zu spät«, hätte Alka gesagt.

Zu spät. Der Zug der Liebe war abgefahren. Die Ausstellungsleiterin stand auf den Schienen und stemmte sich mit ausgestreckten Armen gegen die Lokomotive. Doch der Zug rollte und war nur durch eine Katastrophe zum Halten zu bringen.

Nach Schluß der Ausstellung gingen sie ins Hotel. Natascha konnte schon nicht mehr auf den hohen Absätzen gehen, sie hatte die Schuhe ausgezogen und ging barfuß auf dem warmen Asphalt. Mansurow trug die Schuhe in der einen Hand und hielt Natascha mit der anderen Hand um die Schulter gefaßt. Sie hatte den Arm über seinen Rücken gelegt. Sie liefen schweigend umschlungen wie Abiturienten nach dem Abschlußball. Es war, als würden sie sich seit jeher kennen, hätten zehn Jahre auf einer Bank gesessen und das ganze Leben nun vor sich.

»Woran denkst du?« fragte Natascha.

»In unseren Filmen können sie nicht richtig erschießen«, sagte Mansurow. Er dachte asynchron. »Töten und sterben. Menschen sterben ganz anders als im Kino.«

»Wie denn?«

»Schieß mal auf mich.« Er streckte ihr einen Schuh hin.

Natascha nahm ihren Schuh, richtete den Absatz auf Mansurow und sagte: »Peng.«

»Nicht so.«

Er nahm ihr den Schuh weg, entfernte sich ein paar Meter, hob ihn langsam und zielte auf Natascha. Sie hatte plötzlich das unangenehme Gefühl, als hielte er statt des Schuhs wirklich eine Pistole in der Hand. Die schwarze Öffnung des Laufs, der in die Ewigkeit wies, war wie eine Pupille auf sie gerichtet, und sie war dieser schwarzen Öffnung ganz ausgeliefert.

»Ich habe Angst«, sagte sie.

»Aha«, sagte er befriedigt. »Hast du begriffen?«

»Ja.«

»Nimm.«

Natascha nahm den Schuh, entfernte sich ein paar Meter, streckte den Arm aus, zielte, brachte die Schuhspitze und Mansurows Brust auf eine Linie, konzentrierte sich. Sie spürte das Grauen und die Süße des Verbrechens, überwand die Hemmschwelle.

»Peng!«

Mansurow zuckte zusammen, sackte langsam ab.

Auf der anderen Straßenseite ging eine Gruppe langhaariger Jugendlicher. Sie blieben stehen und sahen herüber.

Mansurow sank auf die Knie, krümmte sich, legte das Gesicht in die Hände. Er weinte, nahm Abschied vom Leben.

Sie stand verwirrt. Ihr schoß der Gedanke durch den Kopf: Mein Gott, welch ein Glück, daß Nacht ist, eine warme Nacht, daß er Unfug treibt, wie ein kleiner Junge . . . Dabei hätte sich das wirklich so abspielen können. Irgendjemandem war es genauso widerfahren: das Gesicht in den Händen, die Kugel in der Brust, und nie wieder . . . nie wieder . . .

»Laß das«, bat sie leise.

Er stand auf, trat zu ihr. Sie umarmten sich, als wären sie eine Ewigkeit getrennt gewesen.

»Liebst du mich?« fragte er ernst.

Sehr, dachte sie bei sich.

»Ich dich auch sehr«, sagte er laut.

Sie gingen weiter, enger noch umschlungen als zuvor. Die Gruppe Langhaariger klimperte los und grölte etwas in die Nacht hinein, gar nicht mal übel, sogar gut.

Mansurow fragte etwas, sie gab keine Antwort. Sie hatte das Gefühl, nicht länger imstande zu sein, zuzuhören und zu sprechen. Sie war müde. Müde vom Glück, vom Mitgefühl und davon, daß sie auf dem Bankett einige Weinsorten durcheinander getrunken hatte.

»Warum antwortest du nicht?«

»Ich bin müde.«

Er blieb stehen, als sähe er eine Gefahr vor sich.

»Was ist?« Natascha blieb ebenfalls stehen.

Er schwieg.

»Was ist?«

»Verflucht seien diese Ausstellungen und Preisverleihungen, wenn dich das so mitnimmt . . .«

Wolodja hätte gesagt: »Macht nichts, du erholst dich wieder, Hauptsache, du hast den ersten Preis.«

Margoschka hätte gesagt: »Hättest nicht so viel lachen und dich nicht betrinken sollen.«

»Verstehst du, Alka, mich hat seit sicherlich zehn Jahren niemand mehr gefragt, wie ich mich fühle. Was ich auf dem Herzen habe. Man fragt mich nach meinen Erfolgen, nach der Tochter. Ja. Aber schließlich bin ich auch ein Mensch mit Händen, Füßen, Falten im Gesicht.«

»Aber wir könnten doch wirklich nicht ohne unsere Erfolge und ohne unsere Kinder leben.«

»Ich weiß selber, was ich entbehren kann und was nicht. Ich brauche aber jemanden, der ehrlich betrübt ist, wenn ich müde bin. Der nicht nach dem Grund forscht, warum ich kaputt bin und wer daran Schuld hat. Verstehst du?«

»Und ob. Erwachsene Menschen sind auch Kinder. Müde Kinder. Sie brauchen die Eltern noch nötiger.«

»O Gott, wie sehr brauchen wir kluge, verständnisvolle Eltern.«

»Einfach Eltern, Beliebige. Prima von Gussew, daß er nicht mitgefahren ist.«

»Wirklich prima,« hätte Natascha bekräftigt. »Er begreift etwas Höheres. Eine einsame, verhutzelte, nutzlose Alte, aber ihr Dasein hatte mehr Sinn als vierzig Ausstellungen . . . In der Hast vergessen wir die Hauptsache – unsere Wurzeln. Und dann quälen wir uns, rennen umher und begreifen nicht, wieso. Eben deshalb . . .«

Natascha hielt an. Vor ihr stand ein roter Schneeballstrauch mit gefrorenen verglasten Beeren. Über jeder Dolde ein kleines weißes Schneehäubchen. Rundherum standen Birken, so malerisch verschneit, als hätte ein begabter Bühnenbildner dieses Waldstück als Kulisse für eine Vorstellung aufgebaut. Etwas für ein Kindermärchen.

Wolodja trat heran und fragte:» Wo haben wir denn das Auto abgestellt?«

»Du hast es abgestellt«, entgegnete Natascha und ging an dem Schneeballstrauch vorbei. Sie durchschritt die Dekoration für das Kindermärchen. Vorn sah man die Landstraße durchschimmern.

»Na schön, ich habe es abgestellt. Aber wo?«

»Ich erinnere mich nicht.«

»Wie das?«

Sie erreichten die Landstraße. Das Auto war wirklich nirgends zu sehen. Waren sie vielleicht auf einer andern Straße herausgekommen?

»Wo ist bloß das Auto?« fragte Wolodja verwirrt und zugleich gereizt.

»Ich halte jetzt den erstbesten Laster an und fahre nach Hause«, sagte Natascha entschlossen.

»Du bringst das fertig. Dir ist das zuzutrauen.«

»Weswegen bist du eigentlich in den Wald gefahren – um zu schimpfen?«

»Anders geht es mit dir nicht.«

»Es geht auch anders mit mir.«

Das Flugzeug war um sechs Uhr morgens gestartet. Um fünf mußte man am Flughafen sein.

Mansurow hatte gesagt: »Bleib sitzen. Du bist müde.« Er hatte ihren Koffer gepackt. Jedes Kleid hatte er, bevor er es einpackte, von oben bis unten zugeknöpft, so behutsam, als wäre es auch erschöpft. Seine Zärtlichkeit erstreckte sich auf alle ihre Sachen. Natascha saß im Sessel und sah zu.

»Was wird aus dir ohne mich?« hatte er sie gefragt.

»Ich werde nicht ohne dich sein. Ich komme morgen mit dem Flugzeug nach. Mit der gleichen Maschine. Ich würde schon jetzt fliegen, mit dir. Aber das wäre nicht gut für dich.«

Er wahrte ihren Ruf.

»Ich bin morgen früh da und rufe dich an.«

»Um neun«, soufflierte Natascha.

»Um neun«, wiederholte er.

Natascha ging die Landstraße entlang. Autos sausten vorbei und hinterließen Stadtluft.

»Und weiter?« hätte Alka gefragt.

»Weiter kam der nächste Tag neun Uhr morgens. Und der übernächste Tag neun Uhr morgens und neun Uhr abends. Eine ganze Woche verging, ein Monat. Er rief nicht an.«

»Wie?« Alka wäre am Straßenrand stehengeblieben, ihre Augen wären dunkel, fast schwarz wie die Chaussee geworden.

»Ich weiß nicht«, hätte Natascha gesagt. »Ich begreife es nicht.«

»Er ist nicht gekommen?«

»Weiß ich nicht. Ich habe doch gesagt: Ich weiß nichts.«

»Vielleicht hat er Selbstmord begangen? Vielleicht hat die Ausstellungsleiterin ihn umgebracht?«

»Ich habe schon gedacht – ein Unfall, und ich habe nichts davon erfahren. Woher sollen sie wissen, daß man mich benachrichtigen muß?«

»Vielleicht hat er kein Geld? Ohne Geld will er nicht kommen, aus Stolz.«

»Kann sein. Vielleicht hat er auch schon eine Andere, und sie reden über eine gemeinsame Tochter.«

»Nein. Das kann nicht sein.«

»Es kann nicht sein.«

»Hast du ihn denn nicht angerufen?«

»Ich habe keinerlei Anlaufpunkt. Nichts. Er ist verschwunden, wie nur er allein verschwinden kann.«

Sie wird ihn malen: Mowgli mit Cowboyhut auf der Handfläche eines Zauberers. Er war und ist nicht mehr.

Was war das nur? Was???

Sie ist kein kleines Mädchen mehr und kein Dummchen, aber sie begreift es einfach nicht und wird es nie begreifen.

Der vom geschickten Dekorateur arrangierte Märchenwald blieb zu beiden Seiten der Chaussee zurück. Der fahle Himmel wirkte wieder alltäglich. Ein Flugzeug zog seine Bahn und ließ eine Spur zurück.

Mansurow, wo bist du? Die leichten, durchsichtigen Zwiebelringe, der Feiertag des Alltäglichen . . . Der halb zugewandte Blick . . . Die gemeinsame Tochter mit einem Abglanz seines Ausdrucks auf dem Gesichtchen . . . Wo ist das alles? Wo?

»Da ist ja das Auto!« rief Wolodja erfreut. »Auf geht's!«

»Auf geht's!« stimmte sie ein.

Sei gegrüßt, mein Leben. Sei gegrüßt, meine vertraute Einsamkeit und mein verwaistes Herz. Es lebe der ehrliche Bund mit der Einsamkeit. auf ihn ist Verlaß.

Die Natur läßt Wunden nicht offen. Sie überzieht sie

mit Narben. Und Narben sind fester und widerstandsfähiger als die ursprüngliche glatte Haut. Trotzdem ist eine Narbe eine Entstellung. Ein von Narben entstelltes Herz.

Mansurow hatte sie von der Seite angesehen, so daß ihr das Herz stehenblieb . . . Wenn er jetzt aus dem Wald auf die Landstraße treten oder aus einem vorbeifahrenden Laster springen würde . . . Wenn er sie bei der Hand nähme und sagte: Gehn wir! – Sie würde ihm folgen und nicht fragen, wohin. Wo bist du? Du warst doch nicht ohne Grund in meinem Leben? Was war der Grund?

Sie fuhren schweigend. Es war das Schweigen zweier ruinierter Spieler beim Verlassen des Kasinos.

»Man müßte ein Autoradio kaufen«, sagte Wolodja.

»Unbedingt«, entgegnete Natascha. »Um deine Fräuleins zu unterhalten. Damit ihr's lustiger habt.«

»Schon wieder«, Wolodja seufzte.

»Etwa nicht? Ist es nicht so?«

Was erwartete sie – daß er sagte: Es ist so? Sie war nicht auf ihn eifersüchtig. Es war ein gespieltes Interesse. Er gehörte ihr nicht, also gehörte er einer Anderen. Widerliche Gedanken an sein mögliches Doppelleben. Sich selbst gestattete sie es, ihm nicht.

An der Straße stand ein Alter in einer wattierten Jacke, schwarzen Filzstiefeln und einer gesteppten Mütze mit Ohrenklappen, wie sie die Soldaten tragen. An der Mütze sah man die Spur des Sternchens. Natascha mußte daran denken, daß die wattierten Jacken jetzt im Ausland in Mode gekommen waren, und zu Recht: sie waren bequem, außerdem aus reiner Baumwolle. Doch sobald etwas in Mode ist, mengt man Synthetik bei, Wattejacken aus Synthetik!

Der Alte machte sich nicht bemerkbar, er stand einfach da. Trotzdem steuerte Wolodja das Auto an den Straßenrand, hielt neben dem Alten und öffnete sogar die Tür. Wahrscheinlich wollte er durch eine dritte Person das lastende Schweigen brechen. Der Alte setzte sich auf den Rücksitz, als habe er eben dieses Auto erwartet und auch bekommen.

Er sagte leise: »Danke« und überließ sich sogleich seinen Gedanken.

Natascha freute sich über den Fahrgast, auch wenn es nur ein schäbiger Alter war, der entfernt einem Japaner ähnelte. Das Schweigen entlud sich.

»Wohin fahren Sie?« fragte Natascha.

Es war ihr absolut gleichgültig, wohin er fuhr und wozu, doch die Gastfreundschaft gebot diese minimale, oberflächliche Anteilnahme.

Der Alte sah sie an, als überlege er, ob er antworten solle. Dann sagte er: »Zu einer Konsultation.«

»Geben Sie eine oder besuchen sie eine?« fragte sie und wunderte sich, daß er das Wort ›Konsultation‹ kannte, es so leicht und richtig aussprach.

»Ich gebe sie.«

Natascha sah den Alten aufmerksam an, musterte seine trockenen, leicht gelblichen Wangen. Er war mager, klein, akkurat.

»Was sind Sie denn?«

»Hellseher.«

»Wie ist das zu verstehen?« fragt Natascha verdutzt.

»Im wörtlichen Sinne«, antwortete der Alte.

»Laß den Mann doch in Ruhe«, bat Wolodja.

»Hell – das ist hell. Und Seher ist ein Sehender«, erläuterte der Alte. »Ich sehe, was mit einem Menschen in der Zukunft geschieht.«

»Wie denn, Sie sehen es direkt?« Natascha wandte sich dem Alten ganz zu und sah ihn offen, fast kindlich an.

»Das ist ein besonderer Zustand. Ich kann ihn nicht erklären. Aber die Anlage zum Hellsehen haben viele Menschen. Mann kann sie entwickeln.«

»Ich habe eine Anlage dazu. Ich habe festgestellt: Kaum denke ich an einen Menschen, schon ruft er an.«

»Richtig«, pflichtete der Alte bei. »Das nennt man gewöhnlich Vorahnung, Telepathie.«

»Womit erklären Sie sich das?«

»Ich glaube, daß der Mensch nicht sieben, sondern acht Sinne hat. Der achte Sinn ist einfach noch nicht erforscht und daher nicht entwickelt.«

»Wann hat das bei Ihnen begonnen?«

»Im Krieg.«

»Erzählen Sie . . .«

»Ich kann nicht. Ich muß aussteigen.«

An der Straße stand ein pfeilartiger Wegweiser mit der Aufschrift »Flughafen« und neben dem Pfeil ein kleines Betonflugzeug auf einem Postament.

Wolodja hielt neben dem Betonflugzeug.

»Danke«, sagte der Alte und öffnete den Schlag.

»Und was steht uns bevor?« fragte Natascha hastig.

Der Alte stieg aus, hielt den Schlag in der Hand, als überlege er, ob er antworten sollte. Dann sagte er: »In vierzig Minuten wird in Ihrem Auto ein Körper sein.« Er warf die Tür leicht zu und ging.

»Was für ein Körper? Wessen Körper?«

»Deiner oder meiner«, erklärte Wolodja.

»Wie das?«

»Du – das ist eins. Und dein Körper – das bist schon nicht mehr du. Die Seele ist dann dort«, Wolodja wies mit dem Finger nach oben, »und dein Körper hier.«

»Warum meiner?«

»Meinetwegen auch meiner. Er hat ja nicht gesagt, wessen. Na schön, sind doch bloß Dummheiten.« Wolodja drehte den Zündschlüssel, ließ den Motor anspringen.

»Nein!« schrie Natascha auf und preßte seine Hand. »Wir fahren nicht! Ich flehe dich an!«

»Und was werden wir tun?«

Wir stehen hier vierzig Minuten. Dann fahren wir.«

Wolodja sah in ihre Augen, in denen nichts als Flehen und Schrecken stand.

»Na gut. Sitzen wir ein Weilchen.«

Sie sahen vor sich hin, aber es wurde unerträglich, einfach dazusitzen, zu schauen und auf etwas zu warten, was sich in nichts als einen Körper verwandelt.

»Steigen wir aus«, verlangte Natascha.

»Wozu?«

»Ein Kipper kann von hinten auffahren . . .«

Sie stieg aus und ging direkt durch die Schneewehen auf den Wald zu, bis zum Gürtel im Schnee versinkend. Sie erreichte eine umgestürzte Kiefer und setzte sich auf sie, den Rücken ganz rund gekrümmt.

Wolodja war ihr gefolgt und setzte sich ebenfalls auf die Kiefer. Er sah zu, wie Natascha einen Zweig abbrach und ein Haus mit einem Fensterchen und Schornstein in den Schnee zeichnete. Aus dem Schornstein stieg eine Rauchspirale wie auf einer Kinderzeichnung.

»Maschkin hat angerufen«, sagte Natascha. »Er will uns besuchen«.

Wolodja hatte Maschkin immer im schwarzen Pullover in Erinnerung, um ihn nicht waschen zu müssen, mit langen Haaren, um sie nicht schneiden zu müssen und mit eingerissenem Nasenflügel. Im zweiten Studienjahr hatte er sich im Vorortzug mit Rowdys geprügelt, die ihm einen Nasenflügel aufgerissen hatten. Seither erweckte er den Eindruck eines heruntergekommenen Katers und nicht eines seriösen Künstlers, der er war. Dieser Eindruck in Verbindung mit seiner Berühmtheit verlieh ihm einen gewissen Charme.

Was die Berühmtheit anbelangt, so war sie größtenteils darauf zurückzuführen, daß man seine Kunst unterdrückt hatte. So hieß es jetzt. Als seine Ausstellung schließlich doch noch eröffnet wurde, liefen sogar die hin, die von Malerei nichts verstanden und sahen in seinen Bildern Dinge, auf die Maschkin selber nie gekommen wäre.

Ein wenig Skandal ist eine unabdingbare Voraussetzung für Erfolg. Maschkin wußte das nicht zu würdigen. Er war von Natur Neurastheniker. Er kaute ständig verbissen an den Nägeln, so daß Wolodja fürchtete, er nage sich am Ende noch die Finger ab und könnte dann nicht mehr den Pinsel halten.

Maschkins Arbeiten waren – wie überhaupt seine Schaffenskurve – ungleichmäßig. Heutzutage ist aber nicht das Wie und Was ausschlaggebend, sonder Wer, die Persönlichkeit des Künstlers. Die mißlungenen Arbeiten Maschkins waren immer noch die Mißgriffe eines Genies. Die gelungenen Arbeiten eines Ljowka Shurawzow dagegen waren die Produkte eines durchschnittlichen Malers. Ljowka war so etwas wie ein schlechter großer Künstler geworden.

Vor zwanzig Jahren hatten sie alle zusammen am Surikow-Institut studiert und waren alle drei in Natascha verliebt. Sie hatte damals gerade das Studium begonnen. Als erster verliebte sich Maschkin in sie und entdeckte sie für die anderen. Damals kam es ihnen wirklich so vor, als seien neben ihr alle anderen Frauen der Welt plumpe Nachahmungen.

Nach dem Studium hatte jeder eine andere Richtung eingeschlagen: Maschkin wurde als Maler berühmt, Shurawzow schlug die handwerkliche Richtung ein, Natascha die pädagogische und er, Wolodja, ging in die Verwaltung. Man hatte es ihm angetragen, und er war einverstanden. Er hatte schon immer, schon seit der Schule, ein Talent fürs Gesellschaftliche, und die Leitungstätigkeit schmeichelte seiner Eitelkeit nicht weniger als die schöpferische Arbeit.

Mit der schöpferischen Arbeit stand es im übrigen auch gut. Er galt als talentierter Künstler und talentierter Mensch, was nicht dasselbe ist. Ihm glückte alles, was er anpackte.

Auf Versammlungen und Zusammenkünften redete Wolodja wenig, er hörte mehr zu. Doch die Kompaßnadel war allein auf ihn gerichtet.

Jeder hatte sich sein Schicksal gewählt: Maschkin das Schöpfertum und die Mittellosigkeit und die Möglichkeit zu schlafen, soviel er wollte und aufzustehen, wann er wollte und Dinge nicht zu sehen, die er nicht sehen wollte.

Wolodja eine feste Anstellung und ein festes Gehalt und weiße gestärkte Hemden. Davon hatte er zwanzig.

Shurawzow schleppte auf eingefahrenen Gleisen seinen kleinen Strohhalm zum großen Ameisenhaufen.

Natascha sah sich berufen, das Vernünftige, Gute, Ewige zu säen.

Wolodja war sich nicht sicher, den richtigen Weg eingeschlagen zu haben, aber damals wurde die Tochter geboren, die Liebe blühte, und das Wohlergehen der Familie hing von ihm ab.

Er erinnerte sich, wie er sich das erste Mal in der Wochenschau gesehen hatte. Ihre Delegation war dem Flugzeug entstiegen. Nefedow ging voran und winkte, während er, Wolodja im weißen gestärkten Hemd und mit Nefedows Reisetasche, am Schluß auftauchte. Nefedow hatte ihn nicht darum gebeten, sie zu tragen. Er hatte nur gesagt: »Ich habe da eine Tasche.« Wolodja hatte sie genommen und getragen. Der Delegationsleiter konnte doch schließlich nicht mit Reisetasche in Großaufnahme hinuntersteigen, so wie ein Datschenbesitzer dem Vorortzug entsteigt.

»Tun wir uns zusammen?« fragte Natascha.

»Wenn ich am Leben bleibe. Wenn nicht, vermache ich

meine Hemden Maschkin. Versprich, daß du sie ihm gibst.«

»Dummkopf«, sagte Natascha.

»Außer den Hemden wird von mir nichts bleiben.«

»Und von Maschkin? Wenn du nicht wärst, gäbe es ihn auch nicht.«

»Es gäbe ihn auch ohne mich.«

»Das ist nicht sicher . . .«

Wolodja erinnert sich, wie er Maschkin geholfen hatte – nicht aus alter Freundschaft, obwohl auch deswegen, sondern weil er das als seinen Beitrag zum Schöpfertum betrachtete.

Als Maschkin unter Druck gesetzt wurde, hatte er ihm mit einem Auge zugezwinkert, sozusagen: Ich bin mit dir. Und mit dem anderen Auge hatte er seinem Chef Nefedow zugezwinkert, sozusagen: Ich verstehe alles, ich bin auf Ihrer Seite. Damals waren seine Augen glatt in verschiedene Richtungen auseinandergelaufen von diesen Zwinkereien. Und der Mund wurde ebenfalls schief, weil er hierhin und dorthin lächeln mußte. Das feste Gehalt erwies sich als ein hartes Brot. Wie gern hätte er aufgehört mit Zwinkern und Lächeln und wäre einfach mürrisch gewesen. Trotz allem war Maschkin von Wolodja abhängig. Wolodja von Nefedow, Nefedow von seinem Chef und der von seinem. Und so weiter und so fort, wie in einem Organismus, wo alles voneinander abhängig ist und kein Kettenglied fehlen darf.

Ein Künstler kann auch unabhängig sein, für sich allein malen und seine Selbstachtung bewahren. Aber Selbstachtung allein reicht nicht aus. Man braucht auch die Achtung der Menge. Schaffen und anhäufen ist halbes Glück. Die andere Hälfte ist, sich anderen mitzuteilen. Seine Augen, seine Gefühle weiterzugeben. Wie in der Liebe. Daher brauchte Maschkin die Ausstellung und war ebenfalls ein Glied in der Kette.

Wolodja dachte daran, was sein würde, wenn er in zwanzig

Minuten aus der Kette ausscheiden würde. Was würde sich ändern? An seine Stelle würde Gladyschew rücken. Der würde sich freuen, weil er sonst warten müßte, bis Wolodja weiter avancierte oder in Ruhestand ging. Nefedow wäre es einerlei. Fast einerlei. Mehr würde sich nicht ändern. Maschkins Platz war nicht zu ersetzen, seiner hingegen war es. Was hatte es für einen Sinn, dazusitzen und sich in acht zu nehmen? Was war sein Leben schon wert?

»Gehn wir!« sagte er zu seiner Frau.

»Wieviel Zeit ist um?« fragte Natascha.

»Zwanzig Minuten.«

»Was soll das?« Natascha sah ihn entgeistert an. »Ich gehe nirgendwohin. Und du auch nicht.«

Wolodja erhob sich vom Baumstamm, streckte sich mit dem ganzen Körper. Der Schnee funkelte. Vom Baum führte eine kleine Spur ins Waldesinnere. Stammte sie von einem Hasen? Einem Fuchs?

Wenn man zwanzig Jahre zurückdrehen könnte und alles von vorn beginnen . . . Aber wozu die Zeit zurückdrehen? Man kann in jedem beliebigen Alter von vorn anfangen, so wie es in dem Lied heißt: »Noch ist nichts vorbei, vertrau auf dich selbst und beginne neu«. Vom morgigen Tag an könnte er auf sein Amt verzichten, sich die Haare wachsen lassen, sich einen schwarzen Pullover zulegen und seine alten Pinsel einweichen. Sogar Mittellosigkeit und eine unsichere Existenz könnte er riskieren. Seine Frau wäre einverstanden. Er glaubte an sie. Aber was weiter? Der Pullover, die Haare und sogar die Armut sind nur Dekoration, Äußerlichkeit. Das Wesentliche trägt der Mensch in sich. Innerlich aber war Wolodja Wischnjakow ein anderer geworden. Er unterschied sich von dem, der er vorher war, so, wie sich ein Arbeitsgaul von einem Mustang unterscheidet. Oder ein Hund von einem Wolf. Zwanzig Jahre hatten das Ihre getan. Wenn er seine Arbeit aufgäbe, würde er dennoch das Kettenglied bleiben, nur mit langem Haar und ohne Privilegien. Was hatte das für einen Sinn? Wenn man wie Iwan-Durak* in drei Kessel tauchen und als Iwan-Zarewitsch wieder auftauchen könnte. Aber das vermochte nur das Wunderpferdchen zu bewirken.

Also würde alles beim Alten bleiben. Wenn dieser Hellseher wirklich recht hatte und einer von ihnen in zwanzig Minuten von der Bildfläche verschwand und einer blieb, so sollte schon lieber die Frau bleiben. Sie wurde mehr gebraucht. Von der Tochter, deren Schülern, die an sie glaubten und sie verehrten. Später, wenn sie heranwuchsen und auf eigenen Füßen standen, würden sie alle Götzen stürzen. Aber solange sie lernten, auf der Suche nach sich selbst waren, kamen sie nicht ohne Götzen aus. Wenn die Frau dann älter wäre, würde sie die Enkel hüten und wieder von großem Nutzen sein.

Wolodja ließ sich erneut auf den Baum nieder und sah seine Frau an, die in Gedanken versunken dasaß. Wolodja hatte seine Frau lange nicht mehr angesehen. Er hatte sie ebensowenig wahrgenommen, wie man seinen Arm oder sein Bein bewußt wahrnimmt. Die nachdenkliche Miene machte sie älter. Ansonsten hatte sich sich in den zwanzig Jahren kaum verändert. Natürlich, irgendwo hatte sie sich verändert und irgendwo war sie die Alte geblieben, besonders wenn sie lachte oder weinte. Zu allererst altert die Stimme, denn sie ist das Instrument des Herzens. Begabte Menschen verändern sich überhaupt wenig. Sie sind weniger von Äußerlichkeiten abhängig.

»Was ist?« Natascha hatte seinen Blick bemerkt.

»Wenn ich meinen Posten aufgebe, wer würde ich dann sein, ein Shurawzow?«

»Ein Wolodja Wischnjakow«, antwortete Natascha.

* russ. Märchenfigur: Iwan-Dummkopf

»Würdest du das wollen?«

»Für mich ist das unwichtig.«

»Was ist für denn für dich wichtig?«

Natascha dachte nach.

Sie zeichnete neben das Häuschen einen Zaun. Jetzt würde kein Fremder das Haus betreten. Drinnen ist es warm. Der Ofen ist geheizt, Essen wird gekocht. Neben dem Ofen die Hausfrau. In der Wiege ein Säugling. Ein bescheidenes Mahl. Bescheidene Freuden.

Natascha dachte daran, wie Wolodja sie gezwungen hatte, die Tocher zur Welt zu bringen. Er hatte sie mit Müh und Not überredet, hatte vor ihr gekniet. Damals hatte sie keine Zeit, sie war beherrscht von irgendwelchen wichtigen Ideen, Gedanken, Vorhaben, Wettbewerben, Ausstellungen, jungen Talenten. Und jetzt, was hatte sie außer der Tochter? Die Schüler? Aber die würden nicht dank ihrer Gnade zu Künstlern werden, sondern von Gottes Gnaden. Ihre Aufgabe bestand lediglich darin, sie nicht an ihrer Selbstverwirklichung zu hindern.

Als die Tochter geboren wurde, hatte Natascha zwei Tage lang geheult allein bei dem Gedanken, daß es sie nicht hätte geben können.

Wolodja hatte sie aus dem Krankenhaus abgeholt. Eine Schwester hatte ihm das Bündel hingestreckt, er hatte das Dreieck der Decke zurückgeschlagen, das das Gesichtchen bedeckte, und war den aufgerissenen, blauen Augen der Tochter begegnet.

Er hatte sich sehr gewundert und sich nicht vorstellen können, wohin sie wohl geblickt haben mochte, als die Decke ihr Gesichtchen verhüllte. Lag sie einfach so in der Dunkelheit? Dachte vielleicht, sie sei noch nicht geboren? Vielleicht dachten so kleine Kinder überhaupt noch nichts, war das Gehirn noch nicht in Funktion?

Das war im Januar gewesen. Im Sommer fuhren sie auf

die Datsche. Das Töchterchen war ein halbes Jahr alt. Einmal war Natascha in die Stadt gefahren, um irgendwelche Importklamotten anzuprobieren. Es war die Rückkehr zum früheren Leben vor der Schwangerschaft, und dieses Leben lockte so, daß sie sich mit der Heimkehr verspätete. Sie hatte eine Mahlzeit ausgelassen. Das Kind hatte mit Griesbrei gefüttert werden müssen. Wolodja empfing sie auf dem Bahnsteig und sagte: »Ich mache dich für jede Träne des Kindes verantwortlich.«

Jede Träne war heilig. Jeder Zahn. Jedes neue Wort. Auch jetzt gab es nichts, das unwesentlich wäre: Changierbilder, Etüden von Gedike*, die Länge der Jeans, die reduzierte Kost. Was Natascha einfach abtat, war für Wolodja von lebenswichtiger Bedeutung: Ein Mädchen darf nicht dick sein und in zu kurzen Jeans herumlaufen. Unkorrektes Äußeres ist Unkultur. Nichts, was unwesentlich war. In allem mußte Ordnung sein. Im Haus hatte Ordnung zu herrschen, also räumt Natascha auf, saugt Staub, lüftet. Das Mittagessen hat auf dem Tisch zu stehen, also tritt sie jeden Morgen wie zur Wache an die Kochplatte. Das Essen hat fachmännisch und abwechslungsreich zu sein, also zaubert sie Soßen, schlägt im Kochbuch nach, so daß die öde Pflicht beinahe zu einem schöpferischen Akt gerät.

Die Familie versammelt sich um den Mittagstisch, verputzt die Vitamine, Eiweiße und Kohlehydrate. Und sie sitzt da und schaut und empfindet beinahe Glück. Der Lebensprozeß ist gewährleistet, nicht nur das, er ist auch ästhetisch. Ein appetitliches Essen auf schönen Tellern, auf einem sauberen Tischtuch. Ihre Hoheit die Ordnung. Der Ordnung dient man. Sie verehrt man. Ordnung ist eine

* Alexander Gedike (1877–1957), russ. Komponist und Musikpädagoge

feste Insel im Sumpf der Unordnung. Man weiß, wohin man seinen Fuß setzt.

Was wäre, wenn sie Wolodja nicht mehr hätte? Wofür dann noch das Mittagsmahl? Man würde mit einem Imbiß auskommen. Wozu dann noch die Eile, nach Hause zu kommen? Man würde übernachten, wo man gerade war. So aber kehrt sie abends nach Hause zurück, egal von welchem Besuch, von welchem Ort der Erdkugel. Sie setzt sich mit der Familie vor den Fernseher. Wolodja im Sessel, sie und die Tochter auf dem Sofa, Schulter an Schulter. Ein Klima im Haus wie in einem Kiefernwald. Säße Mansurow an Wolodjas Stelle, würde sich das Klima sofort ändern. Entweder würde die Tochter vor Einsamkeit erfrieren, oder Natascha würde vor Trockenheit keine Luft mehr bekommen, oder es wäre überhaupt nichts zum Atmen da wie auf dem Mond.

Manchmal kommt Wolodja böse heim und stampft durch die Wohnung wie ein Bison durch die Prärie. Oder er bekommt über eine längere Zeit einen Rappel, ist mit dem Leben uneins. Das muß man dann über sich ergehen lassen. Doch nur bei Wolodja ist das zu ertragen, nicht bei Mansurow. Mansurow kann eine Allergie hervorrufen wie etwa ein Hundefell – man beginnt sich zu kratzen und zu kratzen und stürzt sich schließlich kopfüber aus dem Fenster.

Wo war überhaupt dieser Mansurow? Kuckuck . . . Wo durchschnitt er die Luft mit dem Paßgang eines Achaltekinskers? In welchen Gefilden blinkt sein einsam Segel im Nebel des blauen Meeres? Sicherlich hat er begriffen, daß Natascha ein Opfer der Ordnung ist und beschlossen, keine seelischen Ressourcen zu verschwenden.

Mansurow, das ist ein Aufstand gegen die Ordnung innerhalb der Ordnung. Ein Sturm, wenn das Meer seiner Ufer überdrüssig ist und zu wüten beginnt und über die

Ufer tritt, um dann wieder zurückzufluten und gleichmäßig zu atmen wie ein gezähmtes Tier.

Sie dachte plötzlich daran, was wäre, wenn jetzt hier Mansurow auftauchte, im Schnee versinkend auf sie zukäme. Sie würde dann so tun, als erkenne sie ihn nicht. Was war, das war. Es gehörte der Vergangenheit an. In der Gegenwart aber war Wolodja, sie und ihr Häuschen, ihr Zaun. Wenn Mansurow zum Beispiel eine Schlägerei mit Wolodja anfinge, würde sie Partei für ihren Mann ergreifen und mit ihm gemeinsam Mansurow verbleuen. Auch wenn das nicht human wäre.

Natürlich ist es schön, sich neben einem Menschen hochzurecken, der an die Kraftstation »Liebe« angeschlossen ist. Aber das ist nur ein Stück vom Glück, wie zum Beispiel das Stück einer runden Pirogge, die »Leben« heißt. Mit vierzig begreift man, daß »Liebe« nicht nur eine Bedeutung hat. Nicht nur Mann und Frau, sondern auch Großmutter und Enkel, Mädchen und Katze, Liebe zur Arbeit, wenn sie es wert ist. Liebe zum Leben als solches.

Die Liebe zum Mann verdeckt manchmal die ganze Welt, so als ob man ein Stück Pirogge ganz nah an die Augen hält und nichts anderes mehr sieht. Wenn man es von den Augen entfernt, auf den Tisch legt und von oben sieht, stellt man fest: ein Stück Pirogge, das auf dem Tisch liegt, ein Tisch neben dem Fenster und jenseits des Fensters die ganze Welt. Und wenn man dann in diese Welt hinausgeht, hört man nicht auf, sich über die Farben des Himmels, die Form eines Baumes, über alle Schöpfungen des größten Künstlers, der Natur, zu wundern. Und das verschwindet nicht wie Mansurow. Das gehört dir: dein Schulweg, deine Kinder, deine Arbeit. Dein Leben. Dessen bist du sicher, solange du ein Mensch bist und kein Körper. Und die Sicherheit, das sind eben jene trockenen Inseln – wenn auch nicht im Sumpf, so doch im Meer der

Leidenschaft. Man kann nicht die ganze Zeit schwimmen. Man muß sich auch erholen. Ihre Hoheit die Ruhe ist auch ein Teil der Ordnung. Oder die Ordnung ein Teil der Ruhe, in der man sich konzentrieren kann und Kraft schöpfen und Gedanken fassen für seine Arbeit.

Was die ewige Ruhe anbetrifft – wenn schon der Tod einen von beiden treffen soll, so wollte sie es sein. Wolodja würde bleiben und die Tochter die Gabe der Geduld lehren. Er würde ihr helfen, ein Haus zu finden.

Ein Haus ist wie ein Glaube. Die einen finden von klein auf und sofort zu ihm. Andere finden ihr Haus unter Qualen, Zweifeln, Leiden und Verlusten. sie verlassen es wie verlorene Kinder, um es wiederzufinden und zu schätzen.

Natascha stellte sich die Tochter vor, ihr kamen die Tränen. Sie tat ihr leid, Wolodja tat ihr leid und sie sich selbst auch, weil die Jugend vorbei war und nicht mehr viel Zeit zu leben blieb. Wenn auch nicht vierzig Minuten, sondern vierzig Jahre. Aber vierzig Jahre ist auch sehr wenig und ist in gewissem Sinne so wie die vierzig Minuten. In der zweiten Hälfte des Lebens vergeht die Zeit schneller. Wie auf einem abschüssigen Weg.

Wolodja rauchte. Natascha sah ihm von der Seite zu, sah die Hände mit den fast formvollendeten Nägeln, seine Art, einen Zug zu machen und dabei vor dem Rauch zu blinzeln. »Wolodja . . .«

Er wandte sich mit einem Ausdruck höchster Aufmerksamkeit um, was ihm sehr zu Gesicht stand.

Natascha wollte sagen: »Ich liebe dich«, aber sie schämte sich und sagte: »Morgen gehe ich zum Psychiater. Unbedingt.«

»Laß uns fahren!«

Wolodja streckte ihr die Hand hin und sie schritten

durch die Schneewehen, die Füße in die alten Spuren setzend.

Sie setzten sich ins Auto, fünf Minuten vor der vorausgesagten Zeit. Fünfunddreißig Minuten hatten sie auf dem Stamm gesessen, doch sie waren ihnen wie ein halber Tag vorgekommen.

»Leg den Gurt an!« befahl Wolodja.

Sie fuhren schweigend. Eine alte, halbverfallene Kirche huschte vorbei. Auf dem Dach stand eine Birke, flaumig vom Rauhreif. Die Verschmelzung von ursprünglicher Natur und Altertum sah beeindruckend und beklemmend aus.

Sie fuhren über eine kleine Flußbrücke.

»Hier muß es im Sommer schön sein«, sagte Natascha.

Hinter der Brücke erblickten sie eine Alte mit drei Umschlagtüchern und einem riesigen Sack. Sie stand mitten auf der Straße und rührte sich, auch als sie das Auto sah, nicht von der Stelle. Es schien, als habe sie den Rockschoß ausgebreitet, um damit das Auto einzufangen. Sie zu umfahren war unmöglich, das hätte sie nicht zugelassen.

»Vorsicht!« sagte Natascha erschrocken.

Wolodja hielt vor der Alten..

»Nimmst du mich bis Jassenew mit?« fragte die Alte.

Wolodja öffnete den Schlag. Die Alte kroch sofort ins Auto und zerrte ihren Sack herein.

»Meine Schwägerin wohnt in Jassenew«, erklärte sie. »Ich übernachte bei ihr und bin morgen von früh an auf dem Markt. Ich kenne da einen Fleischer. Der zerlegt mir mein Eberchen. Sie müssen doch sowieso in die Richtung.«

Das stimmte. Wolodja prüfte, ob der Türknopf heruntergedrückt war. Sie fuhren weiter.

Natascha schielte mißtrauisch auf den Sack und fragte, was darin sei.

»Na, das Eberchen.« Die Alte wunderte sich über die Frage.

»Ein wilder?« – »Wieso ein wilder. Aus dem Stall.«

»Ein lebendiger?«

»Wieso lebendiger?« Die Alte wunderte sich wieder. »Ein geschlachteter.«

»Ein Körper?« erriet Natascha.

»Wieso Körper? Ein geschlachtetes Tier.«

Die Alte und Natascha sahen einander aufmerksam an, Natascha rückwärtsgewandt, die Alte geradeaus blickend. Natascha verglich die Prophezeihung mit der Realität. Der Alten kam Natascha offenbar nicht ganz richtig vor. Einen lebenden Eber zum Markt bringen! Mit einem Leichnam im Sack zur Schwägerin fahren!

Natascha löste den Sicherheitsgurt und atmete tief auf. »Wir laden keinen Besuch ein«, sagte sie. »Zum Teufel . . .«

»Der Hellseher . . .«, neckte Wolodja. »Hat ein Schwein mit einem Menschen verwechselt.«

»Er ist doch alt«, verteidigte ihn Natascha. »Er sieht eben nicht alles. Wie beim Kartenlegen. Da werden ja auch keine Namen genannt.«

Die Straße war eben, breit, erforderte keine große Aufmerksamkeit.

»Für wieviel verkaufen Sie denn?«

»Sechs Rubel das Kilo. Für Kalbfleisch nehme ich sieben.«

Natascha schüttelte den Kopf. »Teuer . . .«

»Zieh erst mal selber ein Tier auf und mäste es«, schlug die Alte vor.

»Wo? Auf dem Balkon? Im Bad?«

»Im Bad . . .« äffte die Alte nach. »Das ist es ja . . . Ich verkaufe euch eure Faulheit. Sechs Rubel das Kilo. Faulheit ist teuer.«

Sie erreichten Jassenew. Die Alte stieg aus und warf im Weggehen einen zerdrückten Rubel auf Nataschas Knie.

»Nicht nötig.« Natascha war verlegen. »Was machen Sie da?«

»Nimm nur«, entschied die Alte. »Heutzutage kostet nichts unter einem Rubel.« Dann ging sie.

»Flügelloses Pferd«, stellte Natascha fest und schob den Rubel in Wolodjas Tasche. Dieser Rubel gefiel ihr nicht.

Ich werde Nefedows Tasche nicht mehr tragen, nahm sich Wolodja fest vor und malte sich aus, wie sie aus dem Flugzeug steigen, sich ins Auto setzen und zum Hotel fahren. Nefedow besinnt sich plötzlich und fragt: »Wo ist denn meine Tasche?« und Wolodja darauf: »Wo haben Sie sie denn gelassen?«

Sie fuhren in die Stadt hinein.

Die Prophezeiung lag hinter ihnen wie die halbverfallene Kirche. Möglich, daß der Alte ein Hellseher war, aber Zauberkraft erliegt ebenfalls der Zeit und versiegt zusammen mit dem Leben. Die alten Zauberer werden von jungen abgelöst, die sich jetzt modern als »Extrasens« bezeichnen. Die vierzig Minuten waren um, das Leben konnte weitergehen. Ihre Hoheit die Ordnung machte es sich auf ihrem Thron bequem.

Ein schwarzer »Wolga« fuhr vorüber. Am Steuer saß Mansurow. Natascha hatte sein Profil und seinen Blick erkannt. Sie zuckte zusammen und rang nach Atem, als habe sie überraschend ein Peitschenhieb getroffen.

»Überhol!«, befahl sie und faßte Wolodja am Ellenbogen. »Da, den schwarzen ›Wolga‹.«

»Warum?« fragte Woldoja verständnislos, lenkte aber sein Auto auf die freie Nebenspur und zog an.

Die Wagen näherten sich einander, und der schwarze »Wolga« fuhr eine Weile auf gleicher Höhe mit dem blauen Moskwitsch.

Natascha beugte sich vor und schaute.

»Was ist?« frage Wolodja.

»Ich habe mich getäuscht.« Natascha lehnte sich wieder zurück, schloß die Augen, so erschöpft war sie auf einmal.

Wolodja ließ den Wagen ausrollen und lenkte ihn mit der vorschriftsmäßigen Geschwindigkeit in die vorschriftsmäßige Spur.

Es war nicht Mansurow. Es war einfach ein ähnlich aussehender Mann. Aber wie das Herz zu rasen begonnen hatte . . .

DER TALISMAN

In der 9 b war Klassenleiterstunde. Die Klassenlehrerin Nina Georgijewna nahm nach dem Alphabet die Kopfnoten und den Zensurenstand durch. Alexander Djukin (abgekürtzt Djuk), unter »D« stehend, kam entsprechend bald an die Reihe. Noch war keiner müde, alle saßen still und lauschten aufmerksam den Worten Nina Georgijewnas. »Djukin, schau dich an«, sagte sie gerade. »Die Schulaufgaben erledigst du nicht. Außerschulische Arbeiten machst du nicht. Du randalierst nicht mal.«

Alles war die reine Wahrheit. Die Aufgaben erledigte Djuk nicht. Außerschulisch leistete er nichts, er hatte keine Ader für gesellschaftliche Arbeit. Anfang des Jahres hatte man ihn zum Betreuer in der dritten Klasse gemacht, aber ohne ihm zu sagen, was er als solcher zu tun habe. Selber wußte er es nicht. Und noch eins: Djuk konnte nicht alle Schüler zusammen lieben. Er konnte wahlweise einen oder höchstens zwei gern haben. Aber das, was man Kollektiv nennt, vermochte er nicht zu lieben, ja er fürchtete es sogar.

»Wenn du wenigstens ein Rowdy wärst, würde ich es noch verstehen, denn wenn das auch etwas Negatives ist, so ist es doch immerhin Ausdruck einer Persönlichkeit. Aber dich gibt es einfach nicht. Ein leerer Fleck. Eine Null.«

Nina Georgijewna schwieg und wartete, was Djuk zu seiner Rechtfertigung vorbringen würde. Der aber tat nichts dergleichen, sondern blickte nur auf seine Stiefelspitzen. Er trug Markenstiefel, amerikanische, mit dicker Profilsohle.

Er hatte sie von Mutters Freundin Tante Ira bekommen, die mit einem Amerikaner verheiratet war, und der hatte dieselbe Schuhgröße wie Djuk. Der Amerikaner hatte diese Stiefel in einem Sportgeschäft gekauft und sie fünf oder sechs Jahre zum Klettern in den Bergen benutzt. Danach waren sie Djuk zugefallen, und der trug sie ohne Unterbrechung zu allen Jahreszeiten und würde sie sicherlich das ganze Leben lang tragen und mit ihnen in Rente gehen und sie dann seinen Kindern vererben.

Diese Gedanken hatten nichts gemein mit dem, was Nina Georgijewna interessierte. Aber Djuk konzentrierte sich absichtlich nicht auf ihre Fragen. Er dachte daran, daß er später, als Erwachsener, niemals einen Menschen vor anderen nur deshalb demütigen würde, weil der nicht volljährig ist, sein Brot noch nicht selber verdient und nicht für sich einstehen kann. Djuk hätte das seiner Lehrerin offen ins Gesicht sagen können, aber das hätte ihre Autorität untergraben. Und leiten ohne Autorität ist nun mal unmöglich.

»Warum schweigst du?« fragte Nina Georgijewna.

Djuk hob den Blick von den Stiefeln und richtete ihn auf das Fenster. Hinter der Scheibe stand weißer Nebel. Das entfernte weiße Fertigteilhaus schwamm im Winternebel wie ein großes Schiff.

Alle waren still, hingefläzt saßen sie da und blickten ihn an. Sie begannen ernsthaft daran zu glauben, daß er tatsächlich eine Null, ein leerer Fleck sei. Ihn selbst befiel eine schleichende, unangenehme Angst, er könne in der Tat zu nichts taugen in diesem Leben. Er hätte natürlich die Stiefel ausziehen und sie gegen das Fenster schleudern, das Glas zerschmettern und sich so vor aller Augen wenigstens als Rowdy manifestieren können. Doch zu einer solchen Tat muß man aufgelegt sein. Nicht Djuk müßte bewußt etwas tun, sondern dieses Etwas müßte ihn überkommen – dann wäre es organisch.

Djuk stand da wie gelähmt, konnte weder Arm noch Bein bewegen.

»Na, sag doch was!« verlangte Nina Georgijewna.

»Was?« fragte Djuk.

»Wer bist du?«

Ihm fiel ein, daß die Mutter ihn von frühester Kindheit an »mein Talismännchen« genannt hatte. Er dachte daran, daß er immer große Angst empfunden hatte und manchmal stundenlang vor Entsetzen weinte bei dem Gedanken, er könnte nicht von seiner Mutter geboren sein, sondern von Tante Sina und müßte wie Larissa in deren Familie leben.

»Ich bin ein Talisman«, sagte Djuk.

»Was . . .?« Nina Georgijewna begriff nicht. Ihre Miene verfinsterte sich, so angestrengt dachte sie nach.

»Ein Talisman«, wiederholte Djuk.

»Ist das ein olympisches Souvenir?«

»Nein. Ein Souvenir dient der Erinnerung, aber ein Talisman bringt Glück.«

»Wie das?« fragte Nina Georgijewna neugierig.

»Na, wie ein Steinchen mit einem Loch, das man am Hals, an einem Kettchen trägt. Ein Hühnergott.«

»Aber dich kann man doch nicht an ein Kettchen hängen.«

Alles lachte.

»Nein«, sagte Djuk würdevoll. »Mich muß man einfach

dabeihaben. Wenn man eine wichtige Sache vorhat und mich mitnimmt, gelingt alles.«

Nina Georgijewna sah verwirrt, doch lebhaft interessiert ihren Schüler an. Auch die Kinder wußten nicht recht, wie sie auf so eine Erklärung reagieren sollten: sich eins ins Fäustchen lachen? Losprusten wie eine Herde Nashörner? Vorsichtshalber schwiegen sie erst einmal und blickten ihren Mitschüler an. Die vorn saßen, drehten sich um und verrenkten die Körper, die anderen beobachteten ihn aus bequemerer Position. Selbst der kluge Chonin fand keinen passenden Kommentar, obwohl er angestrengt grübelte.

»Na schön, Djukin«, sagte Nina Georgijewna. »Dies ist eine Klassenversammlung und kein Klub für Spaßvögel. Ich wollte dich nicht beleidigen, Djukin. du sollst einfach über dich selber nachdenken und dich bessern. Vor dir liegt ein langes Leben, und ich möchte nicht, daß du es als fauler, initiativloser Mensch antrittst. Deine Familie schert sich übrigens auch nicht sehr um dich. Deine Mutter ist nicht ein einziges Mal zur Elternversammlung gekommen. Warum? Interessiert es sie wirklich nicht, wie du lernst?«

»Sie weiß es«, sagte Djuk. »Sie unterschreibt das Tagebuch.«

»Tagebuch ist Tagebuch. Ist die Meinung der Lehrer ihr so unwichtig?«

Völlig unwichtig, hätte Djuk am liebsten gesagt. Sie hat ihre eigene Meinung. Aber das durfte er nicht aussprechen. Er schwieg.

»Setz dich«, gestattete sie ihm. »Jelissejewa!«

Olga Jelissejewa erhob sich aus der Bank, zupfte das Kleid zurecht.

»Du hast eine Woche gefehlt«, sagte die Lehrerin. »Statt eines ärztlichen Attests hast du einen Brief von deinen Eltern vorgelegt. Sag bitte, was ich davon halten soll.«

Die Jelissejewa hob die runden Schultern.

»Alle bleiben da, um Fußboden und Fenster zu reinigen, aber du darfst deine Hände nicht mit kaltem Wasser benetzen. Alle dürfen, bloß du nicht.«

»Ich habe chronische Bronchitis«, sagte die Jelissejewa mit einem Anflug von Hochmut. »Ich muß mich vorsehen.«

»Weißt du, wie die Kinder in Sparta erzogen wurden?«

»Weiß ich. Die schwachen wurden von einem Felsen in den Abgrund gestürzt.«

Das Beispiel hatte sich als Mißgriff erwiesen. Nun klang es so, als wäre es nicht übel, die Jelissejewa ebenfalls in einen Abrund zu schubsen, damit sie nicht die Menschheit verunziere. Nina Georgijewna entschied sich für einen zeitgemäßeren Vergleich.

»In Amerika müssen sogar die Kinder von Millionären in den Ferien als Putzteufel oder Kellner schuften, sie verdienen ihr Brot selber. Überhaupt werden Kinder im Westen kurzgehalten.«

»Aber in Japan erlaubt man ihnen alles!« platzte der kluge Chonin fröhlich hinein, »und trotzdem sind die Japaner das wohlerzogenste Volk der Welt!«

Chonin war nicht nur pfiffig, sondern auch gebildet und gab ständig sein Wissen zum besten. Den Mädchen gefiel er dennoch nicht, weil sein Gesicht mit vulkanartigen Pubertätspickeln bedeckt war.

»Was schlägst du also vor?« fragte Nina Georgijewna.

»Ich? Was kann ich schon vorschlagen?«

»Wenn du an meiner Stelle wärst, was würdest du für eine Erziehungsmethode wählen?«

»Wie im Zirkus. Eine moderne Dressur.«

Alle lachten los außer Nina Georgijewna.

»Die Methode Zuckerbrot und Peitsche?« fragte sie.

»Die ist veraltet«, entgegnete Chonin. »Die moderne Dressur empfiehlt die Beobachtungsmethode. Man beobachtet ein Tier lange, ermittelt, was ihm behagt, und dann entwickelt und unterstützt man eben das, was ihm gefällt. So reduziert man die gewaltsame Einwirkung auf ein Minimum.«

Nina Georgijewna sah auf die Uhr. Zum Beobachten, Herausfinden und Anspornen war keine Zeit mehr. Allein für Djukin und die Jelissejewa waren zwanzig Minuten draufgegangen, noch dreißig Schüler mußten beurteilt werden, und wenn man auf jeden zehn Minuten verwandte, machte das dreihundert Minuten, das heißt fünf Stunden. Diese Zeit hatte Nina Georgijewna nicht. Sie mußte noch einkaufen, anschließend ins Krankenhaus zu ihrer Mutter fahren, dann ihre kleine Tochter aus dem Kindergarten abholen. Und abends galt es, die Hefte durchzusehen und das Essen für den nächsten Tag zu kochen, denn die Mutter war frisch operiert und durfte nichts von vorgestern zu sich nehmen.

»Na schön«, sagte sie. »Sparta, Japan, Amerika, der Zirkus . . . Daß mir am Quartalsende alle von vier auf drei, von drei auf zwei und von zwei auf eins kommen! Sonst kriege ich euretwegen Ärger!«

Sie sammelte die Hefte ein und verließ die Klasse.

Alle sprangen auf, zerrten polternd ihre Mappen aus den Bänken. Swetlana Kijaschko trat an Djuk heran und sagte: »Voriges Jahr habe ich Lenka Marejewa eine Schallplatte geliehen, die letzte von ›Abba‹, und sie hat sie mir bis heute nicht zurückgegeben.«

Die Marejewa, ihre ehemalige Klassenkameradin, war in eine andere Schule, in eine Mathematikförderklasse übergewechselt. Wie sich herausstellte, hatte sie dafür keinerlei besondere Befähigung. Sie war jetzt lediglich länger unterwegs. Djuk war überzeugt: wenn in einem Menschen etwas steckt, kommt es auch so zutage. Wenn nicht, hilft keine Schule. Daher war es beser, an Ort und Stelle zu bleiben und abzuwarten.

»Na und?« Djuk begriff nicht.

»Los, gehen wir zusammen hin«, schlug die Kijaschko vor. »Vielleicht rückt sie sie raus?«

»Was soll ich denn dabei?« wunderte sich Djuk.

»Na du bist doch ein Talisman.«

»Ah so . . .«

Das hatte er ganz vergessen. Er wollte schon sagen: 'Das war doch bloß Spaß. Was bin ich schon für ein Talisman?' Aber dann hätte die Kijaschko gefragt: 'Was bist du denn dann?' Und dabei wäre herausgekommen: ein Niemand. Eine Null, ein leerer Fleck. Und wer würde das schon zugeben, um so mehr, als dies wirklich sehr wahrscheinlich war. Die Natur hatte ihn leer ausgehen lassen. Tja, wenn er ein Schnelläufer wäre wie Bulejew oder ein kluger Kopf wie Chonin. Oder schön wie Vitali Resnikow aus der 10 b. Wenn ihn irgend etwas unter den anderen auszeichnen würde – Talent, Verstand, Schönheit . . . Aber Djuk konnte wirklich nichts dergleichen aufweisen. Er war lediglich Mutters Glück. Ihr Talisman. Das war für Mutter vielleicht ausreichend, aber für ihn selber nicht. Und für alle anderen auch nicht.

»Gut«, sagte Djuk. »Gehen wir. Nur nicht heute. Morgen. Heute kann ich nicht.«

Lenka Marajewa öffnete die Wohnungstür. Sie hatte ein hübsches Gesicht, war aber ein bißchen dicklich. Eine Figur wie die Ziffer Acht. Ein Kreis auf dem anderen.

Sofort gesellte sich ein wolliges weißes Hündchen zu ihr, stellte sich auf die Hinterpfoten und legte die Vorderpfoten übereinander. Offenbar wegen der Balance.

»Ladka, pfui!« Lenka verscheuchte den Hund.

»Was will er denn?« fragte Djuk.

»Dir gefallen«, erklärte die Marejewa.

»Warum?«

»Einfach so. Weshalb bist du gekommen?«

»In einer bestimmten Angelegenheit.«

»Komm rein.«

Doch Djuk lehnte ab. Das einzige, was er durch die halboffene Tür sah, waren Küchenmöbel im Zimmer.

»Was für eine Angelegenheit meinst du?« fragte die Marejewa, weil Djuk zögerte und nicht wußte, wie er anfangen sollte.

»Gib der Kijaschko die Platte zurück«, begann er mit dem Wichtigsten.

»Die geb ich nicht her!« Sie schnitt ihm das Wort ab. »Ich kann so gut nach ihr tanzen. Sie macht mich high.«

»Aber vielleicht kann die Kijaschko auch gut nach ihr tanzen?«

»Das ist meine Platte. Die Kijaschko hat sie mir zum Geburtstag geschenkt, und dann ist sie gekommen und hat erklärt, daß ihre Eltern schimpfen und sie zurückfordern. Anständige Menschen tun so etwas nicht.«

Djuk war verwirrt. Geschenke zurückzuholen schickte sich tatsächlich nicht. Sie aber gewaltsam zurückbehalten war ebenfalls nicht in Ordnung.

»Du hättest ja die Beleidigte spielen können«, schlug Djuk vor.

»Ich war auch beleidigt«, sagt die Marejewa. »Ich hab mit ihr Schluß gemacht.«

»Die Platte hättest du ihr aber wiedergeben müssen«, legte ihr Djuk nahe.

»Was denn noch alles! Ich soll ohne Freundin und ohne Platte bleiben? So hab ich wenigstens die Platte!«

Djuk begriff, daß seine Sache schlecht stand. Sie würde

die Platte nicht herausrücken und auf ihre Art recht haben. An das Ding heranzukommen war unrealistisch, jedenfalls im Moment. Morgen würde sich also herausstellen, daß er überhaupt kein Talisman war, sondern wirklich nur eine Null und noch dazu ein Aufschneider.

»Komm, tauschen wir«, schlug Djuk vor. »Ich gebe dir einen Westgürtel mit ›Wrangler‹ auf der Schnalle, und du gibst mir die Platte.«

»Und wo ist der Gürtel?« fragte die Marajewa interessiert.

»Bring ich sofort. Bin gleich zurück.«

Djuk rannte die Treppe hinunter, weil es in dem Fünfgeschosser keinen Fahrstuhl gab, dann über die Straße, dann durch zwei Stadtviertel, vorbei an der Schule, dem Kindergarten, dem Gebäudeblock Nummer neun, den Müllkästen. Er stürmte den Treppenaufgang hoch und betrat leise die Wohnung.

Die Mutter unterhielt sich am Telefon. Das konnte sie vier Stunden hintereinander tun mit gleichbleibendem Interesse. Sie hob abwehrend die Hand, was sowohl heißen konnte: Warte, gleich, als auch: Stör nicht, laß auch mich meinen Interessen leben.

Djuk nickte zum Zeichen der Loyalität gegenüber ihren Interessen, obwohl früher, noch vor einem Jahr, von Loyalität keine Rede sein konnte, eher von beiderseitigem Terror.

Auf Zehenspitzen schlüpfte er ins angrenzende Zimmer, langte sich einen Gürtel aus dem Kleiderschrank, den er mit seiner Mutter teilte – sie trug ihn zum Jeansrock. Übrigens stammten sowohl Gürtel als auch Rock ebenfalls aus dem fernen Amerika, und sie hatten sie nicht neu bekommen, sondern nachdem sie den alten Besitzern gute Dienste geleistet hatten. Aber je älter, desto edler. Vitali Resnikow zum Beispiel rieb neue Jeans extra mit Bimsstein ab, damit sie wie getragen aussahen. Wie ein Mitternachtscowboy sah er darin aus.

Djuk nahm den Gürtel, legte ihn unter der Jacke an und steuerte mit selbstsicherer Miene auf den Korridor zu.

»Ich versichere dir«, sagte die Mutter ins Telefon, »alles wird genauso sein!«

Djuk nickte der Mutter zu, und das konnte ebenfalls zweierlei bedeuten: Warte, bin gleich wieder da, und: Stör mich nicht, laß mir meine Interessen. Du hast deine, ich hab meine. Er betrat das Treppenhaus, dann die Straße, und zurück ging es den gleichen Weg.

»Da!« Djuk nahm den Gürtel ab und steckte ihn der Marejewa hin. Die Spange war schwer und wirkte wie echtes, gedunkeltes Silber. »Wrangler« stand darauf, der Name einer angesehenen Firma. Das unverständliche Wort regte zum Träumen an.

»Super . . .« entfuhr es der Marejewa. Sie legte sich den Gürtel um wie einen Reifen um ein Faß und fragte: »Schön?«

»Das ist was ganz anderes«, sagte Djukin, obwohl es genau dasselbe war. Die Marejewa entfernte sich und kehrte mit der Platte zurück. Die Oberfläche war schon nicht mehr schwarz, sondern graublau, von einer stumpfen Nadel zerkratzt.

»Nimm«, sie hielt sie ihm hin.

»Nicht gleich«, wehrte Djuk ab. »Ich hab eine Bitte an dich: Ich komme morgen nach der Schule mit der Kijaschko zu dir. Sie wird dich darum bitten, und du gibst sie heraus. Und darüber, daß ich bei dir war, kein Wort. Klar?«

»Und wann gibst du den Gürtel her?«

»Den Gürtel sofort. Bitte!«

»Tut's dir nicht leid?« Die Marejewa wunderte sich.

»Schenken soll man das, was einem selber gefällt«, wich Djuk aus. »Was hat das Geschenk sonst für einen Sinn?«

»Im allgemeinen ja«, pflichtete die Marejewa bei und sah ihn aufmerksam an.

»Was ist?« Er wurde verlegen.

»Bist du in die Kijaschko verliebt?«

»Nein.«

»Warum gibst du dann den Gürtel her?«

»Es muß sein.«

»Für wen? Für dich oder für sie?«

»Sowohl als auch. Aber nicht für uns zusammen, sondern für jeden von uns.«

«Interessant . . .« Die Marejewa schüttelte den Kopf.

Sie standen auf dem Flur und schwiegen. Djuk blickte auf seinen Gürtel, und es tat ihm leid um ihn wie um einen nahen Freund.

»Der Gürtel ist eigentlich etwas für Schlanke«, bemerkte er.

»Ich werde abnehmen«, versprach die Marejewa. »Du wirst sehen. Früher hatte ich bloß keinen Anreiz. Jetzt habe ich einen.«

Djukin betrat die Straße, überquerte sie gemächlich und schlenderte zurück. Gegenüber vom Gebäudekomplex neun brannte ein Feuer, wahrscheinlich wurde Gerümpel verbrannt. Um das Feuer herum standen Menschen und sahen mit nachdenklichen Gesichtern zu. Offenbar liegt im Geheimnis des Feuers etwas Vergessenes aus längst vergangenen Zeiten. Flammen ziehen die Menschen an. Sie versammeln sich um sie und versuchen vergeblich, sich an das Vergessene zu erinnern.

Ihm wurde warm im Gesicht. Die Flammen erschienen ihm wie ein dahinstürmender Feuerhirsch, der sich nicht losreißen kann zum Himmel.

Er wandte sich ab. Dunkelheit und Kälte nahmen zu. Er dachte daran, daß die Marajewa nun den Gürtel und einen Anreiz hatte, die Kijaschko wiederum die Schallplatte und die wiederhergestellte Freundschaft und er den Erfolg als Talisman, wenn auch auf Kosten des Gürtels und überdies

auf Kosten eines Diebstahls, denn der Gürtel gehörte ihm nicht allein.
Und das, wo die Mutter ohnehin so wenig Sachen besaß. Dabei bedeuteten ihm die Kijaschko und die Marejewa nichts. Nicht einmal befreundet war er mit ihnen. Die Mutter aber war eben die Mutter, unabhängig davon, ob sie unterschiedliche oder gemeinsame Interessen hatten.

Als Djuk zu Hause eintraf, telefonierte die Mutter noch immer. Er entschloß sich zu warten, bis sie das Gespräch beendete, dann wollte er ihr die Sache mit dem Gürtel erklären. Die Mutter beendete das Gespräch ziemlich schnell, aber in diesem Augenblick kam die Nachbarin Sina, und sie gingen in die Küche Tee trinken, und sich in das Gespräch von Erwachsenen einzumischen gehörte sich nicht. Als Tante Sina gegangen war, fing im Fernsehen ein Krimi an, der vierte Teil, der besser war als die vorigen, und da wollte er nicht die Wirkung zerstören. Aber noch bevor der Film zu Ende war, schlief er ein. Morgens hatten sie es dann eilig, Mutter mußte zur Arbeit und er in die Schule – ein ungeeigneter Zeitpunkt für das Gürtel-Gespräch. Djuk nahm sich vor, erst dann mit der Wahrheit herauszurücken, wenn die Mutter von selbst damit anfinge. Auf die Frage: »Sascha, wo ist denn der Gürtel?« würde er einfach antworten: »Ich hab ihn einem Mädchen geschenkt.«

Djuk steckte die Schuhe zum Wechseln in die Plastiktüte und begab sich mit leidlich gutem Gewissen zur Schule.

In der Literaturstunde wurde »Was tun?« von Tschernyschewski durchgenommen, und zwar ging es um die Träume der Vera Pawlowna.

Gelesen hatte er den Roman nicht – nicht aus Faulheit, sondern weil er ihn langweilte. Er bat Chonin, ihm die Handlung kurz zu erzählen, was er auch tat, aber Djuk behielt nur, daß Rachmetow auf Nägeln geschlafen hatte, daß Tschernyschewski mit Drobroljubow befreundet war und daß der sehr früh gestorben war. Und noch, daß man über Tschernyschewskis Kopf einen Degen zerbrochen hatte – vielleicht war es auch ein Säbel gewesen, den Unterschied kannte er ohnehin nicht. Wahrscheinlich war ein Degen schmal und ein Säbel breit. Djuk sagte sich, daß der Mann, der die Hinrichtung vorgenommen hatte, überdurchschnittliche Kräfte besessen haben mußte, wie sonst hätte er den Stahl zerbrechen können? Dann kam er auf den Gedanken, daß der Degen (oder der Säbel) vielleicht absichtlich angesägt worden war. Henker können schließlich angesichts der großen Menschenmenge nichts riskieren.

Was die Träume betraf, so hatte er auch welche, nur andere als Vera Pawlowna. Er begriff nicht, wie jemand von der Umgestaltung der Gesellschaft träumen kann. Im Traum kommen Pferde vor, das bedeutet Lüge. Und Schmutz – das bedeutet Geld. Manchmal träumt ihm, daß er fliegt. Das bedeutet, er wächst. Unlängst war ihm Mascha Archangelskaja aus der 10 a im Traum erschienen, und sie beide tanzten einen langsamen Tanz in einem roten Zimmer, ohne den Boden zu berühren. Dabei sah er ihr nicht in die Augen, sondern auf ihre Lippen. An die Lippen konnte er sich genau erinnern – sie waren zart, fliederfarben wie Regenwürmchen. Ihre Zähne groß, blendend weiß wie auf einer Reklame. Auf solchen Zähnen blitzt die Sonne auf.

»Djukin, wiederhole!« forderte ihn Nina Georgijewna auf.

Er erhob sich.

»Ich warte!«

»Tschernyschewski war ein Sozialdemokrat«, begann Djuk.

»Weiter!«

»Er war mit Dobroljubow befreundet. Dobroljubow war ebenfalls Sozialdemokrat.«

»Ich frage dich nicht nach Dobroljubow!«

Djuk sah zu Boden und dachte krampfhaft nach, was er noch hinzufügen könne.

Der Lehrerin wurde das Warten zu lang.

»Setz dich! Vier! Wenn du schon zu Hause nichts machst, hör wenigstens im Unterricht zu. Du schwebst in höheren Regionen. Ich hätte gern gewußt, wo du so schwebst . . .«

Das brauchst du nicht zu wissen, du Kuh, dachte Djuk.

Vor ihm saß Swetlana Kijaschko, ihre Schultern waren mit Schuppen bedeckt, die Schuluniform sah aus, als hätte sie in ihr auf Mehlsäcken geschlafen. Am erstaunlichsten war, daß sie die Schallplatte nicht mehr erwähnte. Wahrscheinlich vergessen, dachte Djuk. Er heftete den Blick starr auf ihren Nacken und begann sie zu hypnotisieren.

Die Kijaschko bewegte sich nervös und blickte sich um. Sie begegnete seinem Blick, aber ihr fiel noch immer nichts ein. Sie sah sich nochmals um und fragte: »Was ist?«

»Nichts«, sagte Djuk böse.

Die letzte Stunde war Körpererziehung.

Der Sportlehrer Igor Iwanowitsch führte alle auf die Straße hinaus: Sprint über hundert Meter.

Djuk kauerte sich hin, wie es sich beim Start gehört, dann hob er den mageren Hintern an wie ein Kaninchen, und beim Kommando »Los!« schnellte er los wie ein Geschoß. Er kam sich sehr schnell vor, aber die Stoppuhr Igor Iwanowitschs schwindelte irgendeine Invalidenzeit zusammen. Am besten von allen, wie ein junger Gott, war Bulejew gelaufen. Am schlechtesten Chonin, bei dem sich offenbar alles aufs Gehirn konzentriert hatte. Djuk erreichte vor Chonin den vorletzten Rang, aber immerhin taten die Bewegung, die Luft und der Eifer das ihre: sie vertrieben Djuks Enttäuschung und erfüllten ihn mit Sorglosigkeit, mit grundloser Freude. In dieser Verfassung trat er an die Kijaschko heran.

»Na, was ist?« fragte er beiläufig. »Gehen wir die Platte holen?«

Die Kijaschko war vom Sport befreit. Sie stand abseits in einem kurzen Mantel, aus dem sie längst herausgewachsen war.

»O nein, heute kann ich nicht. Ich muß zur Musikstunde. Ich habe Prüfung.«

»Wie du meinst . . . Schließlich bist du es, der sie haben will«, erwiderte Djuk gleichmütig.

»Morgen gehen wir hin«, schlug die Kijschako vor.

»Nein. Morgen kann ich nicht.«

»Na schön, dann heute«, stimmte die Kijaschko liebenswürdig zu. »Aber erst nach der Prüfung. Um sieben Uhr abends.«

Um sieben stand sie vor seinem Haus, mit einem raffinierten grellen Modefummel bekleidet. Djuk erkannte sie nicht gleich. Swetlana Kijaschko bestand nämlich aus zwei Swetlanas. Einer grauen Schulmaus, verstaubt wie eine Müllerin, und einer außerschulischen, grell und kraftvoll wie ein Feuerwerk. Die Schule schien ihr ganzes Wesen zu verschlingen. Oder, umgekehrt, hervorzukehren, je nachdem, wer sie in Wirklichkeit war: eine Maus oder ein künstlicher Stern.

»Salut!« warf die Kijaschko lässig hin. »Gehn wir!«

Sie gingen los, vorbei an den Müllcontainern, dem Kindergarten, dem Gebäudekomplex Nummer neun, und Djuk hatte plötzlich das Gefühl, daß er sein Lebtag lang die Straße gehen würde. Irgendwo in anderen Welten tanzt Mascha Archangelskaja Walzer, ohne den Boden zu berühren, und er, Djuk, schwankt wie ein Boot auf den Wellen zwischen der faßrunden Marejewa und der Sternenmaus Kijaschko.

Sie näherten sich dem Fünfgeschosser. Djuk stellte sich das Schauspiel vor, das nun nach gründlicher Probe ablaufen würde. Irgendwie ging ihm das gegen den Strich, und er sagte: »Ich warte hier auf dich.«

»Wird es denn auch so wirken?« fragte die Kijaschko mißtrauisch.

»Was?«

»Das mit dem Talisman. Man muß ihn doch in der Hand halten.«

»Nicht unbedingt. Es klappt auch auf Distanz. Bis zu vier Kilometern.«

»Wieso vier?«

»Der Radius ist so.«

»Wie machst du das?« fragte die Kijaschko neugierig.

»Mit Hilfe des Biostromfeldes«, erklärte Djuk.

»Was?«

»Man muß es fühlen. Mit Worten ist das nicht zu erklären.«

»Versuch's«, drängte die Kijaschko.

»Also . . . ich werde an dasselbe denken wie du. Wenn zwei dasselbe wollen, dann schlägt ihr gemeinsamer Wunsch aus wie eine Amplitude und wirkt auf die Marejewa ein. Sie kann sich nicht dagegen wehren und will schließlich dasselbe wie wir.«

»Wird sie mich nicht wegjagen?«

»Nun mach schon. Und laß dich auf keinen Handel ein!«

Die Kijaschko brachte ihn in Rage. Hinzu kam, daß er in Eile war: In fünfzehn Minuten begann die nächste Folge des Fernsehkrimis.

Endlich ging die Kijaschko – und blieb verschwunden.

Genau zwei Stunden blieb sie aus. Djuk kam sich vor wie tiefgefrorenes Gemüse in Zellophan.
Seine Joppe aus synthetischem Fell hatte eine Besonderheit – das heißt, eigentlich waren es zwei Eigenschaften: Bei warmem Wetter schwitzte man darin, und bei Frost war einem unerträglich kalt.

Anfangs stampfte er mit den Füßen auf, dann schlug er die Hände gegeneinander. Blieb nur noch, mit dem Kopf gegen die Wand zu rennen. Natürlich hätte er auf alles spucken und das Weite suchen können, aber das ließ seine Eitelkeit nicht zu. Was halten die Menschen nicht alles um ihretwillen aus. Erst später, mit zunehmendem Alter, begreift man das. Mit fünfzehn Jahren aber ist man imstande, für seinen Ruf alles herzugeben – Gesundheit und Ehre. Und selbst das Leben.

Endlich erschien die Kijaschko mit der Platte unterm Arm und sagte: »Wir haben uns einen Film angesehen und danach Tee getrunken.« Sie schwieg und fügte hinzu: »Ich dachte, du wärst längst gegangen . . .«

»Hat sie die Platte rausgerückt?« fragt Djuk, obwohl die Kijaschko sie unterm Arm hielt, was nicht zu übersehen war.

»Ja, sofort«, sagte die Kijaschko mit nachträglichem Erstaunen. »Ich hatte nicht mal Zeit, den Mund aufzumachen. Diese Lenka . . . ich begreife jetzt erst, wie sehr sie mir gefehlt hat . . .«

»Ich habe vier Fluida zu ihr ausgesandt!« Djuk hielt es für angebracht, die Aufmerksamkeit auf sich zu lenken.

Dichter, feiner Schnee wirbelte, und durch den Schleier blickten ihn die goldbraunen schmalgeschnittenen Augen der Kijaschko an. Die Augen einer großen Katze . . . Katzen haben überhaupt sehr schöne Augen. Auch die der Kijaschko wären nicht übel, gäbe es auf der Welt nicht noch andere . . .

»Sascha«, sagte die Kijaschko, und Djuk war überrascht, daß sie sich an seinen Namen erinnerte. »Verschenk es nicht nach allen Seiten.«

»Was denn?«

»Dein Biostromfeld. Sonst pressen sie alles aus dir heraus, und am Ende stirbst du.«

»Ein Magnetfeld kann man aufladen wie einen Akkumulator«, sagte Djuk beruhigend.

»Und wo kann man es aufladen?«

»An einem anderen Biostromfeld.«

»Dem eines Menschen?«

»Ja. Oder der Natur. Am vernunftbegabten Weltall.«

»Gibt es auch eines ohne Vernunft?«

»Ja.«

Die Kijaschko sah ihn schweigend und mit einem seltsamen Ausdruck an. Als vergleiche sie den früheren Djuk mit dem neuen, göttlich auserwählten, und als verstünde sie nicht, wieso Gott mit seinem Finger ausgerechnet auf ihn gewiesen hatte.

»Wieso gerade du?« fragte sie direkt.

Was sollte man auf eine solche Frage antworten? Da konnte man nur leicht mit den Schultern zucken und den Blick vielsagend in die Ferne richten, wo sich die Kette der Straßenlaternen verlor und die einzige Laterne der Mond war.

Ruhm und Gerüchte breiten sich mit gleicher Geschwindigkeit aus, denn Ruhm ist nichts anderes als ein Gerücht, nur ist der Ruhm mit einem Plus versehen und das Gerücht mit einem Minus.

Am nächsten Tag, in der großen Pause, trat Vitali Resnikow an Djuk heran und fragte geringschätzig: »Es heißt, du bist ein Talisman?«

Djuk antwortete nicht, sondern sah ihn nur groß an, weil

Vitali nicht nur schlechthin Vitali war, sondern außerdem noch Gegenstand der Schwärmerei von Mascha Archangelskaja. Djuk hatte es vor einem Monat unter folgenden Umständen erfahren: Er kam gerade aus dem Gemüseladen mit einer roten Rübe im Netz, groß und rund wie ein Fußball. Die Mutter hatte ihm aufgetragen, sie zu kaufen und zu kochen. Eine solche Rübe muß man vierundzwanzig Stunden lang kochen, so wie Knochen für Sülze. Djuk konnte auch Sülze zubereiten, er war ein gelehriges Kind. Aber das nur nebenbei. Djuk betrat also den Fahrstuhl, schloß die Türen, als jemand den Treppenaufgang betrat und rief: »Warten Sie!« Djuk konnte es nicht ausstehen, zusammen mit anderen im Fahrstuhl zu fahren, also mit einem Unbekannten eingeschlossen zu sein. Besonders mißfiel es ihm, mit der Alten aus der achten Etage zu fahren, die drei Viertel der Kabine ausfüllte und von der die Altersschwäche nur so herüberwehte. Auch jetzt versuchte er, sofort die Tür des Lifts zu schließen und auf den Knopf zu drücken. Doch diesmal kam man ihm zuvor. Er mußte warten. Sekunden später betrat Larissa aus der fünften Etage den Fahrstuhl, zusammen mit Mascha Archangelskaja, die ganz in Tränen aufgelöst war. Ihre Brauen waren gerötet, die Stirn zeigte nervöse rote Punkte. Sie war so unglücklich, daß ihm das Herz schwer wurde. Larissa drückte auf den Knopf, und der Fahrstuhl begann, wie es Djuk schien, unter den Klängen eines traurigen Orgelspiels aufwärts zu gleiten. Mascha hatte Djuk bemerkt, hörte aber nicht auf zu weinen, offenbar schämte sie sich vor ihm nicht, so wie sich Katzen und Hunde nicht voreinander schämen. Sie beachtete ihn einfach nicht.

Djuk stand zutiefst erschüttert da. Er hätte für sie sterben können, aber nur unter der Bedingung, daß Mascha diesen Umstand bemerkte. Sie würde sich zu ihm, dem

Sterbenden, beugen, und eine kleine Träne würde als heißer Tropfen sein Gesicht benetzen . . .

Der Lift hielt in der fünften Etage, sie stiegen aus und gingen in verschiedene Richtungen auseinander, Mascha und Larissa nach links und Djuk mit der Rübe nach rechts.

Am Abend desselben Tages klingelte Larissa an Djuks Tür.

»Unterschreib!« forderte sie und streckte ihm irgendeine Liste und einen Kugelschreiber hin.

Djuk sah auf die Liste und fragte: »Wieso?«

»Wir ziehen um«, erläuterte Larissa.

»Na und, wozu brauchst du da meine Unterschrift?«

»Das ist ein Genossenschaftshaus. Die Zustimmung aller Genossenschaftsmitglieder ist erforderlich.«

Wozu, wer braucht so was? dachte Djuk. Was für ein Erwachsenenblödsinn . . .

Er unterschrieb, und als er den Kugelschreiber zurückreichte, fragte er so gleichgültig wie möglich: »Warum hat denn Mascha Archangelskaja im Fahrstuhl geweint?«

»Ist verknallt«, entgegnete Larissa ebenso gleichgültig und klingelte an der nächsten Tür.

Die Nachbarin, nicht mehr jung, massig wie eine auf dem Schwanz stehende Echse, trat heraus. Auf dem riesigen Korpus steckte ein kleiner Kopf. Djuk war ein paarmal mit ihr zusammen im Fahrstuhl gefahren und dabei vom Wodkadunst fast wahnsinnig geworden. Jedesmal hatte er Angst gehabt, die Nachbarin könne auf ihn fallen und ihn erdrücken . . . Aber sie war jedesmal glücklich dem Fahrstuhl entstiegen und hatte sich irgendwie schräg, als zerteile sie mit der Schulter ein unsichtbares Hindernis, zu ihrer Tür bewegt. Es hieß, sie besäße viel Geld, aber dies brächte ihr kein Glück. Dennoch hatte sie ständig Angst, bestohlen zu werden.

»Unterschreiben Sie bitte«, bat Larissa.

Die Echse musterte die beiden finster und mißtrauisch. Djuk sah, daß ihr Gesicht rot und breit war, die Haut wie auf einer Trommel gespannt. Schweigend unterschrieb sie und verschwand hinter der Tür.

»In wen?« fragte Djuk.

Larissa hatte den Anfang des Gesprächs vergessen und begriff nicht.

»In wen ist Mascha verknallt?« erinnerte Djuk.

»Ah . . . in Vitali Resnikow. Die Dumme, bis über beide Ohren!«

Djuk begriff nicht: dumm bis über beide Ohren oder verliebt bis über beide Ohren.

»Warum dumm?« fragte er.

»Weil Vitali Resnikow garantiert Unglück bringt«, erklärte Larissa kategorisch und begab sich in die nächste Etage.

Und nun stand Maschas garantiertes Unglück vor Djuk und fragte: »Es heißt, du bist ein Talisman?«

Djuk sah Vitali eindringlich an, um zu ergründen, wo bei ihm die Gefahr lag.

Bei den Lehrern war Vitali beliebt, weil er spielend leicht und glänzend lernte. Er wurde von beiden Eltern, zwei Großmüttern, einer Urgroßmutter und zwei Großvätern geliebt. Zudem stand hinter seinem Rücken ein mächtiger Papa, der ihm einen geraden Weg ins Leben bahnte, ihm alle Baumstümpfe rodete, alle Schlaglöcher ebnete und mit Asphalt überzog. Ihm selbst blieb nur noch, darauf vorwärts zu schreiten, Wind und Sonne entgegen.

Die Mädchen liebten Vitali, weil er schön und edel aussah wie ein blaublütiger Prinz. Er wußte das.
Wieso auch nicht.

Alle liebten ihn, und er war offen für die Liebe und das Glück wie ein Neugeborenes. Aber in seinem Organismus fehlte jene chemische Subtanz, die der Fotofachmann »Festiger« nennt. Vitali festigte seine Gefühle nicht, sondern wechselte von einer Liebe zu anderen. Wahrscheinlich, weil er eine große Auswahl hatte. Auf seiner Lebenstafel standen wie in einem chinesischen Restaurant so viele Gerichte, daß es lächerlich gewesen wäre, sich an einem satt zu essen und kein anderes zu probieren.

Djuk hatte es da leichter: Ihn liebten weder die Lehrer noch die Mädchen. Nur die Mutter. Dafür war er hingebungsvoll und beständig.

»Nehmen wir an, ich bin einer«, antwortete Djuk. »Was willst du?«

»Ich möchte Mascha Archangelskaja auf die Eisenbahn einladen.«

»Dann tu's doch.«

»Ich hab Angst, sie lehnt ab.«

»Was kann dir das anhaben?«

»Nichts. Sie haßt mich einfach«, teilte Vitali verstimmt mit. »Was hab ich ihr bloß getan?«

Djuk war seiner Sache sicher. Das Leben selbst hatte alles so gefügt, es gab keinerlei Risiko, keine Mühe.

»Gehn wir«, willigte er ein, und sie begaben sich zur Zehnten am Ende des Korridors.

Es wäre ärgerlich, sich eine solche Möglichkeit entgehen zu lassen, sich in den Augen eines älteren Schülers (und nicht irgendeines) zu bewähren.

Aus der 10 a kam ihnen Mascha Archangelskaja entgegen. Sie trug keine Schuluniform, sondern ein hübsches rotes Kleid, in dem sie wie eine lodernde Flamme aussah. Vitali faßte Djuk am Arm, als presse er einen Talisman in der Hand, und trat an Mascha heran.

Sie blieb kerzengrade stehen und blickte ihn streng an, fast so streng wie der Direktor einen schwererziehbaren Jugendlichen.

»Laß uns morgen auf die Eisbahn gehen«, brachte Vitali aufgeregt hervor.

»Heute«, korrigierte Mascha. »Um acht.« Worauf sie kerzengerade und mit undurchdringlichem Gesicht ihren Weg fortsetzte.

Vitali ließ Djuk los und schaute ihr verblüfft nach, dann sah er Djuk an.

»Das heißt, sie kommt mit?« Er kam zu sich.

»Ja. Heute. Um acht«, bestätigte Djuk.

»Und wo treffe ich mich mit ihr?«

»Du rufst an und klärst es«, bestimmte Djuk.

»Das haut einen um . . .« Vitali schüttelte den Kopf und fand wieder zu sich.

»Wie ist dir denn das gelungen?«

»Ich bin ein Extrasens«, erläuterte Djuk bescheiden.

»Wie?«

»Extra heißt über. Sens heißt Gefühl. Ich bin übersensibel.«

»Demnach ist 'Wodka-Extra' ein Überwodka«, kombinierte Vitali.
Das war auch die einzige Schlußfolgerung, die er für sich zog. Dann fiel ihm etwas ein, und er fragte: »Vielleicht machst du mit mir zusammen die Aufnahmeprüfung für die Uni?«

»Und zum Fußbodenwischen brauchst du mich nicht?« Djuk war gekränkt.

»Fußboden?« Vitali wunderte sich. »Nein, den scheuert bei uns die Großmutter.«

Die Schulklingel schrillte.

Djuk und Vitali eilten davon, jeder in seine Klasse. Vitali hatte nun Mascha, und Djuk hatte sie verloren. Zwar hatte er sie nie gehabt, aber immerhin hatte er von ihr geträumt. Jetzt hatte er kein Recht auf solche Träume, und all das hatte er sich verscherzt, weil er so erpicht darauf war, sein Ansehen in Vitalis gleichgültigen Augen zu haben. Aber einen wie Vitali konnte man nicht beeindrükken, für den zählte nur das, was unmittelbar ihn betraf.

Geographie war an der Reihe.

Der Lehrer Lew Semjonowitsch erzählte etwas über klimatische Bedingungen. Djuk hörte jeden Tag im Programm »Wremja« zur Musik Tschaikowskis, wo es gerade warm war, wo kalt. In Tbilissi zum Beispiel gingen tropische Regengüsse nieder. In Jakutien stöhnten die großen Bäume vor Frost. Man müßte sich mit seiner gläsern-kalten Joppe unter einen solchen Baum stellen. Oder in den Tropenregen, das Gesicht zum Himmel . . .

»Djukin!« rief Lew Semjonowitsch.

Er stand auf. Mit einem offenen, traurigen Blick sah er den Lehrer an, bat ihn mit den Augen um Verständnis, signalisierte Empfangsbereitschaft. Lew Semjonowitsch aber war auf eine andere Wellenlänge eingestellt.

»Bequem dich nach draußen!« forderte er.

»Warum?« fragte Djuk.

»Dein Anblick stört mich.«

Djuk ging auf den Korridor hinaus. An der Wand hingen die Porträts der Kosmonauten und die Wappen der Unionsrepubliken.

Eine Weile stand er da wie ein Götzenbild. Dann lehnte er sich an die Wand, rutschte abwärts, hockte sich hin.

Mit dem Klassenbuch in der Hand kam Mascha Archangelskaja aus dem Lehrerzimmer. Ihr Gesicht strahlte, sie bewegte sich wie im Traum, zwei Zentimeter über dem Boden. Das Glück trug sie durch die Luft.

Wie sie ganz Ausdruck ihrer jeweiligen Verfassung sein konnte! Djuk hatte sie als unglücklichsten Menschen der Welt gesehen, jetzt hatte er den glücklichsten vor sich. Und da Vitali das garantierte Unglück war, würde sie alsbald in ihren vorigen Zustand zurückfallen. Die kleinen Tränen würden wieder über ihr Gesicht strömen, die Stirn würde sich röten und mit nervösen Punkten bedecken.

Sie wird von Glück in Kummer verfallen und umgekehrt. Vielleicht war eben das die Liebe? Besser ein bitteres Glück als ein graues, eintöniges Leben . . .

Mascha bemerkte den hockenden Djuk.

»Was ist mit dir?« fragte sie zärtlich, als wollte sie ein wenig von der überfließenden Zärtlichkeit an ihn verschwenden.

»Nichts.«

Er brauchte keine Zärtlichkeit, die einem anderen galt.

»Ein halbes Kilo Provinzkäse, ein halbes Kilo Butter und zwanzig Tüten Milch mit sechs Prozent Fettgehalt«, zählte Djuk auf.

Die Verkäuferin – sie war alt und bedächtig – addierte auf dem Rechenbrett und sagte: »Acht Rubel neun Kopeken.«

»Kann ich gleich bei Ihnen zahlen?« fragte Djuk und streckte das Geld hin.

»An der Kasse.«

Nur eine Kasse hatte geöffnet. Durch den Laden zog sich eine Käuferschlange wie ein Fluß mit Windungen, Krümmungen und abzweigenden Nebenflüssen.

»Da muß ich so lange anstehen«, teilte Djuk der Verkäuferin mit und stellte einen Blickkontakt her. Seinen Augen war abzulesen: Wenn Sie auch alt wie ein Tintenfisch sind, so sind Sie doch sehr nett . . . sicherlich sind auch Sie müde und wollen nach Hause . . .

Sieht man einen Mitmenschen wohlwollend und ganz natürlich an, ohne sich aufzublasen und spricht dann mit ihm, erreicht man leicht das Gewünschte – dazu muß man nicht unbedingt ein Talisman sein.

Die Verkäuferin musterte den mageren, ein wenig hilflos

wirkenden Jungen, und ließ ihren Blick über die Schlange an der Kasse gleiten und sagte: »Na schön, aber passend.«

Djuk legte acht Rubel und zehn Kopeken auf den Ladentisch. Die Verkäuferin beförderte das Geld auf ihre Handfläche und von dort in die große, abstehende Kitteltasche. Dann richtete sie den Blick auf den nächsten Kunden, eine knochige Alte.

»Siebenundfünfzig Kopeken. Passend«, sagte die Alte und legte das Geld auf den Ladentisch. »Eine Tüte Sahne, ein Weißkäse.«

Als Djuk den Laden verließ, im prallen Einkaufsnetz die zwanzig kleinen dreieckigen Tüten, den Käse und die Butter, lief der Verkauf in der Molkereiabteilung nach einem neuen Prinzip ab: unter Umgehung der Kasse, des Kassenbons und der Kontrolle. Djuk machte sich keine Gedanken darüber, ob das gut oder schlecht war. Sicherlich für irgendeinen gut und irgendeinen anderen schlecht.

An der Tür stieß er mit Larissas Mutter, der Nachbarin Sina, zusammen, eben jener, von der er sich nicht wünschte geboren zu sein.

»Wo schleppst du bloß die viele Milch hin?« fragte sie verwundert.

»Wir machen daraus Quark«, erklärte Djuk. »Mutter kann früh nur Quark essen.«

»Bist ein feiner Junge!« lobte Tante Sina. »Hilfst der Mutter. Solche Kinder gibt es also auch. Meine dagegen kennt nur eins: 'Gib, gib!' Jetzt verlangt sie ein Tonbandgerät Marke 'Sonja'. Wo soll ich das hernehmen?«

Djuk entgegnete nichts. Die unterste Tüte platzte unter dem Druck der übrigen neunzehn, und ein dünner Milchstrahl floß ihm über das rechte Hosenbein. Djuk hielt die Hand mit dem Netz weiter weg von den Jeans, der Strahl floß nun in gefahrloser Entfernung, aber das Gewicht mit abgewinkeltem Arm zu halten war unbequem.

»Sascha, es heißt, du seist . . . na, ich hab das Wort vergessen . . . na ja, so was Ähnliches wie ein goldenes Fischlein.«

»Wer sagt das?«

Wohin die Kunde von seinem Ruhm drang, war ihm nicht gleichgültig.

»In der Schule sagt man's.«

Djuk vermutete, daß Vitali es Mascha gesagt hatte und die wiederum Larissa und die wiederum Tante Sina. Wenn die es wußte, verbreitete sie es im ganzen Land, ließ es als Anzeige in der »Wetscherka«*drucken.

Ihm schmeichelte, daß sein Name in Kreisen von Mund zu Mund ging, wo die besten Jungen mit den besten Mädchen zur Musik Schlittschuh liefen.

»Ich hab Besuch von Bekannten aus dem Baltikum«, teilte Tante Sina mit irgendwie kläglicher Stimme mit. »Im Sommer mieten wir ihre Datsche. Sie wollen hier finnische Möbel, Marke ›Tower‹ kaufen, können aber nichts auftreiben.«

»Englische«, verbesserte Djuk.

»Wieso englische?«

»Der Tower ist ein englisches Gefängnis. Dort hat die Königin Maria Stuart gesessen.«

»Woher weißt du das?«

»Das weiß jeder.«

»Kann schon sein. Der eine Teil der Schrankwand ist wie ein Metallgitter.«

»Wozu kauft man sich bloß Gefängnisgitter für die Wohnung«, versuchte Djuk abzuraten.

»Hilf ihnen, Sascha, ja? Ich hab's versprochen. Larissa sagt, du bist'n anständiger Kerl.«

Djuk wußte nicht, ob er anständig war oder nicht, aber wenn Larissa das sagte, mußte es wohl so sein.

* Moskauer Abendblatt »Wetschernjaja Moskwa«

Sich einverstanden zu erklären und es zu versprechen war verlockend, aber riskant. Den Direktor des Möbelgeschäfts würde man schwerlich mit einem Wrangler-Gürtel zufriedenstellen können. Den Gürtel hatte er ja auch nicht mehr. Tante Sina zu sagen: »Nein, ich kann das nicht«, bedeutete, den Radius seines Ruhms stark einzuschränken. Ruhm war aber der aussichtsreichste und kürzeste Weg zu Mascha Archangelskaja. Wenn sie sich davon überzeugte, daß Vitali das garantierte Unglück sei, Djuk dagegen überaus edel und außergewöhnlich – wer weiß, welchen Lauf die Sache dann nahm.

»Sie würden auch ein bißchen was überreichen«, flüsterte Tante Sina vertraulich, »aber sie wissen doch nicht, wem und wieviel! Es sind hochanständige Leute, Sascha. Intelligent. Sie erlauben uns, den Garten zu nutzen. Wir haben bei ihnen schwarze Johannisbeeren vom Strauch gegessen und Dill geerntet.«

Der Strahl aus der Tüte versiegte, und es tropfte nur noch. Djuk ließ den Arm wieder sinken.

»Ich will's versuchen«, sagte er. »Aber ich verspreche nichts.«

Es galt, die Operation »Tower« gründlich vorzubereiten.

Das Büro des Direktors befand sich weit hinten im Laden, neben dem Möbellager.

Der Direktor saß krumm, den Mund leicht geöffnet, an seinem Tisch und glich einem Igel. Das starre Haar stand stachelig nach oben, es fehlten nur die Stacheln auf dem Rücken. Sein Kopf machte ein Drittel seines Rumpfes aus und ging übergangslos, ohne Hals, in diesen über. Die Hände waren kurz wie Tatzen und lagen auf dem Tisch nebeneinander.

»Guten Tag.« Djuk trat ein.

Der Igel gab lustlos einen Laut von sich. Das lange ›Guten Tag‹ auszusprechen war er zu träge, zu wem auch, das wäre ja noch schöner. Der Junge hatte sich sicherlich verirrt, hatte seine Mutter verloren.

Djuk stand unschlüssig da und schwieg.

»Was willst du?« fragte der Igel. Er mußte sich zum Sprechen zwingen, so als würge es ihn in der Kehle.

»Eine Schrankwand ›Tower‹«, antwortete Djuk.

»Importware ist im Moment nicht da . . . Für wen denn?«

»Für Bekannte.«

»Wessen?« War der Knirps etwa der Bote einer wichtigen Persönlichkeit?

»Von Tante Sina.«

»Und wer ist Tante Sina?«

»Eine Nachbarin.«

»Wieso schickt die dich denn nach Möbeln? Wohl übergeschnappt! Ein Kind nach Möbeln . . .« der Direktor fauchte haargenau wie ein Igel.

»Ich bin kein Kind.«

»Was bist du dann?«

»Ein Talisman.«

»Was?«

»Ein Talisman. Das ist ein Mensch, der Glück bringt.«

Der Direktor raffte sich zum erstenmal zusammen und sah Djuk an.

»Du bringst Glück?« fragte er.

»Ich allein nicht. Aber wenn ein Mensch etwas Bestimmtes will und mich bei sich hat, glückt ihm alles.«

»Flunkerst du auch nicht?«

»Schrankwände sind sowieso nicht da«, wich Djuk aus.

»Wenn du mir hilfst, helfe ich dir auch«, versprach der Igel. »Fahr mal mit mir mit. Für ein, zwei Stunden.«

»Wohin denn?«

»An einen bestimmten Ort. Kann dir das nicht egal sein?«

»Im allgemeinen schon«, stimmte Djuk zu.

Der Igel erhob sich, richtete sich auf den Hinterpfoten auf, wurde davon aber kaum größer. Der Kopf blieb auf derselben Höhe, nur die Stellung der Arme auf dem Tisch veränderte sich.

Im Taxi saß der Igel neben dem Fahrer und schwieg die ganze Zeit, den Kopf zwischen die Schultern gezogen. Nur einmal wandte er sich um und sagte: »Wenn man gegen Bestechlichkeit ist, muß man auch den Nährboden dafür beseitigen.«

Djuk begriff nichts.

»Sie machen Waren zu Mangelwaren, so daß sich Schlangen bilden«, fuhr der Igel gekränkt fort. »Worauf hoffen sie? Etwa auf eine hohe Moral? Ich sag, wie's ist!«

»Wem denn?« fragte Djuk.

Der Igel winkte ab und wandte sich dem Taxifahrer zu. »Hier ist es.«

Der Fahrer bremste neben einem großen, imposanten Gebäude. Der Igel zahlte, stieg aus, öffnete Djuk den Schlag. Sie legten in der Garderobe ab, die kühl und marmorn war wie eine Kirche, erklommen eine breite Treppe und betraten ein holzgetäfeltes Zimmer. Zu beiden Seiten des Raumes waren zwei massive Türen mit Schildchen, und neben jeder saß eine Sekretärin.

»Bleib hier stehen«, befahl der Igel und ging nach rechts. Doch bevor er hinter der Tür verschwand, warf er Djuk einen Blick zu, so wie man jemandem das Ende einer Leine zuwirft, bevor man in den Krater eines Vulkans springt. Oder in eine Meeresuntiefe taucht. Oder aus einer Rakete ins Vakuum steigt und nicht weiß, was einen erwartet und ob man je wieder zurückkehrt.

Djuk ergriff mit dem Blick das Ende der Leine und

nickte. Der Igel verschwand hinter der Tür, die von Djuk abgesichert wurde.

Er stand wie angegossen. Er hatte Hunger. Er begriff nicht, was vorging, konnte sich aber zusammenreimen, daß manche Kunden Schmiergelder gezahlt hatten und der Igel diese mit seinen kurzen Pfötchen in die Höhle gescharrt hatte, weil er nicht über eine hohe Moral verfügte. Jetzt hatte man ihn herbestellt und verlangte eine Erklärung.

Die Sekretärin rechts wühlte hektisch in Papieren. Sie fand, was sie suchte, und verließ den Raum. Die zweite Sekretärin hielt den Telefonhörer ans Ohr und wiederholte von Zeit zu Zeit den Satz: »Du hast ganz recht.«

Djuk langweilte sich. Er lehnte sich mit dem Rücken an den rechten Türbalken und ließ sich abwärts gleiten. Der Abwechslung halber hatte er in die Hocke gehen wollen, aber er konnte sich nicht halten, rutschte mit dem Rücken zur Tür ab, die Tür geriet in Bewegung, Djuk mit ihr, und am Ende kam dabei heraus, daß sich sein Kopf und Rumpf in liegender Stellung im Arbeitszimmer befanden, die Beine dagegen im Vorzimmer.

In dieser Stellung konnte er wahrnehmen, daß sich im Zimmer zwei Personen befanden: der Igel und noch ein Mann, der wie ein ehemaliger Sportler aussah, der aus Altersgründen ausgeschieden war.

»Was ist das?« Der Sportler war irritiert.

»Der gehört zu mir«, sagte der Igel verlegen.

Djuk hatte sich indessen aufgerichtet, und der Sportler hatte nun Gelegenheit, Djuk in vertikaler Stellung zu mustern: schmalknochig, mit runden erschreckten Augen, einen Haarwirbel auf dem Kopf. Der Sportler sah den Jungen länger an als üblich. Dann geriet er durch irgend etwas in Verwirrung und sagte zum Igel: »Nun also: Schreiben Sie eine Kündigung auf eigenen Wunsch, und daß ich Sie im Handel nicht mehr sehe! Klar?«

Er sprach grob, aber der Igel freute sich aus irgendeinem Grund, seine Augen traten sogar hervor vor Glück.

»Danke!« krächzte der Igel überschwenglich.

»Mir brauchen Sie nicht zu danken! Sie tun mir nicht leid. Ihre Kinder tun mir leid. Es wäre zu wünschen, daß der Apfel weit vom Stamm fällt, Gehen Sie!«

Der Igel war wie gelähmt vor Glück. Djuk bewegte sich ebenfalls nicht.

»Geh, geh«, forderte der Sportler Djuk mit weicher Stimme auf. »Und nimm deinen Papa mit.«

Ohne einander anzublicken, gingen sie die Treppe hinunter, nahmen schweigend die Mäntel vom Garderobier entgegen. Sie betraten die Straße.

»Daß ich Sie im Handel nicht mehr sehe . . .«, äffte der Igel beleidigt nach. »Solchen Läden nähere ich mich von selber nicht einmal mehr auf Schußweite einer Kanonenkugel! Ich spucke auf sie vom hohen Glockenturm! Besser noch: vom niedrigen, damit die Spucke schneller ankommt! Da sitzt man auf diesen Möbeln, beginnt die Menschen zu hassen. Eine Herde . . . Aber selbst die Herde hat ihre Gesetze. Die Wölfe zum Beispiel . . . Was stehen wir hier herum? Gehen wir einen trinken!«

Sie überquerten die Straße, angelockt von dem Schild »Grillbar«.

In der Bar war es fast leer. Einige wenige Pärchen saßen in Mänteln an den Tischchen. Leise Musik spielte.

»Möchtest du was essen?« fragte der Igel.

»Jetzt nicht.«

Ihm war der Appetit vergangen. Er fühlte nur eine allgemeine Trägheit.

Der Igel holte eine Flasche Kognak mit mehreren Sternchen darauf und eine in Scheibchen zerschnittene Zitrone. Er goß Kognak in die Gläser, füllte das seine bis zum Rand, Djuks halbvoll.

»Wie heißt du?« fragte er.

»Sascha.«

»Also, Sascha«, – der Igel erhob das Glas – »auf den Erfolg des Unternehmens!«

Djuk nahm einen ordentlichen Schluck, aß eine Zitronenscheibe. Ihm wurde mulmig im Magen vom Kognak und der Zitronensäure.

Der Igel leerte das Glas, verzog das Gesicht wie eine Gummipuppe. »Schade, daß ich nicht in den Knast gekommen bin«, sagte er.

»Wohin?« Djuk begriff nicht.

»Ins Gefängnis«, antwortete der Igel schlicht und bog den Zitronenring zu einer Geraden auf. »Verschwinden. Sich neu etablieren. Im Gefängnis kann man auch gut leben, mußt du wissen. Weißt du, was die Hauptsache ist?«

»Nein, weiß ich nicht.«

»Hauptsache, man bleibt ein Mensch. Ich weiß noch, wie die deutschen Gefangenen nach dem Krieg Häuser bauten. Gewissenhaft. Ich frage einen: ›Wozu strengst du dich an?‹ Er darauf: ›Ich will als Deutscher nach Hause zurückkehren.‹ Begreifst du?«

Djuk lauschte aufmerksam dem Igel, doch die Probleme des Deutschen waren weit entfernt von seinen eigenen.

»Sie haben mir ›Tower‹ versprochen«, deutete Djuk an.

»Komm und hol sie dir«, willigte der Igel ein.

»Aber es ist doch gar nichts da«, meinte Djuk verdutzt.

»In der Verkaufsstelle nicht, aber bei mir am Lager. Nur eine Schrankwand – Ausschußware. Das Glas hat einen Sprung, Auswechseln ist eine Kleinigkeit. Das machen meine Leute.«

Der Igel sah auf die Uhr und sagte: »Heute komme ich nicht mehr ins Geschäft. Machen wir's morgen. Gleich früh. Kommst du selber oder schickst du jemanden?«

»Ich schicke jemanden«, antwortete Djuk wichtig.

»Ich habe sie zwar einem Georgier versprochen, aber ich überlasse sie dir.«

»Danke.«

»Zu danken habe ich. Was du gemacht hast, ist mehr wert als Geld. Bringst du wirklich Glück?«

»Allen außer mir«, sagte Djuk.

»Das ist verständlich.«

»Wieso?«

»Entweder sich selber auf Kosten der anderen oder anderen auf eigene Kosten«, erläuterte der Igel.

»Für alle zusammen geht's wohl nicht?«

»Vielleicht. Mag schon sein. Aber bei mir haut das nicht hin.«

»Sie machen's wohl für sich auf Kosten anderer?« fragte Djuk interessiert.

»Nicht für mich. Da ist es ja. Was brauche ich schon?« Der Igel preßte beide Pfötchen an die Brust. »Ich brauche nichts. Ich bin ein alter Mensch. Alles für sie! Und wenn sie wenigstens einmal fragen würden: ›Papa, wie geht's dir so?‹ Ich will ja nicht klagen. Aber fragen könnten sie doch mal . . . Sich für den eigenen Vater interessieren . . .«

Der Igel tat Djuk leid, und er fragte: »Und wie geht's Ihnen so?«

»Schlecht!« Der Igel stützte seinen mächtigen Kopf mit den kurzen Pfötchen und richtete seinen traurigen, klugen Blick in die Ferne. »Ich hab keinen Mumm mehr. Mich langweilt alles! Ich sehe keinen Sinn. Worin liegt der?«

»Ich weiß nicht«, sagte Djuk.

»Ich auch nicht«, bekannte der Igel. »Früher dachte ich: Die Kinder wachsen heran, es ist für sie. Jetzt sind sie groß, und ich sehe: das sind ganz und gar nicht meine Kinder, sondern eigenständige Menschen. Jeder lebt für sich. Ich bin für mich allein. Für sie bin ich nur als Einkommensquelle von Interesse. Weiter nichts.«

Djuk dachte an die Mutter und sagte: »Das ist nicht schön von Ihren Kindern.«

»Aber es ist normal«, widersprach der Igel traurig. »Wenn die Kinder alle Hoffnungen erfüllten, die die Eltern in sie setzen, wäre die Welt ideal. Aber so unvollkommen sie seit der Zeit Christi war, so ist sie auch geblieben.«

»Was kann man da machen?«

»Nichts. Leben. Unter allen Umständen Mensch bleiben. Wie dieser deutsche Gefangene. Im Grunde sind wir alle Gefangene: des Geldes, der Krankheiten, der Wünsche, des Alters, der Liebe und des Todes. Ach . . .« Der Igel winkte ab. »Gehn wir, ich bring dich nach Hause.«

»Ich finde selbst heim. Danke.«

Der Igel hatte ihn so ermüdet, als wäre er endlos lange mit ihm in einem Fahrstuhl gefahren. Er hatte das Verlangen, allein zu sein, sich seinen Gedanken zu überlassen oder überhaupt an nichts zu denken.

Drei Stunden brauchte er bis nach Hause. Wie in eine andere Stadt.

In der Metro schlief er ein und erwachte erst an der Station »Preobrashenskaja«, davon, daß ihm eine Frau, eine Angestellte der Metro, auf die Schulter klopfte.

Djuk stieg aus, bestieg den Zug in die entgegengesetzte Richtung und fuhr durch die ganze Stadt bis zu der Station, wo er umsteigen konnte. Der Kopf sank ihm auf die Brust. Ihm schien, daß er nie ans Ziel käme und für immer durch die Tunnel donnern müßte.

Schließlich langte er doch noch in seinem Treppenhaus an. Er klingelte bei Tante Sina und teilte das Notwendigste mit: wohin sie wann zu kommen habe. Djuk fühlte sich wie nach einer starken Vergiftung. Ihm war alles einerlei: der eigene Sieg und Tante Sinas Reaktion. Die allerdings war überraschend.

»Und der Teppich?« fragte Tante Sina.

»Was für ein Teppich?«

»Der zu den Möbeln gehört«, erläuterte Tante Sina. Sie zweifelte offenbar wirklich nicht daran, daß Djuk so etwas wie ein goldenes Fischlein war, dem es nichts ausmachte, immer neue Wünsche zu erfüllen.

»Weiß ich nicht«, erwiderte Djuk trocken, »aber bitte ohne mich.«

Alles auf der Welt, darunter auch Tante Sina, hing ihm zum Hals heraus.

»Bin gleich wieder da«, versprach Tante Sina und trippelte mit kurzen strammen Beinen los und schwang dabei ihr ausladendes Hinterteil. Sogleich kam sie zurück und steckte Djuk einen zur Hälfte gefalteten Zehner zu.

»Was ist das?«

»Nimm schon . . . Kauf dir was.«

»Was kann man für einen Zehner schon kaufen«, sagte Djuk einfältig. »Kaufen Sie sich lieber was . . . Toilettenpapier, zum Beispiel. Das reicht für ein Jahr. Wenn Sie sparsam . . .«

Er steckte das Geld in Tante Sinas fleischige Hand zurück, ging zu seiner Tür, holte den Schlüssel heraus.

Tante Sina verfolgte, wie er mit dem Schlüssel hantierte, und sagte dann: »Grob bist du geworden, Sascha. Keine Manieren. Man merkt, daß du ohne Vater aufwächst. Vaterlosigkeit . . .«

Djuk verschwand hinter der Wohnungstür.

Seine Stirn war kalt. Brechreiz würgte ihn. Er ging in die Toilette, beugte sich vor und erbrach den Rest des Kognaks, die Schrankwand »Tower«, den Zehner und die Vaterlosigkeit.

Ihm wurde leichter, aber die Beine hielten ihn nicht.

Er wechselte ins Bad hinüber. Im Spiegel erblickte er sein Gesicht: grün wie ein junges Salatblatt. Dann ging er ins Zimmer und legte sich mit dem Gesicht nach unten auf die Couch.

Nach dem Unterricht trat Chonin zu Djuk und sagte: »Ich hab ein Anliegen an dich.«

»Nein!« schnitt ihm Djuk das Wort ab.

»Warum?« Chonin war verwundert. »Deine Mutter ist doch verreist.«

Die Mutter war tatsächlich auf einem Betriebsausflug in Leningrad. Die Gewerkschaftsleitung ihres Rechenzentrums war auf Draht, sie fuhren jedes Jahr irgendwohin.

»Was wolltest du denn?« fragte Djuk.

»Eine Fete veranstalten«, schlug Chonin vor. »Tonbänder von Sweta. Kassetten von Serjosha. Die Bude von dir.«

»Bitte sehr«, sagte Djuk erfreut.

Nie zuvor hatte man ihn an einer Fete teilnehmen lassen: Erstens trugen seine Dreien und Vieren nicht zum Prestige bei. Zweitens war er von kleinem Wuchs, was offenbar dem Ansehen der anderen abträglich war.

»Wir hätten uns auf Swetas Datsche treffen können. Aber allein für die Anfahrt braucht man zwei Stunden.«

»Bitte sehr«, bekräftigte Djuk bereitwillig. »Hab ich doch gesagt . . .«

Aus der Schule zurückgekehrt, betrachtete Djuk die Wohnung mit dem kritischen Blick eines Fremden. Zum Beispiel mit Larissas Augen.

Bei ihr zu Hause gab es Kristall und Porzellan wie in einem Kommissionsgeschäft am Arbat. Djuk war einfach baff vor Staunen, als er das erstemal bei ihnen war. Eine ganze Szene aus Porzellanfiguren war in der Kredenz aufgebaut: Ein Kavalier mit Zopf in grünem Wams hielt ein Fräulein mit Perücke und unzähligen Röcken an der Hand. Sie standen auf einer Wiese, wo Porzellanblumen blühten und ein Porzellanhündchen bellte. Das Hündchen hatte eine rosige Zunge, und an den Blumen konnte man die Blütenblätter und sogar die Staubgefäße abzählen.

Dergleichen gab es bei Djuk nicht. Es gab eine Couch mit angeknackstem Fuß, den Djuk mit Isolierband umwikkelt hatte. Man sah der Couch ihre Invalidität nicht an, aber sich mit Schwung darauf plumpsen zu lassen, das ging nicht. Auf den Sesseln bedeckten kleine Schutzdecken den abgewetzten Bezug. Sie verhüllten die offensichtliche Armut.

Dabei waren sie durchaus nicht arm. Die Mutter arbeitete als Programmierer. Sie legte Lochkarten in die Maschine ein und erhielt das Resultat. Und ein Gehalt. Und Alimente. Deren Höhe nach zu urteilen führte sein Vater irgendwo ein üppiges Leben. Aber auch er und Mutter lebten nicht schlechter als andere. Mutter hatte aber einfach keinen Sinn für Wohnlichkeit. Ihr war fast alles gleichgültig, was sie umgab. Die Hauptsache waren ihr Innenleben, ihre Gedanken und Gefühle. Djuk war es zufrieden, weil man sich so wenigstens nicht dauernd in acht nehmen und die Leute dazu anhalten mußte, das Schuhwerk im Vorzimmer zu wechseln wie bei Larissa.

Er überlegte schon, ob er nicht zu ihr gehen sollte, solange Tante Sina nicht zu Hause war, um sie zu bitten, ihm die »Porzellanwiese« zu leihen. Aber das widerstrebte ihm. Bei einer Fete war Zierrat fehl am Platze, und außerdem würden sie sowieso das Licht löschen.

Djuk musterte nochmals mit weniger anspruchsvollen Augen sein Zimmer. Über der Couch hing ein Aquarell, das Tschechow in Jalta zeigte: groß, mager, leicht gekrümmt, in enganliegendem Mantel und Hut. Tschechows Ruhm lebte losgelöst von ihm, mit ihm zusammen dagegen die Einsamkeit und die Tuberkulose.

Djuk war oft betrübt darüber, daß Tschechow lange vor

seiner Geburt gestorben war, so daß er nicht nach Jalta fahren konnte, um sich mit ihm auszusprechen. Tschechow hätte ihm möglicherweise Gehör geschenkt. Sehr schade, daß es keine direkte Verbindung zwischen Vorfahren und Nachkommen gab. Bei Djuk hatten sich einige Vorfahren angesammelt, mit denen er sich gerne über dies und das ausgetauscht hätte. Ihre Ratschläge wären für ihn entscheidend gewesen.

Djuk seufzte, nahm den Ärmel seines Kinderschlafanzugs, der nun als Putzlumpen diente, vom Heizkörper und wischte den Staub von der Politur. Dann schaltete er den Staubsauger an und fuhr damit über den Teppich. Das Gewebe wurde nun einen Schein heller, und das Zimmer erschien frischer.

Danach ging er in die Küche und spülte das ganze Geschirr, das sich in drei Tagen angesammelt hatte. Er sah in den Kühlschrank und stellte fest, daß er in den Lebensmittelladen mußte.

Dort kaufte er für drei Rubel zwanzig Stück Kuchen mit Schlagsahne, benannt mit dem zärtlichen Frauennamen Elischka. Dann ging er in die Weinabteilung und reihte sich in eine lange Schlange finsterer, ungepflegter Männer ein. Für das restliche Geld erwarb er drei Flaschen bulgarischen Weißwein.

Das war die erste Fete auf seinem Territorium, da durfte er sich nicht lumpen lassen.

Die Gäste erschienen in zwei Schüben: zuerst die Jungen – also Chonin, Bulejew und Serjosha Kiskatschi.

Serjosha war der Verrückteste der ganzen Klasse. Von ihm gingen wie von einem tollwütigen Hund Aufregung und Unruhe aus. Man hatte ständig das Gefühl, daß ein Biß von ihm genügte, um sich mit dessen fröhlicher Tollheit zu infizieren, so daß keinerlei Spritze half. Er hatte vor, die Schule für Zirkus- und Unterhaltungskunst zu besuchen und Conférencier zu werden.

Bulejew trug Jeans und war ein passionierter Sportler. Tag für Tag lief er seine zehn Kilometer rund um den Wohnbezirk und schied zusammen mit dem Schweiß alle schädlichen Toxine aus. Danach stellte er sich unter die Dusche, spülte die Toxine ab und betrat wieder leicht und frei die Welt. In dem gesunden Körper lebte ein gesunder Geist, gleichgültig gegenüber allem möglichen Stuß wie Eitelkeit und »Selbstfindung«. Warum soll man sich suchen, wenn man bereits da ist?

Eine halbe Stunde darauf kamen die Mädchen: die Kijaschko, die Marejewa und die Jelissejewa.

Die Kijaschko erschien in einem so raffiniert geschnittenen Trägerkleid, daß die anderen irritiert waren und Serjosha Kiskatschi sagte: »Na, Swetka, du haust vielleicht auf 'n Putz . . .«

Die Marejewa war genau um die Hälfte abgemagert. Auf ihrem Gesicht traten die Wangenknochen, die Augen hervor, in den Augen aber lag die Abgeklärtheit des Leidens.

»Warst du etwa krank?« fragte Djuk staunend.

»Nein. Hab abgenommen. Bis zum fünften Gürtelloch.«

Die Marejewa wies den Gürtel mit der Wrangler-Schnalle vor, an dem nur noch ein Loch übriggeblieben war.

»Na, du haust vielleicht auf'n Putz . . .« Kiskatschi schüttelte den Kopf. Was ihn auch bewegte – Begeisterung, Staunen, Empörung – er drückte es mit ein und demselben Satz aus. Vielleicht braucht ein Conférencier auch nicht mehr. Fürs Publikum ist das aber wohl etwas dürftig.

Olja Jelissejewa war wie immer eine Stehaufpuppe mit rosigweißem, hübschem Gesichtchen. Sie lachte mit und ohne Grund; in ihrer Gegenwart war einem leicht und fröhlich zumute. Überraschend an ihr waren die Kontraste: die äußerliche Gesundheit und die chronischen Krankheiten. Äußere Einfalt und außergewöhnliche Fähigkeiten. Sie hatte in allen Fächern Einsen.

Bei Djuk harmonierte zum Beispiel alles miteinander: Was außen war, war auch innen.

Summa summarum hatten sich einschließlich Djuk sieben Schüler versammelt. Vier Jungen und drei Mädchen. Ein Mädchen zu wenig oder ein Junge zuviel.

Zuerst setzten sich alle in die Küche. Serjosha Kiskatschi rieb sich die Hände und sagte erfreut: »Klasse! Da können wir gratis trinken.«

Auf jeden kamen drei Stück Kuchen und zwei Glas Wein.

Beim zweiten Glas fragte Swetlana Kijaschko: »Sascha! Ist von deinem Biostromfeld noch was übrig?«

»Was für ein Biostromfeld?« fragte die Marejewa verwundert.

Da sie eine andere Schule besuchte, war sie über Djuks Glücksbringertum nicht im Bilde, und Swetlana hatte ihr nichts davon gesagt, um Djuks Gaben nicht an andere zu vergeuden. Sie verhielt sich wie eine richtige Frau, die nicht zur Verschwendung neigt. Die Marejewa ihrerseits verhielt sich auch wie eine richtige Frau – sie behielt den Tausch für sich, um edelmütiger zu erscheinen.

Edelmut ist in Freundschaftsdingen ebenso wichtig wie in der Liebe.

»Worum geht's?« fragte Djuk vorsichtig.

»Bulejew hat nächste Woche Juniorenwettkampf. Geh mit ihm hin, ja?«

»Du solltest mich vorher erst mal fragen, ob ich das überhaupt will«, wandte Bulejew zwar nicht böse aber kategorisch ein.

»Bulejew!« sagte die Kijaschko theatralisch, »bist du willens, Alexander Djukin zum Wettkampf mitzunehmen?«

»Nein. Bin ich nicht«, lehnte Bulejew ruhig ab.

»Warum nicht?« fragte Chonin.

»Ich gewinne selber. Oder ich verliere selber. Ehrlich.«

»Ehrlich!« äffte ihn Serjosha nach. »Du wirst ehrlich kämpfen, und sie haben die Liste mit den Champions schon vorher fertig.«

»Das ist ihre Sache«, erwiderte Bulejew. »Ich stehe für mich ein.«

»Richtig so«, unterstützte ihn Olja Jelissejewa mit vollgestopftem Mund. »Sonst ist es uninteressant.«

»Du läufst selber ins Ziel, schön und gut. Aber wenn Djuk dich absichert, was ist daran Schlechtes?« entwickelte der vorsichtige Chonin seinen Gedanken. »Ich bin für Absichern.«

»Ohne Risiko ist es für mich uninteressant«, erklärte Bulejew. »Ich laufe einfach nicht ohne Risiko.«

»Jetzt kannst du dir das noch leisten«, bemerkte Serjosha Kiskatschi. »Aber wart's ab, das Pech wird deine Kraft brechen.«

»Dann soll es eben so sein«, meinte Bulejew kurz und bündig. »Aber mit so was wollen wir gar nicht erst anfangen.«

»Richtig!« Djuk freute sich zweifach – für Bulejew mit seinen Lebensprinzipien und für sich selbst. Andernfalls hätte er den Sieg vorbereiten müssen. Zum Kampfrichter fahren. Dabei war ungewiß, als was für ein Typ sich dieser Kampfrichter erweisen und was der von ihm verlangen würde. Vielleicht würde er wie Mephisto seine junge Seele fordern. Obwohl, was hätte er davon . . .

»Deine Sache.« Swetlana war beleidigt. »Ich will ja nichts für mich selbst.«

»Was soll Djuk denn machen?« fragte die ahnungslose Marejewa.

»Nichts!« erwiderte die Kijaschko.

Die Marejewa hob die Schultern, sie begriff nichts – teilweise lag das daran, daß sie all ihre Kraft darauf richten mußte, auch nicht ein Stück Kuchen anzurühren, um sich um noch ein Gürtelloch schrumpfen zu lassen.

Djuk stellte insgeheim fest, daß es Situationen gab, in denen alle Bescheid wußten außer einem. Das war normal. Zum Beispiel ging Tante Sinas Mann, Larissas Vater, mit einer jungen Frau. Das ganze Haus wußte davon, nur Tante Sina nicht.

»Gehn wir tanzen!« schlug die plumpe Olja vor und sprang als erste auf. Alle begaben sich ins Zimmer. Man schaltete den Recorder der Kijaschko an und begann den Teppich ins Parkett zu stampfen. Es tanzten alle gemeinsam, und Djuk fügte sich wunderbar ein. Er vollführte mit den Füßen Bewegungen, als drücke er mit den Fersen unzählige Zigarettenkippen aus. Er fühlte sich ausgelassen und verwegen.

Kiskatschi erheiterte mit irgend etwas Olja Jelissejewa, bis sie vor Lachen nicht mehr konnte und mitsamt ihren Kilos auf die Couch plumpste. Der Fuß knackste, die Couch neigte sich auf die Seite, alle lachten. Djuk hockte sich hin, untersuchte den Fuß – er war ganz durchgebrochen, und nun war nichts mehr daran zu machen. Wie sich aus der Klemme ziehen?

Er nahm einen Stapel Zeitschriften und stopfte ihn anstelle des Fußes unter die Couch. Das Dürftige der Einrichtung trat noch krasser zutage.

Der Kassettenrecorder dröhnte von der Musik der Gruppe »Dschingis-Khan«. Der schwerfällige Chonin geriet in Ekstase und riß mit dem Kopf einen Kristallklunker vom Lüster. Das Anhängsel fiel in ein Weinglas, das

Serjosha in der Hand hielt. Alle wieherten los. Djuk vermerkte, daß die Natur des Komischen in der Zerstörung des Prinzips »wie es sein muß« liegt. Zum Beispiel gehörte das Kristall an den Lüster und nicht ins Weinglas. Und ins Glas wiederum gehörte Wein und kein Anhängsel. Alle lachten, weil das Prinzip »wie es sein muß« zerstört worden war und Hochstimmung herrschte, die vom Wein herrührte und dem Gefühl des Unkontrolliertseins, und das ist fast so etwas wie Freiheit. Und die kaputte Couch war nur eine ihrer Erscheinungsformen.

Das Weinglas sprang mit einem kristallenen Seufzer. Djuk nahm es aus Serjoshas Händen, trug es in die Küche und sah nach, wie man den Sprung reparieren könne. An Reparieren indes war nicht zu denken, höchstens an Spurenbeseitigung. Mutter hatte das Glas vor sechzehn Jahren zur Hochzeit geschenkt bekommen. Von den zwölf Gläsern waren im Laufe der Zeit zwei übriggeblieben. Jetzt gab es nur noch eins.

Djuk ging auf die Treppe hinaus, warf das Glas in den Müllschlucker, und als er ins Zimmer zurückkam, sah er, daß das Licht ausgeknipst war. Die Pärchen hatten sich gefunden.

Chonin mit der Marejewa, weil sie beide Intellektuelle mit mathematischem Einschlag waren. Kiskatschi mit der Jelissejewa, weil er sie zum Lachen gebracht hatte – nichts bringt Menschen einander so nahe wie gemeinsames Lachen. Bulejew mit der Kijaschko nach dem Prinzip: Wenn zwei im Umkreis schöner sind als alle anderen, warum sollten sie nicht zueinander finden?

Djuk versuchte, allein zwischen den Paaren zu tanzen wie ein Solist im Corps de ballet, aber niemand beachtete ihn. Alle waren miteinander beschäftigt.

Er ging in sein Zimmer. Ihm folgten sogleich die Jelissejewa und Kiskatschi.

»Du glaubst mir nicht!« rief Serjosha verzweifelt.

»Das sagst du allen«, gab die Jelissejewa zurück.

»Willst du, daß ich schwöre?«

»Du schwörst allen.«

»Nichts als Klatsch!« widersprach Serjosha hitzig. »Ich bin einfach unbeliebt. Ich verstehe bloß nicht, warum mich keiner leiden kann. Ich bin so allein . . .« Er neigte den ungekämmten Kopf, mit der runden Brille sah er in der Tat unglücklich und einsam aus.

Djuk schien, die Jelissejewa solle Serjosha an sich drükken, um mit ihrem Körper seine Einsamkeit zu verdrängen. Er wurde verlegen und ging zu den anderen hinaus.

Nur noch Bulejew und die Kijaschko tanzten. Es war schwül im Zimmer vor sexueller Spannung. Djuk hielt sich nicht länger auf und ging in die Küche.

Am Küchentisch saßen Chonin und die Marejewa und lösten anscheinend eine schwierige Aufgabe. Chonin kritzelte etwas auf ein Blatt Papier, die Marejewa kniete auf einem Hocker und beugte sich mit dem abgemagerten Körper über den Tisch. Sie blickten sich mit abwesenden Gesichtern nach Djuk um und vertieften sich erneut in ihre Beschäftigung.

Djuk stand eine Weile da und begab sich dann in den Korridor. Dort wußte er absolut nichts mit sich anzufangen. Er nahm seine Joppe vom Haken und verließ die Wohnung.

Draußen herrschte Schneegestöber. Der Schnee unter den Füßen war von Regen durchweicht. Der Frühling kündigte sich an.

Am Hauseingang hielt ein Alter im Rollstuhl Wache. Er hatte das Verdeck aufgeschlagen.

Djuk war dem Weinen nahe, so sehr sehnte er sich nach der Mutter. Tränen traten ihm in die Augen. In diesem

Augenblick sah er die Mutter, aber sie war viel schlanker. Wie die Marejewa.

Sie kam näher, und da erkannte er, daß es nicht die Mutter, sondern eine andere Frau war, die nicht nur der Mutter ähnelte, sondern auch Mascha Archangelskaja. Wenn man die Mutter und Mascha zu einem einzigen Menschen vereinigte, so käme diese Frau mit dem blau gefrorenen Gesicht dabei heraus. Wie Aëlita*. Sie trug eine große Brille mit durchsichtigen Bügeln, hinter der aufmerksam große, durchsichtige graue Augen blickten.

»Junge, weißt du, wo hier die Wohnung Nummer neunundachtzig ist?« fragte Aëlita.

Das wußte er, denn es war seine Wohnung.

»Zu wem wollen Sie?« fragte er.

»Den Namen kenne ich nicht. Der Junge soll ein Schamane sein.«

»Ein Talisman«, stellte Djuk richtig. »Das bin ich.«

»Du?« Aëlita staunte und nahm sogar die Brille ab um ihn besser sehen zu können. Sie konnte nichts Besonderes an ihm feststellen und setzte die Brille wieder auf die Nase.

»Gut, daß ich gleich auf dich gestoßen bin. Das ist ein gutes Omen«, entschied sie.

»Zufall«, widersprach Djuk.

Wenn auf der Fete vier Mädchen erschienen wären und nicht drei, wäre er jetzt zu Hause und hätte die Tür niemandem außer der Mutter geöffnet. Aëlita hätte unverrichteterdinge wieder abziehen müssen.

»Nichts ist zufällig«, erwiderte darauf Aëlita. »Alles hat einen Sinn.«

Djuk hatte oft darüber nachgedacht. Was ist Schicksal? Eine Anhäufung von Zufälligkeiten, oder hat alles einen

* Titelfigur einer wissenschaftlich-phantastischen Erzählung von Alexej Tolstoj

tieferen Sinn? Wenn ja, welchen? Weshalb stand zum Beispiel jetzt diese seltsame Marsfrau vor ihm, die nach Luft und Wasser duftete, nach Regen, und die er nie zuvor gesehen hatte, obwohl er sie scheinbar seit langem kannte.

Djuk sah Aëlita an und überlegte, was zu tun sei. Sollte er sie in seine Wohnung bitten oder nicht? Man hätte natürlich hochfahren, Licht machen und seinen Gästen laut verkünden können, wie es Lew Semjonowitsch gewöhnlich tat: »Habt die Freundlichkeit, euch rauszuscheren!«

Das wäre von seiten Djuks völlig gerechtfertigt. Aber in die feuchte Kälte und Dunkelheit würden die Gäste jetzt am wenigsten wollen.

»Ich sollte besser nicht mit zu dir gehen«, sagte Aëlita. »Ich habe Hemmungen wegen deiner Eltern. Die denken noch, ich sei nicht normal.«

»Kann sein«, entschied Djuk erleichtert.

»Gehn wir ins Haus«, schlug Aëlita vor. »Da ist geheizt.«

Sie betraten das Haus und stiegen eine Treppe höher. Aëlita stellte eine große karierte Tasche aufs Fensterbrett. Sie zog die Handschuhe aus, legte die Hände auf die Heizung und wärmte sie ziemlich lange. Dann fragte sie: »Was denkst du, wie alt ich bin? Aber ehrlich . . .«

Djuk sah Aëlita betont kritisch an und sagte: »Fünfundzwanzig.« Er hatte im Geist Mutters und Maschas Alter zusammengezählt – 34 + 16 – und durch zwei geteilt.

»Vierzig«, sagte Aëlita mit tiefer Stimme.

Djuk sah sie aufmerksam an und wollte es nicht glauben.

»Das kann nicht sein«, sagte er.

»Ich glaube es auch nicht«, pflichtete Aëlita ihm bei. »Wenn ich morgens erwache und mir einfällt, daß ich vierzig bin, habe ich ein Gefühl wie nach einer Operation: Man kommt zu sich und stellt fest, daß ein Bein amputiert ist . . . Grauenhaft . . . Es ist, als beträfe es nicht mich. Aber dann fällt mir ein, daß ich vor dem Krieg geboren bin, also hat es seine Richtigkeit . . .«

Aëlita verstummte und starrte in die Dunkelheit.

»Na und? Vierzig ist doch nicht viel«, heuchelte Djuk, denn dieses Alter erschien ihm in hoffnungslos weiter Ferne, es hatte längst die Station namens »Liebe« passiert. Er meinte, daß es in diesem Alter schon lächerlich sei, zu lieben oder geliebt zu werden. Was man mit vierzig eigentlich noch wollte, war ihm unverständlich.

»Nicht viel«, stimmte Aëlita zu. »Aber es bleibt auch nicht mehr viel. Von der Jugend sind gezählte Augenblicke geblieben. Aber Jugend brauche ich jetzt mehr denn je. Früher brauchte ich sie nicht . . .«

Hinter der Brille hervor quoll eine Träne. Aëlita wischte sie mit dem Finger weg, doch an ihre Stelle rollte auf demselben Weg die nächste.

»Weinen Sie nicht«, bat Djuk. »Ihnen ergeht es wie allen anderen auch. Wenn Sie allein älter würden und alle anderen jung blieben, wäre das kränkend. Aber so?«

»Alle, das sind die anderen. Aber ich bin ich«, widersprach Aëlita und zog die Nase hoch.

»Sie wollen, daß ich Sie jünger mache?« erriet Djuk.

»Ein wenig«, flehte Aëlita leise. »Nur um zehn Jahre. Mehr verlange ich gar nicht . . .«

»Das steht nicht in meiner Macht. Dazu müßte man ein Zauberer sein, ich bin aber nur ein Talisman.«

»Schlagen Sie es nicht ab!« bat die Frau mit einem unterdrückten Aufschrei. »Ich bitte nicht um meinetwillen. Mir ist alles egal. Es ist . . . seinetwegen.«

»Wie?«

»Ich heirate.« Aëlita nahm die Brille ab, und aus ihren

Augen sprach die Hilflosigkeit der Kurzsichtigen. Es schien, als müßte sie beim Gehen den Arm ausstrecken wie eine Blinde. Mit dem Arm würde sie die Luft abtasten, mit den Beinen die Erde. »Er ist zehn Jahre jünger als ich. Als er geboren wurde, ging ich bereits in die vierte Klasse . . .«

»Na und? Wenn er Sie liebt, was macht es ihm dann aus?« fragte Djuk und bemühte sich, seinem Tonfall eine gewisse Sorglosigkeit beizugeben. »Was ist denn schon dabei, zehn Jahre . . .«

»Die psychologische Wirkung . . .« Aëlita hob den Finger. »Er darf es nicht erfahren.«

Djuk blickte auf den Finger und pflichtete ihr im stillen bei. Wissen verändert eine Sachlage tatsächlich. Seit er wußte, daß Aëlita vierzig war und nicht zwanzig – oder, genauer gesagt: In dem Moment, als er es erfuhr, alterte sie gleichsam vor seinen Augen. Sie büßte ihren Glanz ein, es war, als bedecke die Zeit sie wie Staub.

»Also sagen Sie ihm nicht, wie alt Sie sind, dann weiß er es auch nicht«, sagte Djuk geistesgegenwärtig.

»Sagen Sie es nicht!« äffte Aëlita ihn nach. »Um diesen Rat einzuholen, habe ich wohl tausend Kilometer zurückgelegt, was?«

Djuk war verwirrt.

»Klawdija Iwanowna hat mich auf dich gebracht. Sie hat Bekannte aus dem Baltikum. Die haben mir gesagt, du seist mit ihren Bekannten bekannt.«

Djuk begriff, daß sich die Kunde von ihm offenbar in ganz Rußland verbreitet hatte und unterwegs wie eine Lawine angewachsen war.

»Sie haben sich umsonst auf den Weg gemacht«, gab Djuk unverhohlen zu und spürte, wie ihm eine prickelnde Hitze in die Wangen stieg. »Ich bin kein Talisman.«

»Du bist einer«, widersprach Aëlita ruhig.

»Ich muß es doch besser wissen.« Djuk lächelte gequält.

»Du kannst es nicht wissen.«

»Wieso nicht?« Djuk war fassungslos.

»Weil deine, na, diese deine Eigenschaft – wie eine Gabe ist. So etwas empfindet man nicht selbst. Es ist einfach ein Teil von dir. Wie die Farbe der Augen. Fühlst du etwa die Farbe deiner Augen?«

»Nein.«

»Na also. Nur Krankheit fühlt man. Aber so eine begnadete Fähigkeit, das ist das Normale. Für dich. Und deswegen empfindest du es nicht . . .«

Aëlita setzte die Brille auf und sah Djuk mit solcher Überzeugung an, daß dieser verblüfft dachte: Vielleicht stimmt es? Plötzlich ist er wirklich ein Glücksbringer und braucht nicht mehr nach seiner wahren Bestimmung zu suchen, weil sie klar zutage liegt . . .

»Sie glauben das?« fragte Djuk.

»Weswegen bin ich denn die tausend Kilometer geflogen?«

Djuk schwieg, er verspürte die unterschiedlichsten Empfindungen, darunter auch so etwas wie Verantwortung. Wenn man an dich glaubt, dachte er, mußt du dich diesem Glauben würdig erweisen . . .

»Was muß ich denn tun?« fragte er, bereit, nun alles zu tun, was in seinen Kräften stand und mehr als das.

»Den Ausweis ändern. Das Geburtsjahr darin ist vierzig, es muß aber fünfzig heißen.«

»Wo werden denn Ausweise geändert?«

»Bei der Miliz. Du mußt mit mir zur Miliz gehen.«

»Ist das alles?« Djuk war überrascht.

Er hatte gedacht, er müsse wie das Zauberpferdchen drei Kessel im Hof aufstellen: »Ein Kessel kalt, ein Kessel heiß, ein dritter mit sprudelnder Milch so weiß . . .« Dann müßte er Aëlita hineintauchen und aufpassen, daß sie nicht zu kochen anfing. Nun aber stellte sich heraus, daß er sich lediglich in den Bus zu setzen und drei Haltestellen bis zur Meldestelle des Stadtbezirks zu fahren brauchte.

»Alles«, bekräftigte Aëlita. »Wenn in meinem Ausweis das Geburtsjahr fünfzig steht, wird er nicht daran zweifeln, daß ich dreißig bin. Auch ich selber werde daran glauben. Ich überliste die Zeit. Ich verjünge mich für ihn.«

»Höchst einfach«, pflichtete Djuk bei.

»Weißt du . . . Das ganze Leben habe ich auf ihn gewartet. Seit meinem siebzehnten Lebensjahr. Jeden Tag. Ich heiratete und wartete. Ich bekam ein Kind und wartete. Dann verlor ich den Glauben daran und schickte mich drein. Und da sah ich ihn! Weißt du wo? Im Museum. Ich schlenderte durch die Säle, ganz traurig und verlassen, blickte auf die Porträts mit den verblichenen Gesichtern. Ich dachte noch: Denen könnte man Jeans anziehen, sie würden trotzdem altmodisch bleiben. Die Gesichter sind eben anders. Und da sah ich *ihn*. Es war, als wäre er von der Wand herabgestiegen. Die Augen wie jene. Nicht von heute. Als ob er vom Leben etwas ganz anderes weiß als die übrigen Menschen.

Ich erkannte ihn sofort und folgte ihm. Zunächst von Saal zu Saal. Dann vom Museum auf die Straße. Später behauptete er, er wäre mir gefolgt. Mein Gesicht hätte ihn fasziniert. Daß er seit seinem siebzehnten Lebensjahr auf mich gewartet hätte und wir uns unbedingt treffen müßten . . . Ich habe kein Recht auf ihn. Aber ich kann nicht auf ihn verzichten. Ich werde kämpfen.«

Aëlita sah Djuk kampfentschlossen an wie ein Soldat an der Front, der bereit ist, bis zum siegreichen Ende zu streiten.

»Kommst du mit mir zur Miliz?« fragte sie.

»Ich komme mit«, sagte Djuk wie ein Soldat zum anderen.

»Morgen«, befahl Aëlita.

»Um drei«, präzisierte Djuk. »Wir treffen uns wieder genau hier.«

Aëlita zog Djuk an sich und küßte ihn auf die Wange. Sie duftete wie Regen von einem Jasminstrauch. Djuks Herz stieg ein wenig zur Kehle und benahm ihm vorübergehend den Atem. Wieder wurden seine Wangen prickelnd heiß, und ihm kam der überraschende Gedanke, genauer, er machte die Entdeckung, daß auch Vierzigjährige geliebt werden und selber lieben können. Und daß an der Haltestelle »Liebe« die verschiedensten Züge stehen.

Djuk wartete ab, bis sein Herz sich beruhigte, und bat dann: »Geben Sie mir Ihren Ausweis.«

»Wozu?« – »Ich muß auf ihn einwirken.«

Sie holte den Ausweis aus der Tasche und streckte ihn Djuk hin. Er barg ihn in der obersten Jackentasche, zog den Reißverschluß zu und fragte: »Konnte man denn nicht dort, wo Sie wohnen, zur Miliz gehen?«

»Wäre ich dann hierhergeflogen?« sagte Aëlita spöttisch. »Hätte ich Urlaub genommen, Geld für die Flugtickets ausgegeben? Obwohl ich es nicht bedaure . . . Selbst wenn nichts dabei herauskommt, habe ich Dinge gesehen, die mehr wert sind als alles Geld. Weißt du das?«

»Nein, woher soll ich das wissen?«

»Den Sonnenaufgang vom Flugzeug aus. Ich hatte geglaubt, sie würde langsam hervorgleiten. Dabei stellt sich heraus, daß sie hervorschießt. So prall . . . Zack!«

Aëlita blickte Djuk an, sah aber nicht ihn, sondern den Sonnenball, der über dem Erdball hervorschnellte. Und sich selbst zwischen den beiden Kugeln, während sie der eigenen Jugend entgegenflog.

»Haben Sie eine Übernachtungsmöglichkeit?« fragte Djuk. »Sonst können Sie bei mir übernachten.«

»Was nicht noch«, wehrte Aëlita ab. »Das fehlte noch. Ich möchte nicht kristallisieren.«

»Was bedeutet denn das?«

»Jemandem zur Last werden«, erklärte Aëlita schlicht. »So wie sich Salz in einer übersättigten Salzlösung kristallisiert. Die chemischen Gesetze sind auch auf die menschlichen Beziehungen anwendbar. Das sage ich dir als Chemikerin.«

Aëlita zog ihn abermals an sich und hüllte ihn mit einem weiteren Kuß in Jasminduft. Dann ging sie.

Djuk stand da und sammelte sich wie Fürst Wladimir das zerfallene Rußland. Falls es Wladimir gewesen war und nicht irgendein anderer Fürst – in Geschichte kannte er sich schlecht aus.

Es wollte ihm nicht gelingen, sich zu sammeln, und so trollte er sich, innerlich zerrissen, zur fünften Etage hinauf und klingelte an seiner Tür.

Man öffnete ihm lange nicht. Er fürchtete schon, die Gäste könnten gegangen sein und die Tür zugeschlagen haben, und der Schlüssel wäre in der Wohnung zurückgeblieben. Dann hätte er entweder die Tür aufbrechen oder die ganze Nacht auf der Treppe sitzen müssen. Aber von innen ertönte ein Scharren, Chonin öffnete. Djuk erkannte ihn nicht sofort. Hatte sich wahrscheinlich bis zur Verblödung geknutscht, dachte er. Sein Gesicht war aufgeschwemmt von Leidenschaft.

»Du bist's?« Chonin wunderte sich. »Wo sind wir denn überhaupt? Sind wir etwa nicht bei dir?«

Djuk begriff, daß Chonins Gehirn sich aus dem Kopf an eine andere, ungewohnte Stelle verlagert hatte.

Olja Jelissejewa blickte zum Flur heraus, und ihr zartes Gesicht erstrahlte vor Freude.

»Djuk ist gekommen!« Sie lächelte glücklich.

Alle kamen in den Flur heraus und bekundeten ihre Freude, so gut sie konnten: Bulejew männlich und herablassend, die Kijaschko zärtlich, weiblich, die Marejewa verhalten.

Djuk hätte weinen mögen, so voll Dankbarkeit war sein Herz. Sollten sie doch ruhig alles zerschlagen und kaputtmachen bei ihm zu Hause, nur geben sollte es sie in seinem Leben. Und ihn in ihrem. Eine beiderseitige Notwendigkeit.

Serjosha Kiskatschi schüttelte den Kopf und sagte: »Na, du haust vielleicht auf'n Putz!«

Das konnte Verwunderung bedeuten, eher aber Dankbarkeit dafür, daß Djuk den Gästen nicht in seinem Haus auf den Geist gegangen und somit auch nicht kristallisiert war.

In die Schule ging er gar nicht erst, sondern begab sich gleich früh zur Miliz des Stadtbezirks.

Die Paßstelle war geschlossen. Djuk schaute zu den Türen herein und entdeckte in einem der Räume einen Milizionär. Es war ein Mann mittleren Alters, und bei seinem Anblick konnte man sich unmöglich vorstellen, daß er irgendwann mal jung oder klein gewesen war.

»Ich höre«, ließ sich der Milizionär vernehmen.

Djuk versuchte, Blickkontakt mit ihm aufzunehmen, aber der kam nicht zustande. Er war ebenso unmöglich wie zwischen einem Fisch und einem Büffel.

Man kann von einem Menschen sagen, er sei tot oder lebendig, es gibt aber noch einen dritten Zustand: ein Zombie. Wenn der Mensch vor seinem natürlichen Tod stirbt. Er lebt wie ein Lebender zwischen Lebenden, aber nichts Menschliches dringt zu ihm.

Der Milizionär hatte ein starres, unbewegliches Gesicht. Er gefiel Djuk nicht, doch man kann sich seinen Gesprächspartner nicht immer aussuchen.

»Ich höre«, wiederholte der Milizionär.

Djuk holte Aëlitas Paß aus der Brusttasche der Joppe und begann unzusammenhängend, wirr, beklommen wegen des fehlenden Blickkontakts zu erklären, weshalb er gekommen war. Er erzählte von der Liebe und den tausend Kilometern. Von dreißig und vierzig, die mit der Zeit zu vierzig oder fünfzig anwüchsen. Von der psychologischen Barriere. Djuk ertappte sich dabei, daß er beim Wort »psychologisch« ebenso den Finger hob wie Aëlita.

Der Milizionär blickte auf den erhobenen Finger und sagte: »Deine Papiere.«

»Ich habe keine. Ich bin nicht volljährig. Wieso?«

»Um deine Identität festzustellen.«

»Meine?«

»Deine. Und die desjenigen, der den Ausweis fälschen will.«

»Nicht fälschen. Korrigieren«, sagte Djuk.

»Das ist ein und dasselbe. Weißt du, was man für Ausweisfälschung bekommt?«

Djuk schwieg.

»Strafrechtliche Verantwortlichkeit gemäßt Artikel 241/17, Ziffer drei. Zu welchem Zweck will die Bürgerin den Ausweis fälschen?«

»Um zu heiraten.«

»Zeig her«, der Zombie streckte die Hand aus.

Djuk begriff: Wenn Aëlitas Paß an den Milizionär geriete, würde er sie verhaften und nach Artikel 241/17 ins Gefängnis stecken.

»Wenn es nicht geht, dann eben nicht«, stimmte Djuk eilig zu. »Ich wollte mich ja nur von Ihnen beraten lassen. Ich dachte, es wäre egal. Wen stört es schon, wie alt ein Mensch ist: vierzig oder dreißig?«

»Was glaubst du denn, wozu das Paßsystem da ist?«

»Weiß ich nicht.«

»Allein in Moskau gibt es zweitausend Iwanows«, erregte sich der Zombie, so als ob die Iwanows eine Schuld träfe. »Wie soll man sie unterscheiden? Nach dem

Namen. Dem Vornamen. Dem Geburtsjahr. Dem Geburtsort. Nach dem Ausweis. Klar?«

»Klar.« Djuk nickte erfreut.

»Wenn aber jeder anfängt, nach eigenem Gutdünken etwas einzutragen, was kommt dabei heraus?«

Djuk blickte dem Milizionär ergeben in die Augen.

»Ein Gerümpelhaufen«, rief der. »Ein Durcheinander! Man weiß am Ende überhaupt nicht mehr, wer getraut oder beerdigt werden soll und wem Rente zusteht.«

»Aber sie will doch jünger sein, dann würde sie zehn Jahre später Rente beziehen. Das wäre für den Staat eine Einsparung.«

»Der Staat spart nicht an Unfug«, wies ihn der Zombie streng zurecht und bewegte die Finger der ausgestreckten Hand. »Den Ausweis!« mahnte er.

Djuk sah keinen Ausweg, also legte er ihn auf den Tisch. Der Milizionär schlug ihn auf und betrachtete Aëlitas Foto. Ein Künstler hätte in ihren Zügen eine außerirdische Schönheit entdeckt, ein Arzt die Spuren verborgener Gebrechen, der Milizionär dagegen suchte nach kriminellen Absichten, schätzte das verbrecherische Potential ab.

»Warum ist die Bürgerin nicht selbst erschienen?« Mißtrauisch kniff er die Augen zusammen. »Warum benutzt sie Mittelsmänner?«

Djuk wollte erklären, daß er kein Mittelsmann sei, sondern ein Talisman. Aber dann hätte der Zombie auch ihn der Verschleierung von Tatsachen verdächtigt, und das wäre in gewisser Weise auch wahr.

»Das Telefon läutete.

»Chrenjuk* am Apparat«, sagte der Milizionär.

Djuk glaubte nun, daß man einen Paß wirklich nicht ändern durfte, sonst hätte der Milizionär sich einen ande-

* chren = russ. Meerrettich, umgangsspr. alter Knaster

ren, romantischeren Nachnamen zugelegt, etwa einen, der eine Landschaft assoziiert: Rostschin* zum Beispiel, oder Oserow**, oder Kostrow***. Aber Chrenjuk . . .

»Ich bin gleich wieder da«, versprach Djuk. Er langte Aëlitas Ausweis vom Tisch und verließ, ohne sich umzublicken, das Zimmer. Die Korridorwände waren beige gestrichen, Bänke und Stühle braun.

Djuk rannte den Korridor entlang. Ein beige-brauner Streifen glitt seitlich an seinem Blickfeld vorbei. Er sprang auf die Straße hinaus, blickte sich nach allen Seiten um und überquerte das Straßenbahngleis. Er tauchte in einem Fußgängertunnel unter und kam auf der anderen Seite gegenüber dem Laden »Kulturartikel« wieder zum Vorschein.

Er betrat den Laden, die Hände absichtlich unbekümmert in den Taschen, und pfiff eine Melodie. So aufzutreten erschien ihm am natürlichsten. Er warf einen Blick zum Fenster und war auf Pfiffe gefaßt, auf eine Verfolgungsjagd, doch niemand lief und pfiff hinter ihm her. Die Passanten auf der Straße gingen ihren eigenen Problemen nach, die von Djuks weit entfernt waren. Die Autos fuhren vorschriftsmäßig, hielten an der Ampel.

Djuk dachte, daß er etwas kaufen müsse, um nicht aufzufallen, denn wozu sonst kommt man hierher.

»Zeigen Sie mir bitte einen Füller«, bat Djuk.

Die junge, wie für die Bühne geschminkte Verkäuferin legte über Djuks Kopf hinwegblickend drei Musterexemplare auf den Ladentisch und begab sich ohne abzuwarten, welchen er wählen würde, in die Musikabteilung. Dort schwatzte sie mit einer Verkäuferin, ebenfalls jung

* rostscha = russ. Hain
** ozero = russ. See
*** kostjor = russ. Lagerfeuer

und geschminkt. Beide erweckten den Eindruck, als erwarteten sie jemanden, den sie nicht verpassen durften.

Die Füller waren teuer und kamen für Djuk nicht in Frage, weil er mit Kugelschreibern für fünfunddreißig Kopeken das Stück schrieb. Trotzdem tunkte er einen Füller in blaue Tinte und schrieb auf ein Blatt Papier: Mascha. Die Feder war hart. Mit einer solchen Feder ließen sich Belobigungsurkunden mit kalligraphischer Schrift ausstellen, er wußte das aus eigener Erfahrung. Oder Dokumente fälschen. Diese Erfahrung hatte er in seinem Leben noch nicht gemacht.

Djuk stellte sich vor, wie Aëlita um drei erscheinen würde. Sie würde ihn mit ihren kristallenen Augen ansehen und sagen: »Ich habe an dich geglaubt.«

Er schlug den geretteten Ausweis auf, blickte auf Aëlitas Marsgesicht mit dem feinen, irgendwie leuchtenden Oval. Dann wendete er die Seite um und sah ihr Geburtsdatum: 1940. Die Null war etwas undeutlich. Djuk nahm einen anderen Füller, der keine Spuren von blauer Tinte trug. Er tauchte ihn in schwarze Tusche, die ebenfalls da stand. Er ließ die Hand über der Null schweben, dann senkte er sie und fügte unter die Null ein akkurates schwarzes Häkchen an. Es entstand eine neun. Sie sah etwas schwanger aus, aber es war trotz allem eine Neun und nichts anderes. Jetzt war das Geburtsjahr 1949.

»Die Verkäuferin kam zurück und fragte: »Nimmst du einen?«

»Diesen da«, sagte Djuk.

»Sieben Rubel fünfzig«, sagte die Verkäuferin und legte den Füller in ein Plastikfutteral.

»Entschuldigen Sie bitte, ich kann es nicht erkennen. Welches Geburtsjahr steht hier?« fragte Djuk und hielt der Verkäuferin den aufgeschlagenen Ausweis hin.

»Neunzehnhundertneunundvierzig«, antwortete die Verkäuferin gleichmütig und sah zur Tür. Sie hegte keinerlei Argwohn.

Djuk barg den Ausweis in der Tasche. Er bezahlte den Füller mit dem letzten Zehner und betrat die Straße.

Bis nach Hause war es nicht weit. Er machte sich zu Fuß auf den Weg.

Er ging ruhig, die Hände in den Taschen, ohne das geringste Reuegefühl. Er wußte, daß Aëlita jetzt für den Rest des Lebens glücklich sein würde. Und so wenig war dafür notwendig gewesen: ein feines schwarzes Häkchen unter der Null.

Bis drei Uhr blieb noch eine Stunde.

Am Hauseingang zu stehen war langweilig. In die leere Wohnung zu gehen hatte er keine Lust.

Djuk setzte sich in das Gärtchen vorm Haus. Er breitete die Arme längs der Bank aus, hob das Gesicht zum Himmel. Er liebte die offene Weite und saß gerne so, die Arme ausgebreitet, das Gesicht zum Himmel, so als umarme er diese Welt zusammen mit allen, die zeitweise in ihr gelebt hatten und für immer gegangen waren. Wohin?

Er bemerkte nicht, wie Aëlita näherkam, ihr Gesicht mit der großen Brille war plötzlich vor ihm.

»Ich bin etwas früher gekommen«, sagte sie.

»Ich auch«, antwortete Djuk.

Aëlita setzte sich auf die Kante der Bank, ohne die erregten Augen von Djuk zu lassen.

»Das mit den zehn Jahren hat nicht hingehauen«, entschuldigte sich Djuk. »Nur neun hab ich erreicht.«

Er streckte ihr den Ausweis hin.

Aëlita klappte ihn auf, saugte sich mit den Augen an der Seite fest. Dann wandte sie Djuk den Blick zu, und er sah, wie in ihr – zack! – die Sonne hervorschoß.

»Sie werden ein Jahr älter sein«, sagte Djuk. »Das ist normal!«

»Wunderbar . . .« preßte Aëlita hervor. »Jetzt bin ich jung! Ich bin einunddreißig!«

Sie erhob sich von der Bank und verjüngte sich vor Djuks Augen. Er sah, wie sie sich streckte, den Staub von sich abschüttelte, genauer, den Anflug vom Staub der Zeiten. Und sie strahlte wie ein neu lackierter Flügel.

»Ich wußte, daß es so kommt«, sagte Aëlita und kniff die Augen vor den künftigen Perspektiven zusammen.

»Woher wußten Sie es?«

»Es konnte gar nicht anders sein, oder?«

Djuk zuckte mit den Schultern. Er wußte, wie es hätte sein können und wie es wirklich war.

»Werde glücklich, Talisman!« wünschte Aëlita. »Vergiß dich selber nicht.«

»Ist gut«, versprach Djuk. »Vergeß ich nicht.«

Sie lächelte unter Tränen und verließ das Gärtchen. Ein langes, glückliches Leben lag vor ihr. Und sie strebte auf dieses Leben zu. Djuk blieb im alten zurück. Auf der Bank.

Als er sich umwandte, war Aëlita schon nicht mehr da. Er hatte nicht einmal erfahren, wie sie hieß. Woher kam sie? Wer war sie? Ja, hatte es sie überhaupt gegeben?

Aber in der Tasche lag der neue teure Füller mit den Spuren schwarzer vertrockneter Tusche auf der harten Feder.

Also hatte es sie doch gegeben . . .

Abends kehrte die Mutter aus Leningrad zurück.

Sie sah die kaputte Couch und sagte: »Na Gott sei Dank! Jetzt kommen neue Möbel her. Es sieht ja wie bei Flüchlingen aus. Kein Zuhause ist das, sondern eine Karawanserei.«

Sie hatte für Djuk ein Briefmarkenalbum mitgebracht, obwohl er seit mindestens einem Jahr nicht mehr sammelte. Die Mutter hatte es demnach nicht einmal bemerkt.

Überhaupt war sie in letzter Zeit unaufmerksam, so daß Djuk den Verdacht hegte, sie könne sich einen Liebhaber mit altmodischem Gesicht und zehn Jahre jünger oder gleichaltrig zugelegt haben. In diesem Fall würde ein großer Teil von Mutters Liebe ihm zufallen und für ihn, Djuk, würden nur die abgenagten Reste bleiben. Schon im voraus haßte er diesen Mann und Mutter zusammen mit ihm.

Djuk ging finster und mißtrauisch durch die Wohnung wie ein Bison im Dschungel, doch Mutter bemerkte nichts. Sie hatte einen Haufen Dinge im Haushalt zu erledigen. Sie wusch Wäsche, traf Vorbereitungen fürs Mittagessen und flitzte zwischen Bad, Küche und Telefon hin und her. Jedesmal, wenn es läutete, dachte Djuk, daß der Liebhaber anruft und im Begriff sei, ihm Mutter zu entziehen.

Schließlich bemerkte die Mutter seine Stimmung und fragte: »Was hast du?«

»Nichts, ich habe nicht ausgeschlafen«, antwortete Djuk.

Um halb zehn legte er sich ins Bett, konnte aber keinen Schlaf finden, weil ihm plötzlich klar wurde, daß er geliefert war. Aëlita würde man ziemlich rasch schnappen, vielleicht sogar im Standesamt, wo sie den gefälschten Ausweis vorweisen würde. Man würde ihr ein paar Fragen stellen, die sie natürlich beantworten mußte. Und Djuk würde gemäß Artikel 241/17 ins Gefängnis wandern. Chrenjuk würde in seine Zelle kommen und sagen: »Ich habe dich gewarnt. Du hast es gewußt. Du hast also eine vorsätzliche Dokumentenfälschung begangen und damit das Paß- und Meldewesen untergraben, das wiederum Teil des ganzen Systems ist. Folglich bist du ein Staatsverbrecher.«

Einen Degen würde man über ihm – wie über Tschernyschewski – natürlich nicht zerbrechen, sondern ihn einfach zusammen mit Dieben und korrupten Leuten einsperren. Zwar konnte man auch im Gefängnis ein Mensch bleiben.

Aber da Djuk eine Null, ein leerer Fleck war, würde er auch dort keine Autorität erwerben und die schwerste, erniedrigendste Arbeit würde ihm zufallen. Zum Beispiel die Reinigung des Kartoffelbottichs mit eisigem Wasser.

Djuk hörte, wie jemand aufheulte, und da wurde ihm plötzlich klar, daß das sein eigenes Heulen war. Eine Detonationswelle der Angst warf ihn aus seinem Bett, hinaus aus dem Zimmer und zur Mutter. Die Mutter war schon im Begriff einzuschlafen. Djuk verkroch sich unter ihrer Decke, heulte leiser.

»Was hast du, mein Talismännchen?« Die Mutter schob mit einer behutsamen Handbewegung sein Haar beiseite, küßte ihn auf die warme Stirn. »Bist schon groß und doch noch so klein.«

Er war wirklich noch ganz klein für sie. Er ängstigte sich und weinte, noch genauso wie als Kind, aß genauso, die Lippen leicht angewidert aufgeworfen. Noch der gleiche Geruch von Heu und kuhwarmer Milch ging von ihm aus. Wie von einem Lämmchen.

»Was ist mit dir? Was hast du bloß?« fragte die Mutter und schmolz vor Zärtlichkeit dahin.

Da begriff Djuk, daß es keinen Liebhaber gab und keinen geben würde. Mutter würde nie heiraten und er ebenfalls nicht. Sie würden das ganze Leben zusammen sein und kein Gramm Liebe an andere verschwenden.

Die Mutter wärmte sein Gesicht mit den Lippen. Ihre Liebe floß in ihn über, und er fühlte sich geborgen wie ein Tier in der Höhle neben dem warmen Mutterbauch.

»Na, was ist?« beharrte die Mutter.

»Sagst du es auch niemandem?«

»Nein, niemandem.«

»Schwöre.«

»Ich schwöre.«

»Bei wem?«

»Ich weiß nicht, bei wem man schwört.«

»Schwöre bei meiner Gesundheit«, schlug Djuk vor.

»Was nicht noch . . .«, wehrte die Mutter ab.

»Dann sage ich dir nichts.«

»Dann nicht«, willigte die Mutter ein, und das war kränkend. Eine solche Taktik hatte er von Mutters Seite nicht erwartet.

Das Bedürfnis sich mitzuteilen peinigte ihn so, daß er das Gefühl hatte, platzen zu müssen, wenn er es nicht erzählte. Djuk lag noch ein paar Sekunden still, dann begann er zu berichten – von Anfang an, von jener Unterrichtsstunde an bis zum Schluß, dem vollzogenen Staatsverbrechen. Doch Mutter war igendwie gar nicht erschrocken.

»Idiotin«, sagte sie nachdenklich.

»Wer?« Djuk begriff nicht.

»Deine Nina Georgijewna, wer denn sonst? Wer erzieht denn durch Demütigung? Willst du, daß ich es ihr sage?«

»Was?« Djuk erschrak.

»Daß sie eine Idiotin ist.«

»Bloß nicht! Schon so wird der Zensurendurchschnitt drei Komma drei sein. Wo komme ich damit schon an?«

»Möchtest du, daß ich dich in eine andere Schule gebe?«

»Mutter! Ich flehe dich an! Wenn du dich gewaltsam einmischst, werde ich dir nichts mehr erzählen.« Djuk war verstimmt.

»Gut«, versprach die Mutter. »Ich werde mich nicht einmischen.«

Djuk lag in der warmen, behaglichen Dunkelheit und dachte daran, daß eine andere Schule andere Freunde bedeutete. Andere Feinde. Er aber wollte, daß Freunde und Feinde dieselben blieben. Er hatte sich an sie gewöhnt. Schließlich hatte er in sie investiert. Mascha Archangelskaja hatte er glücklich gemacht, die Marejewa schlank. Er hatte Tante Sina in die Schranken gewiesen, hatte Larissa den Sommerurlaub im Baltikum mit Garten, Gemüse und Obst gesichert.

»Weißt du, worin dein Fehler liegt?« sagte die Mutter. »Darin, daß du nicht dein Leben lebst. Du bist wirklich kein Talisman.«

»Das weiß man nicht«, widersprach Djuk schwach.

»Man weiß es.« Die Mutter küßte ihn, als wolle sie die Entthronung mit Zärtlichkeit verschönern. »Du bist kein Talisman, lebst aber so, als wärst du einer. Du lebst also nicht dein Leben. Deshalb stiehlst du, lügst, übergibst dich und heulst.«

Djuk hörte aufmerksam zu und mühte sich sogar, leiser zu atmen.

»Weißt du, weshalb ich mich von deinem Vater habe scheiden lassen? Er wollte, daß ich sein Leben lebe. Das konnte ich aber nicht. Und du kannst es auch nicht.«

»Und ist das nun gut oder schlecht?«

»In der Bibel heißt es: ›Sohn und Frau, Bruder und Freund, laß sie nicht herrschen über dich, solange du lebst. Solange noch Leben und Atem in dir sind, mach dich von niemandem abhängig!‹ Man muß der sein, der man ist. Das wichtigste im Leben ist, sich selbst zu finden und zu verwirklichen.«

»Aber wie soll ich mich finden, wenn ich nicht da bin?«

»Wer hat das gesagt?«

»Nina Georgijewna. Sie hat gesagt, daß ich initiativelos bin wie ein Hammel in der Herde.«

»Na und? Selbst wenn es so ist . . . Es können doch nicht alle Führungspersönlichkeiten sein . . . Es gibt solche, aber auch solche, die sich führen lassen. Jeanne d'Arc, zum Beispiel, hat ein Heer angeführt, um Orleans zu retten, und die Soldaten folgten ihr und kämpften genau wie sie und starben. Ausschlaggebend ist nicht, wer führt, sondern wer geführt wird. Es geht darum, wohin sie marschieren und mit welchem Ziel. Hast du mich verstanden?«

»Nicht ganz«, bekannte Djuk.

»Werde ein ordentlicher Mensch. Werde ein Mann. Mehr verlange ich nicht.«

»Was heißt: verlangen?«

»Du bist doch die Verwirklichung meiner Wünsche.«

»Und das ist alles?«

»Nein. Nicht alles«, sagte die Mutter.

»Und wie hast du dich verwirklicht?«

»In der Liebe.«

»Zu wem?« Djuk horchte auf.

»Zu allem. Ich liebe sogar den Stuhl, auf dem ich sitze. Und Nachbars Katze. Ich verachte niemanden, halte niemanden für schlechter als mich.«

Djuk richtete den Blick auf den Stuhl. In der Dunkelheit sah er anders aus als im Hellen, es war, als habe er eine zusätzliche geheime Sinngebung erhalten.

»Und geht es dir ohne Vater besser?« drang Djuk weiter in Mutters Leben ein.

Sie sprachen zum erstenmal darüber. Djuk hatte sie immer nur als seine Mutter gesehen, und Schluß. Wie sich aber herausstellte, war sie auch noch eine Frau und ein Mensch mit seinem natürlichen Drang zur Selbstverwirklichung.

»Er wollte, daß ich sein Wesen verwirkliche.«

»Vielleicht ist es gar nicht so schlecht, einen anderen Menschen zu verwirklichen, wenn er es ist«, mutmaßte Djuk. »Zum Beispiel Tschechow . . .«

»Nein«, sagte die Mutter entschieden. »Jeder Mensch ist unwiederholbar. Deswegen sollte man niemand anders sein wollen. Gib mir dein Wort, daß du aufhörst, den Talisman zu spielen.«

»Ich gebe dir mein Wort.«

»Diese Talismanie ist ein circulus vitiosus. Alle, denen du eine Wohltat erwiesen hast, werden morgen wiederkommen und Schlange stehen. Und wenn du sie abweist, werden sie dich hassen und sich nicht daran erinnern, was du für sie getan hast, sondern an das, was du nicht für sie getan hast. Dankbarkeit ist ein amorphes Gefühl.«

Djuk stellte sich vor, wie sie wieder zu ihm kamen.

Aëlita wegen eines Kindes, das sie sich in der neuen Familie wünscht, Tante Sina wegen eines Teppichs, Vitali Resnikow wegen eines Studienplatzes, Mascha wegen Vitali. Die Kijaschko würde alles zurückhaben wollen, was sie irgendwann einmal verschenkt hatte.

»Ich geb dir mein Wort«, schwor er.

»Und jetzt geh schlafen. Und hab keine Angst. Dir wird nichts passieren.«

»Und Aëlita?«

»Auch nichts. Sie wird einfach nicht in ihrem natürlichen Alter leben. Bis sie es satt hat. Das ist alles. Geh, sonst schlafe ich nicht aus.«

Djuk rannte in sein Zimmer, um der Kälte zuvorzukommen. Er kroch unter die Decke, legte den Kopf aufs Kissen, und in derselben Sekunde noch raste er eine unbekannte Treppe hoch. Er spannte seine Kräfte an und flog im Sprung. Er wußte, wenn er alle Kraft zusammennähme, würde er noch höher und weiter fliegen können. Aber er machte nicht davon Gebrauch, er fürchtete sich. Ein solches Gefühl hat wahrscheinlich ein Hund, der mit dem Herrchen spielt und ihn leicht in die Hand beißt, und es kribbelt ihm in den Zähnen, so sehr möchte er kräftiger zupacken. Aber er darf nicht. Und da hält es Djuk nicht länger aus, er spannt sich an, bis er zittert. Und er fliegt zum Himmel, zu den rosigen Wolken. Das Glück – da ist es! Und plötzlich durchzuckt ihn der Schreck: Wie kommt er wieder zurück?

In diesem Augenblick schrillte das Telefon.

Djuk riß den Kopf vom Kissen hoch, blickte benommen zum Telefon, durchlebte gleichzeitig Traum, Wirklichkeit und das Gefühl der Erregung, das von dem Apparat ausging.

Er nahm den Hörer ab und meldete sich heiser.

Schweigen am anderen Ende, aber hinter dem Schweigen spürte man keine Leere, sondern einen Menschen. Wer war es, Aëlita, der Zombie, Mascha Archangelskaja? Wer brauchte ihn . . .

»Ich höre«, sagte Djuk mit fester Stimme.

»Sascha . . . Bist du's? Entschuldige bitte, daß ich dich geweckt hab . . .«

Djuk vernahm mit größter Verwunderung die Stimme von Nina Georgijewna. Er stellte sich ihr Gesicht mit den nervös zwinkernden Augen vor.

»Ich habe gerade einen Anruf aus dem Krankenhaus bekommen. Mutter fühlt sich sehr schlecht, ich soll kommen. Ich habe große Angst.«

Djuk schwieg.

»Verstehst du? So bereiten sie die Angehörigen darauf vor, daß der Kranke im Sterben liegt. Direkt können sie es nämlich nicht sagen, das wäre inhuman . . .«

Nina Georgijewnas Erregung sprang auf Djuk über wie ein Waldbrand.

»Ich bitte dich sehr. Geh mit mir ins Krankenhaus, bitte.«

»Jetzt?« fragte Djuk.

»Ja. Jetzt gleich. Ich verstehe natürlich, daß du schlafen mußt. Aber . . .«

»Welches Krankenhaus?« fragte Djuk.

»Nummer zweiundsechzig. Das ist nicht weit.«

»Wie heißt Ihre Mutter?«

»Anna Michailowna Sidorowa. Warum?«

»Rufen Sie mich in fünfzehn Minuten wieder an«, bat Djuk.

»Gut«, willigte Nina Georgijewna niedergeschlagen ein.

Djuk legte auf, wählte die 09. Dort meldete sich sofort jemand. Die Verständigung war gut, weil das Netz nicht überlastet war. Djuk bekam umgehend die Nummer des Krankenhauses, auch dort meldete man sich sofort, und er glaubte zu spüren, daß das Krankenhaus nebenan war, weil die Stimme ganz nah klang.

»Hier ist der Nachtdienst«, sagte die Stimme. »Rufen Sie morgen ab neun Uhr an.«

»Morgen kann ich nicht!« schrie Djuk. »Ich muß jetzt! Ich bitte Sie sehr . . .«

»Wer bist du überhaupt?« fragte die Stimme. »Ein Junge oder ein Mädchen?«

»Ein Junge.«

»Dein Familienname?« fragte die Stimme.

»Meiner?«

»Nicht doch. Wieso deiner? Der des Patienten. Nach wem fragst du?«

»Anna Michailowna Sidorowa.«

Die Stimme verschwand. Djuk dachte schon, das Telefon wäre abgestellt worden.

»Hallo!« rief er.

»Schrei nicht«, forderte die Stimme auf. »Ich suche.«

»Sind Sie ein Mann oder eine Frau?« fragte Djuk neugierig, weil die Stimme tief war und beiderlei Geschlecht angehören konnte.

»Ich bin eine alte Frau«, sagte die Stimme und verschwand abermals.

Dann tauchte sie wieder auf und fragte: »Wer ist sie für dich, die Großmutter?«

»Nicht meine«, wich Djuk aus.

»Sie ist . . . verschieden«, sagte die Stimme zögernd.

Das Wort ›verschieden‹ machte ihn betroffen.

»Danke«, flüsterte er.

Am anderen Ende hörte man einen Seufzer, dann wurde aufgelegt. Es war, als ob der Seufzer in seinem Zimmer zurückgeblieben sei. Djuk starrte mit Entsetzen ins schwarze Fenster, als ob dort das Gesicht eines Toten auftauchen könne. Er saß da, sein Kopf war leer.

Dann kehrten die Gedanken einer nach dem anderen in sein Hirn zurück.

Der erste Gedanke war, sofort Nina Georgijewna anzurufen und sich etwas einfallen zu lassen, um nicht mitgehen zu müssen. Mitzugehen hieße einzubrechen, das schöne Trugbild des Talismans zu zerstören, das mit soviel Mühe errichtet worden war. Nina Georgijewna würde sehen, daß er nicht nur eine Null war. Das würde ja noch angehen, weil eine Null letztendlich neutral ist und niemanden stört. Sie würde erkennen, daß er eine Minusgröße war. Ein Schwindler und Hochstapler mit verbrecherischen Anlagen. Und wenn er schon mit fünfzehn so war, als was würde er sich später entpuppen? Sicherlich würde die nächste Klassenversammlung ebendiesem Thema gewidmet sein.

Der zweite Gedanke war: Wenn er nicht mitginge, müßte sie es allein tun, weil sie keinen anderen Begleiter hatte. Sie lebte allein mit ihrer alten Mutter und der kleinen Tochter. Er stellte sich vor, wie sie nachts hintappte, blind wie eine Fledermaus. Dann würde sie diese Nachricht allein treffen. Wie würde sie heim finden?

Das Telefon meldete sich erneut. Djuk nahm ab und sagte: »Ich komme. Wir treffen uns an der Bushaltestelle.«

»Wozu?« fragte Nina Georgijewna verwundert. »Die Busse fahren doch nicht mehr . . .«

»Als Orientierungspunkt«, erläuterte Djuk.

Er legte auf und kleidete sich an.

Es war natürlich schade, nach so vielen Mühen einzubrechen. Womit konnte er ihr schon behilflich sein? Nur mit seiner Anwesenheit . . . Aber er war doch ein Mann, darin bestand sein Wesen, seine Bestimmung.

Die Busse fuhren ab sechs Uhr morgens wieder, jetzt war es aber halb zwei.

Djuk und Nina Georgijewna gingen zu Fuß und sahen sich fortwährend um, ob sich nicht ein Taxi mit grünem Lämpchen zeigte. Es zeigte sich wirklich eines, aber erst in unmittelbarer Nähe des Krankenhauses, so daß es keinen Sinn mehr hatte.

So erging es Djuk immer im Leben: Alles, was er sich wünschte, erhielt er letztlich, aber zu spät, wenn er es nicht mehr brauchte. So war es mit dem Fahrrad gewesen. So würde es sicherlich mit Mascha Archangelskaja werden.

Das Krankenhaus war weiß gestrichen wie ein Krankenkittel und leuchtete sogar in der Dunkelheit. Irgendwo hinter den Mauern, vielleicht im Keller, lag der tote Körper.

»Ich erwarte Sie hier«, sagte Djuk.

Nina Georgijewna nickte und schritt auf die breite Glastür zu, die zur Station führte. Sie drehte sich noch mal um und fragte: »Gehst du auch nicht weg?«

»Was denken Sie denn von mir«, Djuk war verwirrt. Die Hilflosigkeit und Kindlichkeit eines erwachsenen Menschen überraschte ihn.

»Ich habe sie nie verstanden«, sagte Nina Georgijewna. »Ich wollte nicht verstehen . . .« Sie lud gleichsam etwas von ihrer Verzweiflung auf Djuk ab. »Na gut«, sagte sie und ging mit ungelenken Schritten wie ein Kängeruh. Tatsächlich ähnelte sie einem Kängeruh mit dem kleinen Kopf und dem ausladenden Unterkörper.

Djuk blieb zurück.

Dem Krankenhaus gegenüber, auf der anderen Seite der Straße, war eine Waldinsel, an die schöne Häuser aus

Ziegeln angrenzten. Davor parkten viele Autos. Es schien, als ob in diesen Häusern Menschen lebten, die weder erkrankten, noch starben, noch weinten. Sie bedurften keines Talismans, um Möbel zu erwerben oder eine Schallplatte. Geh und kauf. Trotzdem beneidete Djuk sie nicht. Er hatte dieselbe Eigenschaft wie die Mutter: das zu lieben, was sein war. Seine Mütze mit der Troddel. Sein Land. Sein Leben. Und selbst diese Nacht war sein.

Hinter dem Krankenhaus wurde ein neues Gebäude errichtet. Die dunklen Umrisse muteten unheimlich an, man hatte das Gefühl, eine Ratte könne von dort hervorkommen. Djuk hatte eine mystische Angst vor diesem Tier mit dem niedrigen Rumpf und dem nackten schamlosen Schwanz. Er war überzeugt, daß Ratten keine Scham und kein Gewissen besaßen. Aber Verstand hatten sie, folglich war die Ratte bewußt schamlos und gewissenlos. Sie würde sich überlegen, daß Djuk allein in der Nacht war, würde an ihm hochlaufen und ein Stück aus seinem Gesicht herausbeißen.

Djuk schauderte, er hätte am liebsten laut Nina Georgijewna gerufen. In diesem Augenblick öffnete sich die Glastür, und sie rannte dumm und froh heraus wie ein Kängeruh bei einem Wettkampf. Djuk stellte fest, daß ihm das oft passierte. Er brauchte bloß an einen Menschen zu denken, ihn innerlich zu rufen, und schon erschien er. Entweder traf er ihn auf der Straße oder er rief an.

Nina Georgijewna umschlang Djuk freudig und hob ihn sogar an ihren Beutelbauch gepreßt leicht an. Dann setzte sie ihn wieder ab und teilte außer Atem mit: »Am Montag kann ich sie mitnehmen . . .«

»In welchem Zustand?« Djuk war fassungslos.

»In einem zufriedenstellenden«, antwortete Nina Georgijewna und schritt den Krankenhausweg entlang.

Djuk folgte ihr verdutzt – was war geschehen? Hatte

man Nina Georgijewna vielleicht eine falsche Auskunft erteilt? Wollte man ihr nicht wehtun? Oder hatte man ihm am Telefon etwas Falsches gesagt, etwas durcheinandergebracht? Sich einen Scherz erlaubt? Obgleich kaum jemand mit solchen Dingen Scherz treiben würde. Vielleicht hatte alles seine Richtigkeit? Wenn es in Moskau zweitausend Iwanows gab und dreihundert Sidorows, warum sollten sich dann nicht zwei Sidorows in einem Krankenhaus befinden?

»Weswegen hat man Sie denn angerufen?« forschte Djuk nach.

»Die Mutter hat es verlangt. Hat die diensthabende Schwester gezwungen«, sagte Nina Georgijewna unzufrieden. »Sie ist trotz allem eine Egoistin. Hat nie an andere denken können. Und im Alter ist sie schon gar wie ein kleines Kind.«

Jetzt, wo der Tod noch einmal vorübergegangen war, trat das Leben mit allem Drum und Dran wieder in seine Rechte.

Der Rückweg schien dreimal so kurz zu sein. Sie drehten sich nicht mehr dauernd um, sondern schritten nur immer vorwärts im Bunde mit dem großen Glück, Nina Georgijewna kehrte als Tochter und nicht als Waise zurück. Djuk hatte das letzte Mal glänzend die Partie des Talismans gewonnen. Er konnte unbesiegt abtreten. Wie im Sport. Einmal noch siegen, dann abtreten.

Sie näherten sich der Haltestelle, von der sie voller Besorgnis ihren Weg angetreten hatten.

»Danke, Sascha», sagte Nina Georgijewna und sah Djuk in die Augen – nicht wie ein Lehrer einem Schüler, sondern wie ein Gleicher einem Gleichen.

»Keine Ursache«, sagte Djuk verwirrt.

»Doch«, widersprach Nina Georgijewna ernst. »Die Hausaufgaben erledigen, außerschulisch mitarbeiten und sich rowdyhaft benehmen können alle. Aber ein Talisman sein, den Leuten Glück bringen – das ist eine seltene Gabe. Ich gebe dir in Literatur eine Eins und spreche mich mit Lew Semjonowitsch ab, ich stehe mich gut mit ihm. Er wird dir auch eine Eins geben und mit Inessa Danilowna reden. Den Maximaldurchschnitt von Einskommanull können wir dir natürlich nicht verschaffen, aber eine Zweikommasieben kann man hinkriegen. Wäre ja auch nicht schlecht. Damit kannst du dich überall bewerben, sogar an der Uni.«

»Was soll das?« Djuk war verlegen. »Das ist nicht nötig.«

»Doch«, sagte Nina Georgijewna überzeugt. »Mit Menschen muß man behutsam umgehen. Und du bist ein Mensch.«

Djuk bekräftigte diese neue Auffassung nicht, noch widersprach er ihr. Er verspürte plötzlich den Wunsch zu schlafen, und dieses Bedürfnis war stärker als alles andere. Es zog ihm den Kopf nach unten, als habe jemand eine schwere Hand auf seinen Nacken gelegt.

»Also bis morgen«, verabschiedete sich Nina Georgijewna. »Obwohl es schon morgen ist. Wenn du verschläfst, kannst du zur dritten Stunde kommen«, gestattete sie ihm.

Dann ging sie auf ihr Haus zu und Djuk auf das seine. Eine kurze Wegstrecke, durch ein Gärtchen.

Das Gärtchen sah in der Nacht ganz anders aus – wie ein entfernter Verwandter des richtigen Waldes. Auch die Bank wirkte selbständiger.

Djuk ließ sich auf ihr in seiner gewohnten Pose nieder: mit dem Gesicht zum Himmel. Der dunkle Himmel mit den ausgestanzten goldenen Löchern der Sterne ähnelte einer Lochkarte. Vielleicht war es auch die Lochkarte des Herrgotts, und die Menschen versuchten von Generation zu Generation, sie zu dechiffrieren. Wäre gut, sie in die

Rechenmaschine einzugeben und ein Schicksal herauszubekommen.

Djuk betrachtete die Sternenchiffre, bemüht, sein Schicksal zu entschlüsseln. Aber man kann nun mal nicht voraussehen. Und darin liegt die Rettung. Was für ein Grauen wäre es, wenn der Mensch alles über sich im voraus wüßte. Wen er lieben würde, wann er stirbt. Wissen tötet die Hoffnung.

Wenn man dagegen nichts weiß, so scheint es einem, daß man nie sterben wird, daß man ewig ist. Und dann hat es einen Sinn, sich selbst zu suchen und zu finden und vollständig zu verwirklichen. Sein Wesen zu verwirklichen. In sich einen Brunnen zu graben bis zu den Quellschichten und die Mitmenschen zu laben. Trinkt, bitte. Ich will nichts dafür haben außer einem »Dankeschön, Djuk«. Oder »Danke, Sascha«. Es kann auch einfach »danke« sein.

Dankbarkeit ist kein amorphes Gefühl, wie Mutter sagt. Es ist genauso real wie, sagen wir, Benzin. Mit Dankbarkeit kann man das Herz auftanken und sich weiter durchs Leben bewegen, so weit, wie es einem beliebt – bis hinauf zu den Sternen, der göttlichen Lochkarte.

Mutter schlief. Djuk zog sich lautlos aus, schlüpfte in sein Zimmer.

Das aufgeschlagene Bett lockte, Djuk aber knipste die Tischlampe an, setzte sich an den Schreibtisch. Öffnete »Was tun?«. Er mußte daran denken, wie die Mutter hin und wieder eine Fastenzeit einlegte, sich auf Diät setzte und drei Tage hintereinander ungesalzenen Reis aß. Und um dieses Essen irgendwie hinunterzuwürgen, redete sie sich zu: »Na und? Sehr schmackhaft. Kann man durchaus essen.« Djuk würgte die Träume von Vera Pawlowna hinunter und redete sich gut zu: »Na und? Sehr interessant . . .« Aber interessant wurde es davon nicht. Er langweilte sich wie früher. Er konnte sich nur nicht erlauben, die Einsen umsonst hinzunehmen. Gratis, wie Serjosha zu sagen pflegte.

Umsonst konnte er nur Vieren hinnehmen.

NICHTS VON BELANG

Margarita Poludnewa ist ein glücklicher Mensch.

Einmal zum Beispiel, in der vierten Klasse, verliebte sich der Nachbarjunge Wowka Korsakow in sie. Er wollte auf sich aufmerksam machen und warf von der fünften Etage ein gußeisernes Bügeleisen auf sie herunter, doch das Bügeleisen schlug elf Zentimeter neben ihrem Fuß auf. Das Schicksal verfehlte sie um elf Zentimeter. Margarita zog gerade ihren heruntergerutschten Strumpf zurecht. Sie hob den Kopf, sah Wowka am Fenster, sagte: »Ach, du bist's . . .«, und schlenderte mit ihrer zweizipfligen blauen Samtkapuze weiter. Sie nahm es Wowka nicht krumm. Das war so ihr Charakter. Hätte er sie erschlagen oder verstümmelt, wäre das ein Grund gewesen. Aber so – warum wegen etwas grollen, was gar nicht passiert war.

Damals also, neben dem Brennholzstapel, blieb Margarita unversehrt. Sie wuchs heran, absolvierte die Schule und ging ans Schiffbauinstitut. Mit siebzehn verliebte sie sich in einen Araber mit dem prachtvollen Namen Bedr Eldin Maria Mohammed. Zwei Monate nach ihrer Bekanntschaft kehrte Maria Mohammed zu seinem Harem zurück. Die komplizierte Lage erlaubte es ihm nicht länger, in Leningrad zu bleiben, er mußte zurück in die Vereinigte Arabische Republik. Von Bedr blieb ihr der Name Margo anstatt Rita. Und das Söhnchen Saschka mit den schwarzen Augen und dem hellbraunen Haar, was im Grunde ein Glück war – es hätte ja auch gar nichts zurückbleiben können.

Offiziell galt Margo als alleinstehende Mutter, obwohl es richtiger unverheiratete Mutter heißen müßte. Wenn eine Frau ein Kind hat, noch dazu ein so hübsches und vollwertiges wie Saschka, ist sie nicht mehr allein.

Abgesehen von allem anderen hatte Bedr Eldin Margo beigebracht, mit Pflanzenöl und Zitrone beträufelte Kartoffeln zu essen – das war schmackhaft und billig. Bei Lichte besehen hatte Bedr ihr also ziemlich viel Nutzen gebracht. Mehr als Schaden. Hinzu kam, daß er ihr bewußt genutzt und unbewußt geschadet hatte. Schließlich konnte er ja nicht auf die komplizierten internationalen Beziehungen Einfluß nehmen. Die Liebe ist machtlos vor der Politik. Wahrscheinlich weil die Liebe nur zwei Menschen betrifft und die Politik viele.

Die Zeit verstrich. Saschka wuchs heran und besuchte bereits eine Internatsschule. Sonnabends und sonntags holte Margo ihn heim. Sie arbeitete in einem Konstruktionsbüro und harrte ihres Glücks. Dabei lebte sie nicht einfach in der vagen Hoffnung, sondern in ständiger Bereitschaft, ihrem Glück zu begegnen und es freudig anzunehmen, ohne ihm die Verspätung, das so lange Ausbleiben, zu verübeln.

Eines Tages erschien das Glück in Gestalt eines russifizierten Armeniers namens Gena. »Schon wieder«, meinten die Freundinnen und nannten Margo eine Spezialistin für den Mittleren und den Nahen Osten. Für sie waren Gena und Bedr ein und dasselbe. Obwohl sie nur die Haarfarbe gemein hatte.

Zu Genas Ehre sei gesagt, daß er nicht die Absicht hatte, Margo zu betrügen. Gleich am ersten Tag teilte er ihr mit, daß er sie nicht liebe und daß ihm nichts Dauerhaftes vorschwebe. Sein Herz sei von einer anderen Frau belegt, jedoch seien ihre Beziehungen vorübergehend getrübt. Gena studierte am Konservatorium das Fach Holzblasinstrumente. Seine gestörte Liebe bezeichnete er im Musikerjargon als das Hauptthema seines Lebens. Margo sei so etwas wie ein Nebenpart und sein ganzes Leben eine ekstatische sinfonische Tondichtung.

Gena war irgendwie indolent, so als wäre er überhaupt kein Armenier. Er erkältete sich dauernd und hustete wie durch ein Rohr. Offenbar war ihm das feuchte Leningrader Klima nicht zuträglich. Leningrad, so sagte er, sei auf Sumpfboden errichtet, und niemals könne er hier warm werden. Margo strickte ihm mollige Sachen, kochte heiße Suppen und ging mit ihm spazieren. Wenn sie durch die Straßen schlenderten, führte nicht er sie am Arm, sondern sie ihn, wobei sie seine zarten, laschen Finger in ihrer Hand hielt. Ab und zu blieben sie stehen und küßten sich. Das war wunderbar.

Das Hauptthema verflocht sich harmonisch mit dem Nebenpart. In der Musik nennt man das Polyphonie.

Margo verstand es, dem Augenblick zu leben, an die Zukunft dachte sie nicht. Gena hingegen neigte zur Selbstanalyse. Er sagte, nur die primitivsten Mikroorganismen vom Typ der Pantoffeltierchen vermehrten sich durch einfache Teilung und scherten sich um nichts. Der Mensch aber sei darum ein Mensch, damit er sein Leben plane und sein Schicksal in die Hand nehme.

So planten sie also. Sie hatten vor, mit den Starostins aus dem Konstruktionsbüro Urlaub zu machen. Sie wollten nach Gagra und fanden sich ganz woanders wieder: Gena im Grab und Margo im Krankenhaus.

Margo erinnerte sich, wie sie auf den Autobahnring gefahren waren. Sina Starostina hatte den Sender »Majak« eingeschaltet, die Stimme der Pjeclha sang die alte Walzermelodie »Donau du«. Starostin hatte sich umgewandt und gesagt: »Die Tür scheppert.« Er meinte die hintere rechte Tür neben Margo.

»Fahr schneller!« sagte Gena.

Der Zeiger sprang auf hundertzwanzig, der Wagen riß sich förmlich von der Erde los, das Holpern der Räder war nicht mehr zu spüren. Margo sah Gena an, ertastete seine kühle Hand auf dem Sitz, preßte seine Finger und sagte unter Tränen: »Ich bin glücklich.«

Das war das letzte, was sie empfand – Glück.

Dann war da eine Gedächtnislücke und dann die Stimme des Chirurgen: »Ein Glückspilz. Im Hemd geboren.«

Diesmal bestand Margos Glück darin, daß sie durch die nicht fest verschlossene Tür herausgeschleudert worden und mit einem Milzriß davongekommen war, während alle anderen tödlich verunglückt waren.

Wenn man beim Menschen die Milz entfernt, übernimmt das Knochenmark die blutbildende Funktion, so daß man ohne Milz leben kann wie zuvor und keinen Unterschied spürt. Es hätte ja auch beispielsweise ein Leber- oder Herzriß sein können. Oder aber die Tür hätte gut verschlossen sein können.

Margo kam im Krankenhaus wieder zu sich, als man sie in den Operationssaal fuhr. Sie war völlig gefühllos, empfand weder Angst noch Gram. Sie wunderte sich nicht einmal. Darin besteht offenbar die Abwehrfunktion der Psyche. Hätte Margo das volle Ausmaß dessen, was mit ihr geschehen war, begriffen und empfunden, sie wäre gewiß an seelischer Zerrüttung zugrunde gegangen. Doch ihr war alles einerlei. Sie hatte nur eine Sorge: Wohin mit den

Armen – sollte sie sie am Körper ausstrecken oder von der Trage hängen lassen? Schließlich verschränkte sie die Hände auf der Brust wie eine im Herrn Entschlafene, und der diensthabende Chirurg Iwan Petrowitsch bedeckte ihre gekreuzten Hände mit seiner großen Handfläche. Sie war warm, ihre Hände dagegen kalt, weil durch die innere Blutung der Kreislauf zusammengebrochen war, sie starb im wahrsten Sinne des Wortes ab, indem sie von den Armen und Beinen her erkaltete.

Iwan Petrowitsch ging neben Margo her und blickte sie unverwandt an, beobachtete sie mit den Augen des Arztes oder bemitleidete sie einfach – immerhin war sie jung und hübsch. Und selbst wenn sie nicht jung und hübsch gewesen wäre – wann immer der Tod kommen mag, es ist immer zu früh.

Im Operationssaal beugte sich Iwan Petrowitsch über sie. Sie sah aus der Nähe seine blauen Augen und den blonden Bart, der mit irgendwelchen wunderbaren Shampoos gewaschen war, denn jedes Härchen glänzte und duftete zart. Margo spürte plötzlich durch die stumpfe Gleichgültigkeit hindurch, daß sie nicht sterben würde, weil das Leben sie lockte. Und sie begriff noch, daß sie selbst vor dem Tod an Liebe dachte.

Stunden später erwachte Margo auf der Wachstation. In Nase und Bauch steckten irgendwelche Schläuche. Sie begriff, daß sie lebte, was sie weder freute noch verdroß. Ihr war alles einerlei.

Von Zeit zu Zeit traten Schwestern an ihr Bett und verabreichten ihr Spritzen mit Narkotika und Schlafmitteln. Infolgedessen schlief sie oder war benommen. Hin und wieder öffnete sie die Augen und sah über sich Iwan Petrowitsch, doch selbst das ließ sie gleichgültig.

Einmal erwachte sie nachts und hörte, wie eine Schwester zu einer anderen sagte, daß die Operation mißglückt sei, da Iwan Petrowitsch versehentlich ein sehr wichtiges Gefäß durchtrennt habe, so daß ein Spezialistenteam hinzugezogen werden mußte. Fünf Stunden lang hätten sie dieses wichtige Gefäß in Filigranarbeit geflickt, und wie das Ganze ausginge, sei völlig ungewiß. Die Angehörigen könnten Iwan Petrowitsch vor Gericht bringen, und er käme ins Gefängnis, falls Margo stürbe.

Margo dachte daran, daß sie außer Bedr Eldin keine Angehörigen hatte, sie war seit dem dreizehnten Lebensjahr Waise. Die befreundeten Starostins gab es auch nicht mehr. Also würde auch niemand Anklage erheben, und das mußte sie den Chirurgen wissen lassen.

Am Morgen kam Iwan Petrowitsch und kontrollierte die Schläuche, die aus Margos Leib ragten, wie wohlgeordnete Blumen aus einer modernen Vase. Dann stellte er Moosbeersaft auf ihr Nachtschränkchen und ordnete an, zwei Löffel davon zu schlucken. Er führte das Löffelchen an ihren Mund und schürzte dabei selbst die Lippen. So füttern Mütter ihre kleinen Kinder.

Danach ließ er sich von der Schwester eine Peroxydlösung und Wattetampons geben und machte sich daran, vorsichtig die Spuren des geronnenen Blutes abzuwaschen, ohne die Schläuche zu berühren. Iwan Petrowitsch war Chirurg und nicht Pfleger, diese Prozedur gehörte überhaupt nicht zu seinen Obliegenheiten. Doch er konnte Margo nicht fremden, gleichgültigen Händen anvertrauen.

Margo lächelte leicht, als wolle sie ihm zu verstehen geben: Macht nichts, wir kommen schon durch! Er lächelte zurück, doch das Lächeln geriet zu einer Grimasse, und Tränen traten ihm in die Augen. Margo wunderte sich, ihretwegen hatte schon lange keiner mehr geweint, ja im Grunde hatte das bisher noch niemand getan, höchstens Saschka, aber auch der nur, wenn sie ihm etwas verboten hatte. Margo blickte in Iwan Petrowitschs bekümmertes

Gesicht, und plötzlich sorgte sie sich überhaupt nicht mehr um ihren Leib. Sie war sogar bereit, Arme und Beine zu opfern, sollte er sie ruhig amputieren – nur so danebensitzen müßte er dann und um sie weinen.

Am nächsten Tag bat Margo die Schwester um einen Spiegel. Es fand sich keiner, und so brachte die Schwester ihre Puderdose, auf deren Deckel »Elena« stand. Margo erblickte in dem runden Glas ihr Gesicht. Es war nicht blaß, sondern bläulich-fahl, wie ein verblichener Kissenbezug, und nicht nur schmal, sondern einfach Haut und Knochen. Das stand ihr sehr. Es verlieh ihr die Züge einer Heiligen. Sie entdeckte noch, daß sich Kinn und Nasenspitze schälten. Sie sann nach, was das zu bedeuten hätte, und erinnerte sich, daß sie sich am Vorabend der Reise mit Gena geküßt hatte. Gena war unrasiert gewesen, und seine Wangen hatten gekratzt wie ein Reibeisen. Zum erstenmal wurde ihr bewußt, daß es ihn nicht mehr gab. Die Spuren seiner Küsse waren noch nicht von ihrem Gesicht verschwunden, doch ihn selbst gab es nicht mehr.

Zum erstenmal während der ganzen Zeit weinte Margo und konnte sich dabei nicht einmal ins Kissen vergraben, weil sie nur auf dem Rücken zu liegen vermochte. Die Schwester trat zu ihr und sagte, daß sie unter keinen Umständen weinen dürfe, weil ihr das schade. Als Margo erwiderte, daß sie es nicht unterdrücken könne, lief die Schwester zum Telefon und rief Iwan Petrowitsch. Dieser erschien buchstäblich binnen zwei Minuten und wies die Schwester an, Margo nicht am Weinen zu hindern, sie solle tun, wonach ihr zumute sei.

Die Schwester entfernte sich gekränkt, da man sie in Gegenwart einer Kranken zurechtgewiesen hatte. Die Patienten standen nämlich in der Rangordnung des Krankenhauses unter den Schwestern und selbst unter den Pflegerinnen. Iwan Petrowitsch holte sich einen niedrigen

Schemel und ließ sich, weit vorgebeugt, neben Margo nieder. Ihre Gesichter waren etwa auf gleicher Höhe. Er nahm Margos Hände in die seinen und hauchte auf ihre Finger, als wären ihre Hände erfrorene Vögelchen, die er mit seinem Atem wärmte. Er schien sich über Margos Tränen zu freuen. Es war die erste Gefühlsregung, die Margo während der ganzen Zeit zeigte. Sie bedeutete Rückkehr zum Leben.

Er hauchte auf ihre Hände, die er dicht vor seine Lippen hielt, und sah sie mit einem Blick an, als wolle er einen Teil der Leiden von ihr nehmen und sich selbst aufbürden. Und ihr wurde wirklich wärmer von seinem Atem und leichter von seinem Blick. Sie wünschte, daß er immer so bei ihr säße.

Zwei Wochen später zog man die Schläuche heraus und ordnete Röntgenaufnahmen an.

Die fahrbaren Tragen waren aus irgendeinem Grunde alle belegt. Das heißt, nicht aus irgendeinem Grund, sondern weil sie gebraucht wurden. In diesem Krankenhaus herrschte eine eigene Ordnung: Niemals war verfügbar, was gerade gebraucht wurde, und das Vorhandene wurde nicht benötigt. Zum Beispiel Füllhaltertinte. Iwan Petrowitsch verwendete eine Tageshälfte für Operationen und die andere für die Beschreibung dieser Operationen. Wem nutzte eigentlich diese Schreibarbeit? Dem Arzt und dem Patienten jedenfalls nicht. Vielleicht den Archiven. Irgendwann einmal, viele Generationen später, werden die Nachkommen eine Vorstellung vom Stand der Medizin Ende des zwanzigsten Jahrhunderts haben. Iwan Petrowitsch verschwendete also den halben Tag für die Nachkommen. Dabei brauchten die Zeitgenossen seine Arbeitskraft weit dringlicher.

Tragen waren also nicht verfügbar, und so nahm Iwan

Petrowitsch Margo auf die Arme. Der Röntgenraum befand sich zwei Etagen tiefer. Iwan Petrowitsch trug Margo zuerst durch den ganzen Korridor, dann über zwei Treppenfluchten nach unten. Sie fürchtete, er könne sie fallen lassen, und alle ihre Nähte, die inneren und äußeren, würden platzen. Sie umklammerte fest seinen Hals, spürte den feinen Duft seines Schnurrbartes und seines Backenbartes. Ein solches oder ein ähnliches Gefühl hatte sie einmal in einem Kurort im Hochgebirge empfunden, als sie mit der Drahtseilbahn auf einen Gipfel gefahren war. Unter den Füßen ein Abgrund, man schaukelt zwischen Himmel und Erde und bekommt kaum Luft vor Angst und Glück.

»Atme mir nicht ins Ohr«, bat er, »es kitzelt. Ich laß dich sonst fallen.«

»Macht nichts«, erwiderte sie. »Wenn Sie mich fallen lassen, müssen Sie mich wieder zusammenflicken.«

Der Weg wollte kein Ende nehmen, er führte nicht ins Röntgenzimmer, sondern in die Ewigkeit. Auf Gottes Armen.

Keiner hatte sie jemals zuvor auf Händen getragen. Es sei denn die Eltern, in der Kindheit.

Von diesem Tag an begann Margo auf ihn zu warten. Sie lebte von Visite zu Visite. Sie schlief mit dem Gedanken ein, daß sie ihn morgen wiedersehen würde, und erwachte mit einem Glücksgefühl – bald würde sich die Tür öffnen, sie würde sein Gesicht sehen, seine Stimme hören.

Margo ertappte sich dabei, wie sie seine Sprechweise nachahmte und seinen Gesichtsausdruck annahm. Sie sah sich nicht im Spiegel, aber bildete sich ein, ihm mit dieser Miene zu ähneln. So kündigt sich die Liebe an, wenn ein »Ich« mit dem zweiten »Ich« identisch wird. Margos »Ich« wollte nicht mehr für sich existieren, wurde ein Teil von Iwan Petrowitschs »Ich«.

Jeden Morgen kam er, halb im Laufschritt, ins Krankenzimmer, und mit ihm kehrte das Leben ein. Aus Margos Augen sprühte das Glück wie Wasserfontänen beim Wal. Er setzte sich zu ihr auf den Bettrand und wurde selber glücklich, weil er in die Klimazone einer jungen Liebe geraten war, weil es Margo besser ging und sie irgendwie sein Kind war.

Sie war glücklich. Ihr Herz flatterte auf wie ein Vogel, den er erwärmt hatte, und aus der Höhe kamen ihr die Schwierigkeiten und selbst der physische Schmerz geringer vor.

Die Patienten und die Schwestern wunderten sich über die Diskrepanz zwischen ihrer Stimmung und der Schwere der Krankheit. Ihre Bettnachbarin Alewtina mit der Gallenblase war der Ansicht, die lange Narkose habe in Margos Hirn Spuren hinterlassen, sie habe offenbar »nicht mehr alle beisammen«. Andere wieder dachten, Margo verfüge über eine außergewöhnliche Willenskraft. Doch Margo besaß weder Kraft noch Willen. Sie war einfach glücklich, weil sie ihren behandelnden Arzt Iwan Petrowitsch liebte wie niemanden zuvor. Das war natürlich Verrat an Gena. Doch sie war seiner Indifferenz müde. Es war immer, als erwiese er ihr allein mit seiner Anwesenheit einen Gefallen. Margo hatte ihn ständig unterhalten und war sich wie eine Kinderfrau vorgekommen, die vor einem kapriziösen Kind herumtänzelt und klatscht, damit es ein Löffelchen Brei ißt. Das Kind indes sieht mürrisch und mißtrauisch drein, stößt den Löffel weg, und der Brei klatscht der Kinderfrau als feuchter Klecks ins Gesicht.

Sie hatte die selbstaufopfernde Liebe satt, die Opfer-Liebe – sie brauchte die *Mitleid*-Liebe. Iwan Petrowitsch bemitleidete sie. Er hatte ihr mit dem Löffel Flüssigkeit eingeflößt, sie getragen. Geweint. Selbst wenn er damit sich rettete, so rettete er sie doch auch. Ihre Interessen trafen sich also. Liebe ist ja ein Zusammentreffen der Interessen.

Iwan Petrowitsch hinderte Margo nicht an ihrer Liebe. Sie konnte ihn nach Herzenslust lieben. Er hinderte sie deshalb nicht, weil er nichts davon wußte.

Die Bettnachbarin Alewtina stopfte Margo mit Vitaminen voll. Alewtina bekam mehrmals täglich Besuch, mit ihren Gaben hätte man die ganze Station durchfüttern können. Als Gesprächspartnerin war sie langweilig, weil sie nur von ihrer Krankheit erfüllt war und ausschließlich über ihre Gallenblase redete. Sie vertiefte sich in ihre Atmung, ihre Verdauung, und bei jedem Bissen von einem ihrer Supernahrungsmittel tauchte sie zusammen mit dem Happen in die Speiseröhre, begleitete ihn bis zum Magen und lauschte, wie dort die Magensäfte zu wirken begannen und der Happen bearbeitet und gewälzt wurde wie eine Jacke in der Trommel der chemischen Reinigung. Selbst ihr Gesichtsausdruck wurde leibähnlich. Sie liebte niemanden mehr als sich, und so war sie ausschließlich damit beschäftigt, ihre Lebensfunktionen zu beobachten und zu unterstützen.

Das Leben im Krankenhaus ging seinen Gang. Aus den Nachbarzimmern drang Gelächter. Die Patienten machten sich über ihre Leiden, über ihre Hilflosigkeit und übereinander lustig. Die Gesunden kamen zu Besuch und weinten. Doch die Kranken ließen sich ihren Humor nicht nehmen, weil Lachen ein Mittel ist, am Leben zu bleiben.

An einem trüben Tag betrat Iwan Petrowitsch das Zimmer, schmuck und feierlich wie ein Bräutigam. Unter dem Kittel lugten ein gestärktes Hemd und ein Schlips hervor. Er streckte Margo die Hand hin und sagte: »Ich bitte sehr.«

Er bat sie aufzustehen, doch Margo hatte Bange, sich auf die Füße zu stellen. Während der Krankheit und der Nachbarschaft mit Alewtina hatte sie ihre Liebe zum Leben entdeckt und zitterte nun um ihre zerbrechliche Existenz.

»Ich habe Angst«, bekannte sie.

Nach dem Unfall hatte ein Gefühl der Unsicherheit und Instabilität von ihr Besitz ergriffen, als wäre ihr Leben eine leere Schale. Bestimmt würde einer drauf treten, und – knacks! – nicht einmal ein feuchter Fleck würde übrigbleiben.

»Ich habe Angst«, wiederholte sie.

»Und mein Arm?«

Margo blickte auf seinen starken, angewinkelten Arm, dem zusätzliche Kraft innezuwohnen schien. Sie legte ihre Hand darauf, die dürr waren wie ein Zypressenzweig, und erhob sich.

»Stehst du?« fragte er.

»Ja«, sagte Margo.

»Jetzt geh.«

Sie tat einen Schritt. Dann den nächsten. Er tat neben ihr ebenfalls einen Schritt. Dann den nächsten. Sie schritten durchs Zimmer und betraten den Korridor.

Eine Schwester in Weiß bewegte ein Wägelchen mit Medikamenten, unterstützt von einem dunkelhäutigen Kubaner, von dessen schwarzem Gesicht sich helle Leukoplaststreifen abhoben. Er lag eine Etage höher in der Männerabteilung, kam aber jeden Tag herunter, weil er die Gesellschaft der Schwester suchte.

Der Fußboden im Korridor war glatt und kalt. Margo bewegte sich wie auf Eis. Sie war im Nu erschöpft, große Schweißtropfen traten ihr auf die Stirn. Ihr schien, daß dieser Zustand sich nie mehr ändern würde. Nie mehr würde sie einfach gehen können wie früher, ohne Anstrengung, ohne jeden Schritt überlegen zu müssen.

In den Morgenrock hätte Margo viermal hineingepaßt. Sie war blaß, abgemagert, ausgezehrt. Iwan Petrowitsch aber sah sie an und konnte kaum das Glücksgefühl verbergen, das sich über sein Gesicht breitete. Er sah sie an, wie es noch niemand getan hatte, es sei denn Mutter oder Vater, als sie klein war und laufen lernte. Doch das war lange her, falls es das überhaupt gegeben hatte, denn sie erinnerte sich an nichts.

Seit diesem Tag begann Margo im Zimmer umherzuwandern, anfangs völlig gekrümmt, die Hände auf den Bauch gepreßt, dann leicht gebeugt und schließlich fast aufrecht. Verblüffend, mit welcher Vehemenz sich der junge Organismus regenerierte. Margo stand am Fenster, sah auf die Straße und merkte, wie, gleich den Säften der Erde im Stamm, die Kräfte in ihr aufstiegen.

Draußen war bereits November und Schneematsch. Leute in dunkler Kleidung strebten vorwärts, und sie war wunschlos glücklich, weil sie lebte und weil sie verliebt war wie nie zuvor.

In dem Maße, in dem Margo genas, verlor Iwan Petrowitsch das Interesse an ihr – anfangs zu sechzig Prozent, später gar zu neunzig. Er betrachtete flüchtig die Naht, konstatierte, daß die erste Verheilungsphase eingetreten sei, und nannte sie ein Prachtmädchen. Er tippte ihr mit dem Finger auf die Nase, wie auf einen Klingelknopf, und lief geschäftig weiter. Andere Frischoperierte harrten seiner.

Iwan Petrowitsch Korolkow galt als der beste Chirurg der Abteilung, man überließ ihm die schwersten Fälle.

Margo lauerte ihm im Korridor auf. Er erschien, machte eine grüßende Geste zu ihr hin und schritt weiter. Ihm folgten die Praktikanten wie die Suite ihrem Heerführer.

In der Abteilung arbeiteten noch zwei weitere Chirurgen – Anastassjew und Raissa Fjodorowna. Anastassjew war ein guter Fachmann, aber nicht gerade ein Ausbund an Liebenswürdigkeit. Fragte ihn beispielsweise ein Patient vor der Operation kleinlaut: »Geht's nicht vielleicht ohne

Eingriff?«, so gab er zurück: »Es geht, aber dann sterben Sie.« Erbaten Angehörige irgendwelche Auskünfte, fragte er seinerseits: »Sind Sie Arzt?« Wurde verneint, sagte er: »Wozu soll ich Ihnen dann Vorlesungen halten? Sie haben ja doch keine Ahnung!« Er hatte eine ganze Palette solcher Antworten parat und brachte sie mit Befriedigung an, wo er konnte. Was Angehörige oder Patienten dabei empfanden, berührte ihn nicht.

Er operierte gut, doch ein Dankeschön von entlassenen Patienten bekam er so gut wie nie zu hören. Darüber wunderte er sich jedesmal.

Anastassjew und Korolkow mochten einander nicht, sie verhielten sich zueinander wie zwei Primadonnen an ein und demselben Theater. Anastassjew – so glaubte Margo jedenfalls – schien geradezu enttäuscht darüber zu sein, daß sie genas und auf dem Korridor spazierte wie der Schatten längst vergessener Ahnen. Natürlich ließ er sich das nicht anmerken, doch sie erriet seine Gedanken an seinem flüchtigen Blick.

Der dritte Chirurg, Raissa Fjodorowna, war eine liebe Frau, obgleich es unerklärlich war, weshalb sie in der Chirurgie arbeitete und nicht in der Aufnahme oder in der Küche. Ihre Patienten überlebten nur durch Zufall, nicht dank, sondern trotz Raissas Einmischung. Es hieß, sie habe die Stelle nur durch Beziehungen erhalten und sei unkündbar, es sei denn, man hätte zuvor den hohen Gönner von seinem Sockel gestürzt. Margo träumte davon, besagter Wohltäter würde einmal als Notfall ins Krankenhaus eingeliefert und fiele in Raissas Hände, dann träfen Schuld und Sühne zusammen, und für einige Zeit wäre das moralische Gleichgewicht wieder gewahrt. Leider aber hatte der große Unbekannte andere Ärzte, an Raissa konnte er nicht geraten.

Bald wurde Margo in ein Zimmer für Genesende verlegt

und unterstand somit Raissa. Sie erschien zur Visite und untersuchte sie, wobei sie mit harten Fingern schmerzhaft auf Margos Bauch drückte und angeekelt das Gesicht verzog. Anschließend ging sie zum Waschbecken und wusch sich die Hände lange mit einer Karbollösung, um die Spuren der fremden Krankheit abzuspülen. Margo blickte auf ihren Rücken, und es kam ihr vor, als sei der Mensch ein aufgerichtetes Tier. Man hatte es aufgerichtet und auf den Hinterpfoten stehen lassen.

Als Raissa das Zimmer verließ, sah sich Margo plötzlich mit deren Augen – eine blutlose, schlecht verdienende, alleinstehende Mutter, halb invalide, elternlos und sogar ohne Liebhaber. Sie barg das Gesicht ins Kissen und weinte. Nun hatte sie die Möglichkeit, dies unbemerkt zu tun. Sie zog sich die Decke über den Kopf, und niemand sah ihre Tränen. Und überhaupt, es war ihre Privatangelegenheit. Sie genoß nicht mehr das Privileg einer Schwerkranken, sie war eine gewöhnliche stationäre Patientin. Wie jemand, der seinen Ruhm eingebüßt hat, weinte sie bis in die Nacht, so lange, bis sie begriff, daß sie nichts ändern konnte, auch nicht durch Tränen. Sie durfte nicht leiden, dulden, wie die Yogas es lehren, sondern mußte einen Ausweg suchen, und ihr wurde klar, daß dieser Ausweg durch das Krankenhaustor führte. Sie mußte heraus und ihrer Wege gehen. Nur auf sich selbst durfte sie sich verlassen, nicht einmal auf Saschka, denn Kinder sind bekanntlich undankbar.

Es war Nacht. Raissa hatte Dienst.

Margo trat an ihren Tisch, setzte sich auf den weißen Schemel. Raissa schrieb eine Krankengeschichte. Sie hatte eine wunderschöne Schrift, die reinste Kalligraphie. Im Paßbüro müßte sie arbeiten. Ausweise beschriften. Oder Belobigungsurkunden. Jedenfalls würden sich die Nachkommen nicht mit den Schnörkeln abquälen müssen und den Verlauf der von Raissa durchgeführten Operationen leicht nachvollziehen können.

»Entlassen Sie mich«, bat Margo.

»Hast es wohl satt?« fragte Raissa und blätterte in dem bläulichen Anamnesebogen.

»Das ist es nicht. Hier hat man's gut«, wich Margo aus.

»Hier hat man's sehr gut«, bestätigte Raissa finster. »Einfach phantastisch. Monte Carlo. Roulette.«

Offenbar hatte jemand Raissa beleidigt oder gar bitter gekränkt. Aber es war nicht üblich, mit Patienten über so etwas zu sprechen.

»Waschen Sie nicht gleich Wäsche, und tragen Sie keine Lasten. Nicht mehr als zwei Kilogramm. Mit wem leben Sie?«

»Mit der Familie«, antwortete Margo.

Im Korridor lag eine alte Frau mit einem Leib wie ein Luftschiff. Margo sah sie an und dachte, daß man der Kranken tags darauf ihr Bett zuweisen würde.

Am nächsten Tag rief Margo ihre Arbeitsstelle an und bat um Wintersachen. Aber nicht von dort kam sie jemand abholen, sondern es erschien die Mutter von Sina Starostina, Natalja Trofimowna, Natali, wie Sina sie genannt hatte. Sie war eine dickleibige Alte von hundertfünfzig Kilo mit einem rührenden Hang, die Dame von Welt zu spielen. Sie stand unten mit einem prall gefüllten Netz und wartete.

Margo stieg im Morgenmantel die Treppe hinunter und hielt sich am Geländer fest. Einmal strauchelte sie leicht, fing sich aber und konnte sich sekundenlang nicht zum Weitergehen entschließen.

Bei Margos Anblick heulte Natali so laut, daß alle stehenblieben. Von den oberen Etagen beugten sich Neugierige herunter.

Margo wußte nicht, was sie tun, wie sie Natali trösten sollte. Es sah aus, als hätte sie sich schuldig gemacht, indem sie am Leben geblieben war, obwohl ja auch sie hätte sterben können, zweimal sogar, unterwegs und während der Operation. Aber sie lebte und stand da, während es Sina nicht mehr gab. Es hätte ja auch umgekehrt kommen können, wenn Sina nicht neben ihrem Mann, sondern an Margos Platz gesessen hätte.

Margo hüllte sich schweigend und schuldbewußt in ihren abgewetzten Schafpelz, den sie schon erworben hatte, bevor Schafpelze in Mode gekommen waren. Sie wechselte Kleidung, Schuhwerk, hakte sich bei Natali ein und führte sie aus dem Krankenhaus.

Sie gingen über den Hof. Die Luft war feucht und durchdringend frisch. Natali war entkräftet vom Heulen, sie hing förmlich an Margo, die darauf gefaßt war, daß alle ihre Nähte platzten. Sie durfte ein Gewicht von zwei Kilo tragen, Natali aber wog hundertfünfzig. Siebzigfache Überbelastung. Doch Margo hatte mit sich kein Erbarmen. Ihr Herz war von einer großen Höhe abgestürzt und lag bewußtlos da. Ihm war es gleich, was mit dem Körper geschah.

Margo war so beschaffen, daß sie an sich nur in Verbindung mit einem anderen Menschen denken konnte. Denn was ist schon ein einzelner Mensch? Eine klägliche Hälfte, unfähig, seinesgleichen zu reproduzieren.

Wenn Iwan Petrowitsch Korolkow Fragebogen ausfüllte, trug er ein: Russe, Angestellter, geboren 1935. Er war früh eingeschult worden, noch nicht siebenjährig, und war der Jüngste in der Klasse gewesen, dann der Jüngste im Studienjahr und dann auch im Krankenhaus. So hielt er sich so lange für jung, bis er feststellte, daß nach ihm bereits zwei Generationen nachgewachsen waren.

Iwan Petrowitsch bezog ein Monatsgehalt von hundertachtzig Rubeln. Er hatte ein unsymptomatisches Magengeschwür. Seine Tochter Xenia war fünfzehn. Seine Frau Nadeshda einundfünfzig. Sie war um zehn Jahre älter. Früher, in jungen Jahren, war das sehr aufgefallen, aber auch jetzt war es nicht zu übersehen. Korolkow war hager, subtil, Nadeshda massig, breit wie eine Schlafcouch, die hochkant steht.

Nadeshda leitete eine Abendschule. Er hatte sie in Toropza, Gebiet *Welikoluksk*, kennengelernt, wo er sein Praktikum geleistet hatte. Er leitete das Krankenhaus, sie die Schule. Abends, wenn man nicht wußte wohin, kam er zu ihr. Sie tranken Selbstgebrannten und sangen zur Gitarre, und das so schön, daß die Leute unterm Fenster stehenblieben und lauschten. Im Ergebnis dieser Sangesfreuden erwies sich Nadeshda als schwanger. Sie waren beide jung, doch auf verschiedene Art – Nadeshdas Jugend ging zur Neige, die seine stand am Beginn.

Nadeshda hatte den Charakter des jungen Arztes genau einkalkuliert. Er bestand aus zwei Komponenten: Gewissenhaftigkeit plus Trägheit.

Seiner Trägheit war sie so gut wie sicher. Er würde so lange kommen und sie besuchen, trinken und singen, bis die Zeit des Praktikums abgelaufen war. Dann würde er abreisen und nur noch Neujahrskarten schicken. Oder auch nicht.

Die Praktikantenzeit näherte sich dem Ende. Vor ihm lag Leningrad, er hatte eine abgeschlossene Ausbildung in der Tasche, war sechsundzwanzig und hatte das ganze Leben noch vor sich. Nadeshda zu heiraten, kam ihm nicht einmal in den Sinn. Sie jedoch schwanger sitzenlassen, das wäre peinlich gewesen: Die Stadt war klein, alles lag offen zutage. Hätte Nadeshda Forderungen gestellt und ihm Vorwürfe gemacht, hätte sie gesagt, er sei verpflichtet, so hätte er sich einfach schweigend angezogen und wäre abgereist. Doch sie hielt die Kehle hin wie ein Hund bei einem ungleichen Kampf. Und er war außerstande zuzubeißen.

Mit dunklem Schamgefühl erinnerte er sich, wie er sie zu überreden suchte, das Kind nicht auszutragen. Sie waren abends die Straße entlanggegangen, vorn ragte die Mauer des noch im Bau befindlichen Klubs auf.

»Wenn du es austrägst, renn ich mir den Schädel an der Mauer ein«, hatte er gedroht.

»Nur zu!«

Korolkow nahm Anlauf, warf sich gegen die Mauer und verlor das Bewußtsein. Als er zu sich kam, saß Nadeshda mit kummervollem, langgezogenem Schafsgesicht über ihn gebeugt.

Korolkow hatte ja nichts an ihr auszusetzen außer einem: Sie war nicht *die Richtige*. Aber sie wollte die Stelle der *Richtigen* einnehmen. Wollte ihm die sechsundzwanzig Jahre und alles, was vor ihm lag, rauben.

Ein halbes Jahr darauf wurde ein Mädchen mit einer Hüftgelenkdysplasie geboren, man legte ihr einen unkomplizierten Apparat an, genannt Spreize. In der ersten Zeit konnte sich die Kleine nicht an die Spreize gewöhnen und schrie von morgens bis abends und von abends bis morgens. Sie trugen sie abwechselnd auf dem Arm durch das kleine Zimmer. Einmal, im Morgengrauen, schlief das Kind ein. Er sah, wie sich sein kleines Gesichtchen mit dem Ausdruck von Hilflosigkeit im Dämmerlicht abzeichnete, sah das spätzchenhaft kurze Näschen, und da spürte er, wie seine Gewissenhaftigkeit zum Durchbruch kam, Blüten trieb und nicht nur im Herzen, sondern auch im Hirn und den Kapillaren Wurzeln schlug. Da wurde ihm klar, daß er nicht ausbrechen würde, daß eben dies sein Leben war.

Seit damals waren fünfzehn Jahre vergangen. In dieser Zeit hatten sich fast die Hälfte aller seiner Freunde und

Bekannten scheiden lassen und wieder verheiratet. Die sich scheiden ließen, hatten das Glück zu zweit gesucht, doch am dauerhaftesten erwies sich der Bund mit der Einsamkeit. Iwan Petrowitsch gewöhnte sich an seine Einsamkeit, liebte sie sogar und wollte sie schon nicht mehr mit dem Glück tauschen. Auch Glück ist Verpflichtung. Man muß etwas dafür tun. Ihm aber reichten die Verpflichtungen gegenüber der Tochter und den Patienten. Ein Chirurg hat wie ein Sportler sein strenges Tagesregime. Er hat immer in Form zu sein. Nadeshda sorgte dafür und forderte nichts für sich. Das Leben war bequem und träge. Sogar ihr Alter war bequem, da keinerlei Überraschungen, keinerlei Betrug zu erwarten waren.

Nadeshda aber begriff immer deutlicher, daß sie alles an ihm einkalkuliert hatte außer der Hauptsache: Wenn einer Partnerschaft keine Liebe zugrunde liegt, wird der Mensch teuflisch. Sie begann, sich – ihr Leben ohne Liebe – zu bedauern. Sie begriff, daß sie ganz normal hätte heiraten und leben können. Doch wer brauchte sie jetzt noch. Natürliche Aussonderung durch das Alter. Wie sehnte sie sich danach, geliebt zu werden. Wie schauderhaft, zu leben und zu wissen, daß man nicht geliebt wird.

Wenn sie des Morgens erwachte, spürte sie die Schlaffheit ihres Gesichts. Trat sie dann an den Spiegel, entdeckte sie ein neues Fältchen, das eine zweite Linie unterm Auge bildete und einem Pfeil glich, der auf das Alter zielte. Und Alter ist Müdigkeit. Altern möchte man mit Würde. Sie aber mußte sich verstellen.

Außerstande, allein mit dem Katzenjammer fertigzuwerden, setzte sie sich ans Telefon und rief ihre Bekannten an.

»Raissa«, sagte sie zur Freundin, wenn diese zu Hause war, »ich bin's. Wollte dich mal anrufen. Die Schwermut macht mir zu schaffen.«

Darauf Raissa: »Wem geht es schon gut?«

Das Ende vom Lied war, daß es niemandem gut ging. Also unterschied sie sich nicht von anderen, und das Leben konnte weitergehen.

Raissa beklagte sich ihrerseits über Ärger im Beruf. Nadeshda pflichtete ihr bei und meinte, alles Übel komme von der unentgeltlichen medizinischen Betreuung. Sie suchten die Ursache nicht bei sich, sondern anderswo, und fanden sie im Nu. Keine von beiden wollte vor sich und vor dem anderen eingestehen, daß sie fehl am Platz waren. Nicht wieder gutzumachen. Ein verpfuschtes, vertanes Leben.

Aber so etwas steht nicht im Fragebogen.

Iwan Petrowitsch ging zu Fuß zur Arbeit. Er war der Ansicht, daß die Hälfte der Krankheiten vom Mangel an Bewegung, von der Erschlaffung der Herzmuskeln herrühren.

Vor fünf Jahren hatte er ein Auto besessen, hatte es aber verkauft. Ein bestimmter Vorfall hatte ihn dazu bewogen.

Xenia war damals neun gewesen. Im Sommer verschickte man sie in ein Lager. Sie bekam Heimweh, weinte viel, wurde schwermütig, aß wenig. Aber sie konnte nirgendwo sonst untergebracht werden. Häufige Besuche machten sich erforderlich. Einmal kam Korolkow an einem Werktag. Das diensthabende Mädchen am Tor fragte: »Sind Sie Xenias Vater?«

Er wunderte sich. »Woher weißt du das?«

»Sie ähneln sich«, sagte das Mädchen.

Xenia erschien. Sie kam recht beherrscht näher, obgleich sie von innen her nur so strahlte. Korolkow betrachtete sie und stellte fest, daß sie der Mutter ähnelte, was ihn jedoch nicht hinderte, sie zu lieben.

»Na, wie geht's dir hier?« fragte er.

»Ganz gut, nur ist keiner lieb zu mir.«

Er führte sie in den Wald, holte aus der Aktentasche frühe Tomaten, die ersten Aprikosen, koste seine Tochter auf eine Woche im voraus. Er küßte der Reihe nach jedes ihrer Fingerchen, streichelte den silbrigen Haarflaum. Sie ließ es ruhig geschehen, weder dankbar noch geringschätzig. Für sie war die väterliche Zärtlichkeit ein gewohnter Zustand wie die Erde unter den Füßen und der Himmel über dem Kopf.

Dann berichtete sie Lagerneuigkeiten: Tags zuvor war der Freundschaftsrat gewählt worden.

»Hat man dich auch gewählt?« fragte Korolkow.

»Ja, aber ich habe abgelehnt«, erwiderte Xenia würdevoll.

»Was?«

»Sanitäter zu sein. Füße vor dem Schlafengehen zu kontrollieren.«

Korolkow registrierte, daß seine Tochter im Kollektiv keine Führerrolle spielte. Eine erblich belastete gewöhnliche, durchschnittliche Ameise.

»Gibt's auch Tanzveranstaltungen?«

»Natürlich, da gehe ich hin«, prahlte Xenia.

»Und fordern die Jungen dich auf?«

»Ja, Valerik fordert mich auf.«

Auf dem Fußballfeld liefen ein paar Jungen hinter dem Ball her.

»Ist er dabei?« fragte Korolkow mit einer Kopfbewegung zum Platz hin.

»Nein, er ist vom Sport befreit.«

Ein Invalide, stellte Korolkow bei sich fest. Auch nicht gerade eine Führerfigur.

Sie sprachen alles durch. Nach zwei Stunden fuhr Korolkow zurück. Der Abend brach gerade herein, die Sonne hatte schon keine Kraft mehr. Die Wegstrecke war unsagbar schön. Korolkow fuhr und genoß die Schönheit, die

Ruhe, die Bewegung und jenen Zustand der Ausgeglichenheit, der ihm das Glück ersetzte.

Die Straße mündete in ein Dörfchen. Von den grauen Holzhäuschen ging die Behaglichkeit eines gesunden, einfachen Lebens aus. Es wäre schön, aus dem Auto zu steigen und für immer hier zu bleiben. Oder jedenfalls den Sommer über. Unter der Bedingung, daß es in der Nähe ein Kreiskrankenhaus gab. Ohne Klinik, das war undenkbar. Plötzlich sah er, wie aus den Gemüsegärten schnurstracks etwas heranfegte, was einem Hund ähnelte, aber kein Hund war, weil Hunde im allgemeinen kein blaugraues Fell haben. Korolkow begriff, daß ein Zusammenprall bevorstand, daß er dieses Etwas mit der Masse des Moskwitsch, multipliziert mit der Geschwindigkeit des Wagens, unausweichlich rammen würde. Er bremste scharf. Das Etwas bremste ebenfalls jäh, blieb am Straßenrand stehen und sah ihn an. Nun erkannte er, daß es doch ein Hund war, der die Nacht zuvor oder vielleicht auch allnächtlich auf einem Kohlehaufen geschlafen hatte, daher die unnatürliche graue Schattierung. Hätte man ihn gebadet, wäre ein weißer Hofhund mit pfiffiger Schnauze und Augen von der Farbe goldig schimmernden Sirups zum Vorschein gekommen. Korolkow prägte sich die Augenfarbe ein, weil ihn der Hund aufmerksam und fragend anblickte, als wolle er seine weiteren Absichten feststellen. Ihm schien, daß der Hund ihm als dem an Stärke Überlegenen den Weg freigeben würde. Der indes dachte offenbar, Korolkow verharrte, um ihm den Vortritt zu lassen, wo er es doch so eilig hatte. Denn weshalb sonst hatte er angehalten.

So schlußfolgerte also der Hund und schoß jäh auf die Straße. Korolkow gab Gas und riß den Wagen nach vorn. Sie trafen sich in einem Punkt. Korolkow vernahm einen dumpfen Aufprall. Dann spürte er, wie sein Herz zusammenzuckte. Er blickte sich nicht um, dazu war er nicht imstande. Er fuhr weiter. Doch es war ein anderes Fahren. Die Welt hatte sich verändert. Die Schönheit der Fahrstrecke war dahin, richtiger, sie war wie zuvor, doch Korolkows Augen nahmen sie nicht mehr wahr. Roboterhaft mechanisch lenkte er das Auto weiter, wechselte die Gänge, trat die Kupplung.

Plötzlich sah er im Spiegel, daß ein Milizionär auf einem Motorrad hinter ihm fuhr. Er hatte einen kleinen Kopf, einen kurzen Hals, einen breiten Rumpf und glich einem Mehlsack. Korolkow war sich nicht sicher, ob der Gesetzeshüter ihn verfolgte oder nicht. Er erhöhte die Geschwindigkeit. Der Milizionär ebenfalls. Er fuhr langsam, der Milizionär tat es ihm nach. Das machte nervös, und einer zusätzlichen Belastung waren seine Nerven nicht gewachsen. Korolkow stoppte. Stieg aus. Der Milizionär fuhr heran und stieg vom Motorrad. »Waren Sie das mit dem Hund?« fragte er.

»Ja.«

»Warum?«

»Was heißt warum?«

»Warum haben Sie ihn getötet?«

»Unabsichtlich«, sagte Korolkow. »Ist das nicht klar?«

Der Milizionär schwieg, seiner Miene war abzulesen, daß er Korolkow nicht glaubte.

»Der Hund und ich haben uns mißverstanden«, erläuterte Korolkow, der eine Rechtfertigung für angebracht hielt. »Er dachte, ich laß ihn durch, und ich dachte, er läßt mich durch.«

»Sie dachten, er dachte . . . Woher wollen Sie wissen, was er dachte? Hat er's Ihnen vielleicht gesagt?«

»Nein.« Korolkow wurde verlegen. »Er hat mir nichts gesagt.«

Sie schwiegen.

»Na und?« fragte der Milizionär.

»Was ›na und‹?«

»Warum haben Sie ihn getötet?«

Für einen Moment schien Korolkow alles unwirklich: die Straße, der Hund, der Milizionär, dieses hochgradig idiotische Gespräch. Wirklich war nur die Rage, in die er geriet.

»Was wollen Sie? Ich verstehe nicht«, sagte er leise und spürte in sich eine Wut aufsteigen, vor der ihm bange war.

»Fahren Sie zurück und räumen Sie den Hund von der Straße«, ordnete der Milizionär an. »Überfahren, ja, das könnt ihr. Aber wenn's ums Wegräumen geht, da seid ihr nicht da. Der Verkehr muß aber weiterlaufen . . .«

»Gut!« schnitt Korolkow ihm das Wort ab.

Er wendete und fuhr zurück.

Der blaugraue Hund lag noch an derselben Stelle. Man sah keinerlei äußere Quetschungen. Offenbar war er an inneren Verletzungen krepiert. Korolkow hockte sich neben ihn und sah ihm in die goldgelben Augen. Sie spiegelten weder Schrecken noch Schmerz. Er war nicht mehr dazu gekommen, zu begreifen, was mit ihm passierte, und war sicherlich weiter im Begriff, jemanden zu verfolgen oder sich vor jemandem in Sicherheit zu bringen, nur in einer anderen zeitlichen Dimension.

Er hob den verschmutzten dummen Hund auf, drückte ihn an sein Hemd, trug ihn über die Straße und weiter über den Straßengraben in einen trockenen Birkenwald. Dort fand er eine mit dichtem Gras bewachsene quadratische Vertiefung. Er legte den Hund in das junge grell-grüne Junigras, bedeckte ihn mit Zweigen und verweilte ein wenig Dann ging er zum Auto und zwang sich, sich nicht umzudrehen.

Bevor er wieder in den Wagen stieg, blieb er eine Weile, an den Schlag gelehnt stehen. Ihm war übel. Den ganzen vergangenen Tag hätte er am liebsten erbrochen. Und sein ganzes Leben dazu.

Er zwang sich auf den Sitz und fuhr los.

Neben der Milizwache stand der »Mehlsack«. Als er Korolkow kommen sah, pfiff er.

Korolkow hielt, stieg aus.

»Haben Sie ihn weggeschafft?«

»Ja.«

»So, und jetzt sagen Sie mir: Warum haben Sie ihn umgebracht?«

Korolkow faßte den Milizionär vorsichtig, fast einschmeichelnd am obersten Knopf und fetzte ihn zusammen mit einem Stück Uniformjacke herunter.

Der Milizionär schien nur darauf gewartet zu haben und freute sich sogar – bereitwillig stieß er in die Trillerpfeife.

Man brachte Korolkow in eine Arrestzelle und verschloß die Tür hinter ihm.

Er sah sich um: ein kleines vergittertes Fensterchen, an der Wand ein Klappbett wie die obere Pritsche eines Eisenbahnwagens. Keine Sitzgelegenheit. Korolkow setzte sich auf den Fußboden, legte den Kopf auf die Knie. Und plötzlich fühlte er, daß er jetzt keinen anderen Platz für sich wünschte. Er hätte nicht nach Hause fahren, sich mit seiner Frau zum Teetrinken hinsetzen und dann fernsehen können. Er wollte wenigstens irgendeine Strafe für sich, eine kalte Hand auf die brennende Stirn seines kranken Gewissens.

Wer war schuld an dem Vorgefallenen? Niemand? Ein Unglücksfall, ein Zufall? Schicksal? Gesetzmäßigkeit?

Korolkow verkaufte das Auto, ein Angstkomplex hinderte ihn daran, sich ans Steuer zu setzen. Bald war er die Erinnerung los. Fast los. Schließlich war er Chirurg. Der Tod gehörte zu seinem Beruf. Menschen sterben. Und wie sie sterben! Was bedeutet da ein herrenloser Köter hundert Kilometer vor der Stadt?

Die Zeit stellte die Balance zwischen ihm und seinem Gewissen, zwischen seinem gewöhnlichen Ich und seinem Ideal wieder her, das Leben verlief im geliebten und notwendigen Phlegma. Einmal aber, als er gerade Dienst hatte, brachte man eine junge Frau mit großen Augen von der Farbe goldenen Sirups. Sie sah ihn an, und der ruhige, ja träumerische Ausdruck ihrer Augen entsprach in keiner Weise der Schwere ihrer Verletzung.

Nach der starken Blässe und dem schwachen Puls diagnostizierte Korolkow sofort innere Blutungen und ordnete an, sie in den Operationssaal zu bringen.

Ich müßte Anastassjew rufen, dachte er. Aber dazu war keine Zeit. Der diastolische Wert sank auf zwanzig.

Es stellte sich Milzruptur heraus. Wie er vermutet hatte. Die Milz näht man nicht. Man entfernt sie. Technisch ist das eine der einfachsten Operationen, die man sogar Praktikanten anvertraut.

Korolkow operierte konzentriert, fast artistisch, doch war er nicht in jener besonderen Verfassung, die während eines Eingriffs gewöhnlich von ihm Besitz ergriff. Erregung behinderte ihn und die vage Gewißheit, daß etwas passieren würde. Und als er die Bauchspeicheldrüse verletzte, wunderte er sich nicht einmal. Er dachte nur: Da haben wir's.

Nach der Operation wich er zunächst keinen Schritt von seiner Patientin. Er befürchtete eine Bauchfellentzündung. Er aß und schlief auf der Station. Margarita Poludnewa bekam von niemandem Besuch. Korolkow fuhr selber auf den Markt, bereitete eigenhändig gedünstetes, schieres Kalbfleisch, preßte selbst Säfte aus. Als er schließlich begriff, daß alles hinter ihnen lag, daß sie die Feuerlinie übersprungen hatten, empfand er Leere. Er hatte sich daran gewöhnt, Margarita zu umsorgen und unaufhörlich um sie zu leiden. Gewissenhaftigkeit plus Trägheit waren eingeschaltet, und das ist eine gefährliche Verbindung.

Korolkow nahm die Welt unversehens mit anderen Augen wahr. Zum Beispiel die kosmische Weite des Himmels vorm Fenster, der an Baikonur denken ließ, wo die Sputniks gestartet werden. Er war nie in Baikonur gewesen, war aber überzeugt: dort mußte der Himmel, das Tor in den Kosmos genauso sein. Lange konnte er dastehen und zum Himmel aufsehen, erschüttert von der Winzigkeit und zugleich von der Größe des Menschen. Oder zum Beispiel der Park vor dem Krankenhaus mit den handzahmen Eichhörnchen, die sich im Frühling haarten. Die Menschen fütterten sie, und Katzen jagten sie aus Leibeskräften, so daß die Eichhörnchen auf ihren eleganten Schwänzen mit den kahlen graubeigen Seiten nur so durch den Park flogen. Die Katzen dachten wahrscheinlich, Eichhörnchen seien fliegende Ratten. Vielleicht dachten sie auch nichts, was für ein Unterschied für sie, wen sie da fraßen.

Der Park war schon immer dagewesen. Und die zahmen Eichhörnchen tummelten sich an die zehn Jahre darin. Und den Himmel hatte es auch schon gegeben, lange bevor Korolkow auf ihn aufmerksam wurde. Dennoch nahm er all das erst jetzt wahr.

»Was ist mit dir?« fragte ihn Raissa beim Dienstwechsel. »Meiner Meinung nach hast du dich verliebt.«

»Wie kommst du darauf?« Korolkow erschrak.

»Ich verstehe diese Sprache«, sagte Raissa vieldeutig und ging, die Welt zu erobern. Außerhalb der Klinikmauern fühlte sie sich sicherer.

Definiert man die Liebe chemisch, so ist sie eine thermonukleare Reaktion, die unweigerlich in einer Explosion endet, und diese wiederum führt ins Glück, ins Unglück, oder sie verpufft ins Leere.

Korolkow glaubte nicht an sich. Was konnte er Margo schon geben? Seine fast fünfzig Jahre oder, richtiger, die wenigen, die ihm noch blieben? Sein Lohn von hundertachtzig Rubeln oder, richtiger, das, was davon übrigblieb? Seine schwierige Tochter oder, richtiger, seine Sehnsucht nach ihr? Sein unsymptomatisches und darum gefährliches Magengeschwür, das mit Perforation drohte? Was konnte er der geliebten Frau bieten?

Aber, mein Gott, wie lechzte er nach Liebe. Wie lange hatte er auf sie gewartet. Wie lange war er zu ihr unterwegs gewesen. Und jetzt war er ihr begegnet, hatte sie entdeckt und scheute zurück. Vielleicht hatte er zu lange gewartet und war müde. Alles im Leben hatte seine Zeit. Sogar der Tod.

Er hatte Margarita Poludnewa in das Zimmer für die Genesenden verlegt, und jeden Tag, wenn er vorüberkam, gab er sich den kurzen Befehl: »Weitergehen!«, den er auch befolgte.

Auch diesmal sagte er: »Weitergehen«, sah aber hinein. Ihr Bett war leer.

»Wo ist Frau Poludnewa?« fragte er.

»Entlassen«, sagte die Bettnachbarin ruhig. Für sie war eine Entlassung etwas Alltägliches und sogar Erfreuliches.

»Wann?«

»Gestern.«

Korolkow blieb stehen, als erwarte er noch etwas. Die Frau sah ihn verwundert an.

»Hat sie mir nichts bestellen lassen?« fragte er.

»Ihnen? Nein. Nichts.«

Korolkow ging ins Ärztezimmer, bemüht, sein inneres Chaos zu ordnen. Er hatte das Gefühl, verraten worden zu sein. Immerhin hatte er sie auf Händen durchs Feuer getragen, selbst wenn er selber auf sie geschossen hatte. Sie aber war gegangen und hatte sich nicht einmal verabschiedet.

Im Ärztezimmer stand Raissa. Sie hatte sich noch nicht

das Mützchen übergestülpt, ihre kunstvolle Frisur glich einem Blumenbeet.

»Hast du Frau Poludnewa entlassen?« fragte Korolkow.

»Ja. Sie hat darum gebeten«, sagte Raissa.

Korolkow nahm sich die Krankengeschichte vor und blätterte darin.

»Gebeten . . . Dabei hat sie nur fünfundvierzig Prozent Hämoglobin!« Er warf Raissa einen verächtlichen Blick zu.

»Das hebt sie mit natürlichen Vitaminen.«

Raissa hatte breite Brauen und unruhige, lauernde Raubtieraugen. Wie ein Marder zum Beispiel oder ein Iltis, obgleich Korolkow noch nie einen Marder oder Iltis gesehen hatte.

So eine kommt nicht unters Auto und überschlägt sich auch nicht damit, dachte er.

Anastassjew trat ein. Er sah Korolkow an und fragte: »Iwan, sag bloß, du färbst dir die Haare!«

»Und zwar wie?« fragte Korolkow.

»Begreif ich nicht. Sie kommen mir auf einmal dunkler vor.«

»Das ist meine Blässe. Meine Gesichtsfarbe und nicht die Haarfarbe hat sich verändert.«

»Willst du, daß ich dein Geschwür rausschneide? Als Kollege?«

»Danke. Ich möchte nicht«, entgegnete Korolkow tonlos.

Margarita Poludnewa steckte ihm wie ein Knochen im Hals, den man weder herunterschlucken noch ausspucken kann, wenn es zu keinem Wiedersehen käme. Er las die Adresse auf dem Titelblatt der Krankengeschichte und fragte: »Wer war Wawilow?«

»Was für ein Wawilow?« fragte Anastassjew zurück, der annahm, es handle sich um einen Patienten.

»Wawilow-Straße«, erläuterte Korolkow.

»Sicherlich ein Revolutionär«, soufflierte Raissa.

»Vielleicht auch ein Wissenschaftler«, mutmaßte Anastassjew. »Wieso?«

»Nur so.«

Anastassjew wunderte sich über die Diskrepanz zwischen Korolkows Miene und dem Sinn des Gesprächs.

Korolkow verließ die Klinik, bestieg ein Taxi und fuhr zur Wawilow-Straße. Margo öffnete, erblickte ihn und sank an seine Brust.

Sie sah sein Gesicht über sich – in ihrem Leben hatte sie nie etwas Schöneres gesehen. Ein Werk göttlicher Kunst. Im Original.

»Alle Menschen sind gleich. Wenn man aber nach und nach alles wegnimmt, was ihnen gemeinsam ist, bleibt am Ende das, was der Mensch eigentlich ist. Ein Geheimnis. Verstehst du?«

Sie sah, wie seine Lippen sich bewegten.

»Wie eine Restaurierung. Man hebt Schicht für Schicht ab und findet schließlich das, was du bist . . . Tut es dir weh?«

»Und wenn schon!« Tränen traten in ihre Augen.

Er küßte sie auf die Augen, dann auf die Lippen, und sie spürte den Geschmack der eigenen Tränen.

»Woher hast du das?«

»Was?«

»Das da . . .« Sie tastete sein Gesicht ab wie eine Blinde, die mit den Fingern Brauen, Wangen, Lippen erforscht. »Woher hast du das?«

»Das ist nur für dich. Sonst habe ich das nicht. Mit dir bin ich ein ganz anderer. Das bist du!«

Sie sprachen flüsternd über Dinge, für die es keine Worte gibt. Und das Geschehene war ebenfalls nicht zu definieren.

»Wann hast du dich in mich verliebt?«

»Ich? Sofort. Und du?«

»Ich auch sofort.«

»Und was hast du gedacht?«

»Ich hatte Angst.«

»Wovor?«

»Ich bin alt, ein Habenichts und krank.«

»Und wenn schon!«

»Das sagst du jetzt. Und später?«

»Man sollte nicht vorausschauen, nicht planen. Einer hat schon mal geplant . . .«

»Wer?«

»Ist nicht wichtig, wer . . . In der Geschichte gibt es viele Beispiele. Hitler. Napoleon.«

»Hast du vor mir schon geliebt?«

»Nein . . . Jedenfalls kommt es mir jetzt so vor.«

»Ich bitte dich . . . Solange wir zusammen sind, sollst du niemanden sonst haben . . .«

»Wir werden immer zusammen sein. Hab keine Angst. Ein richtiger Mann darf nicht vor der Liebe flüchten. Er braucht nicht zu fürchten, schwach, krank und arm zu sein.«

»Ich bin kein richtiger. Du hältst mich für einen anderen. Du kennst mich nicht.«

»Du kennst dich selbst nicht! Du bist stark und begabt. Du bist der beste Mensch von allen. Bist bloß sehr müde, weil du dein Leben nicht gelebt hast. Du warst unglücklich.«

»Wie kommst du darauf?«

»Sieh dich doch im Spiegel an. Ein glücklicher Mensch hat nicht so ein Gesicht.«

»Nein?«

»Man hat den Eindruck, daß du dich hast treiben lassen und treiben läßt. Du lebst der Gewohnheit.«

»Bist eben noch jung. Hast keine Gewohnheiten, die dich einzwängen.

»Ich bin das Alleinsein gewohnt.«

»Liebst du es?«

»Was?«

»Das Alleinsein.«

»Kann man das denn lieben?«

»Ich habe es so lange geliebt, bis ich dir begegnet bin. Und jetzt begreife ich, daß ich wirklich arm war.«

»Und ich weiß, wie klein du noch warst.«

»Wie denn?«

»Ebenso klein wie jetzt: Du bist auch jetzt klein, ein vor Schrecken ergrautes Kind. Und redest, brabbelst wie ein Kirchendiener im Kirchenchor. Hast wahrscheinlich in der Schule einen schlechten Stand gehabt.«

Die Pendeluhr tickte. Iwan Petrowitsch schloß die Augen und dachte an seine Kindheit. Wie weit lag sie zurück, und wieviel lag noch vor ihm . . .

Margo umspülte ihn wie ein Quellfluß, füllte jede Biegung aus und ließ weder Schmerz noch Zugwind zu ihm dringen.

»Woran denkst du?«

»Ich bin glücklich. Mir ist so ruhig ums Herz, in mir ist es so still. Das ist alles, was der Mensch braucht. Inneren Frieden und eine treue Frau mit leichten Händen.«

»Und Runzeln«, fügte Margo hinzu.

»Und Runzeln, die man ihr selbst ins Gesicht geprägt hat. Runzeln vom Weinen und vom Lachen. So muß es auch sein: Der Mann nimmt ein junges Gesicht am Anfang des Lebens und zeichnet es nach eigenem Ermessen.«

»Und wenn es schon vor dir gezeichnet wurde?«

»Dann wisch ich alles weg.«

»Verläßt du mich nicht?«

»Nein. Und du?«

»Ich bin dein Hund. Ich werde dir auf dem Fuße folgen, so lange du willst. Und wenn du mich nicht mehr willst, geh ich auf Distanz.«

»Sprich nicht so.«

Arme, Körper, Atem verschmolzen miteinander.

»Wohin willst du?«

»Zigaretten holen.«

»Ich komm mit.«

»Warte auf mich.«

»Ich kann nicht warten. Ich kann nicht ohne dich sein.«

»Bitte warte!«

»Ich kann nicht, Ehrenwort.«

»Zähl bis zehn, ich bin gleich zurück.«

Er erhob sich und ging hinaus.

Margo begann zu zählen.

Als er zurückkam, stand Margo mitten im Zimmer und sah zur Tür. Von ihrer Nacktheit ging ein Schimmer aus, denn sie war heller als alles andere im Raum. Er trat zu ihr und sagte: »Du leuchtest wie eine Heilige.«

»Geh nie mehr weg, nirgendwohin«, bat sie ernst.

Er sah ihr ins Gesicht. Sie kam ihm wie eine durchfrorene, verschreckte Tochter vor.

Margo erwachte davon, daß er sie aufs Gesicht küßte.

Sie öffnete die Augen und sagte tief erschrocken: »Nein!«

»Was heißt ›nein‹?«

»Ich weiß, was du sagen wolltest.«

»Was?«

»Daß du in die Klinik mußt.«

»Stimmt. Wie hast du das erraten, kannst du Gedanken lesen?«

»Was dich angeht, ja. Ich komm mit.«

»Wohin? In den Operationssaal?«

»Ich werde mich unten auf eine Bank setzen und zu den Fenstern aufsehen, hinter denen du stehst.«

»Ich verpatze die Operation. Ich muß mich ganz auf den Kranken konzentrieren. Du wirst mich ablenken, verstehst du?«

Margo senkte den Kopf und weinte leise.

»Ich kann nicht gehen, wenn du weinst.«

»Ich weine um dich.«

»Um mich?«

»Es fällt mir so schwer, dich allein zu lassen. Ich habe Angst, daß dir etwas zustößt . . .«

»Interessant . . . Wer ist hier eigentlich der Arzt und wer der Kranke?«

Margo legte die Hände an die Ohren.

»Es klingt.«

»Das macht die Blutarmut.«

»Nein, das sind Glocken. Sie gelten mir und dir.«

»Was für dummes Zeug.«

»Du kommst nicht wieder . . .«

»Ich komme. Ich komme für immer zu dir.«

»Wann?«

»Morgen.«

»Und heute?«

»Heute hat Xenia Geburtstag. Den sechzehnten Unmerklich ist sie gewachsen und gewachsen, und nun ist sie groß.«

»Groß . . .«

»Ja, groß, und auch wieder klein.«

»Mir graut . . .«

»Warum denn? Wenn du willst, komm mit . . .«

»Nein. Du beförderst dann jemanden ins Jenseits, und ich bin schuld. Ich warte hier auf dich. Ich zähle bis zu einer Million.«

»Tu das nicht. Beschäftige dich mit irgend etwas. Find etwas Vernünftiges.«

»Das habe ich schon.«

»Was denn?«

»Ich liebe.«

Das Haus war von Düften und Geschrei erfüllt.

Nadeshda deckte den Tisch und schimpfte mit Xenia, die im Badezimmer war und durch die Wand antwortete. Die Worte waren nicht ganz zu verstehen, doch Korolkow bekam den Sinn des Konflikts mit. Er bestand darin, daß Nadeshda vorhatte, gemeinsam mit der Jugend an der Tafel zu sitzen, was Xenia unter keinen Umständen wollte. Sie führte andere Mütter als Beispiel an, die in solchen Fällen nicht nur nicht mit am Tisch saßen, sondern sogar das Haus verließen. Nadeshda wiederum schrie, daß sie für die Vorbereitung der Festtafel eine Woche und für Xenias Erziehung ihr ganzes Leben verschwendet habe und deshalb nicht beabsichtige, in der Küche zu sitzen wie eine Magd.

Korolkow lag in seinem Zimmer auf der Couch. Er hatte Herzschmerzen, genauer gesagt, ihm war, als laste ein schwerer Pflasterstein auf seiner Brust. Er lag da und dachte daran, daß er nun gehen würde. Die beiden würden sich von morgens bis abends streiten, denn Xenia konnte nicht mit der Mutter reden und Nadeshda nicht mit der Tochter. Sie erzog sie demütigend. Sie entzündeten sich aneinander wie Streichhölzer an einer Schachtel.

Korolkow wußte von sich, daß man bei ihm nur mit Schmeicheleien etwas erreichen konnte. Nicht mit Wahrheiten und schon gar nicht mit Erniedrigungen. Schmeichelei verlieh ihm zusätzliche Kräfte, und er bemühte sich, ihr gerecht zu werden.

Die Tür ging auf, und Xenia kam herein in einer neuen

Bluse im Nostalgiestil – im »Oma-Look«, wie sie es nannte. Nicht übel. Beichtvater einer Sechzehnjährigen im »Oma-Look« zu sein.

»Paps, sag ihr doch«, beklagte sich Xenia laut, »sie soll mich nicht so nerven.«

»Wie sprichst du von Mutter?« wies Korolkow sie zurecht.

»Paps . . . Warum muß sie sich zu uns setzen? Ich werde die ganze Zeit wie auf Kohlen sitzen. Ewig plappert sie etwas, was allen peinlich ist . . .«

»Was heißt plappern?«

»Nun, nicht plappern. Sie läßt einen Trinkspruch auf den Weltfrieden los. Oder nimmt mich ins Verhör . . . Oder fängt an, allen aufzupacken, als herrschte eine Hungersnot . . .«

»Du hast Hunger nicht kennengelernt, aber wir . . .«

»Wann war denn das . . . Vor vierzig Jahren hat sie gehungert, bis heute kann sie sich nicht satt essen. Das Brot verschimmelt, aber sie wirft es nicht weg.«

»Widerwärtig, dich zu hören«, erklärte Korolkow. »Du redest wie eine abgefeimte Egoistin.«

»Entschuldige schon . . . Aber es ist doch mein Geburtstag. Ich bin sechzehn. Warum soll es an diesem Tag nicht so sein, wie ich es will?«

Korolkow blickte in das reine frische Lärvchen mit den blendend weißen Zähnen; ihm wurde bewußt, daß Xenia als Kind verhätschelt worden war – nun ernteten sie, was sie gesät hatten. Er hatte sie auf dem Arm getragen, im Pionierlager besucht, aber das hätte jeder beliebige Onkel auch tun können. Nicht damals hatte sie ihn gebraucht – sie brauchte ihn jetzt, mit sechzehn, da das Fundament für das ganze weitere Leben gelegt wurde. Gerade jetzt wurde er benötigt als leiblicher Vater, und nicht ambulant, wie die Ärzte sagen – mal da sein, mal nicht –, sondern stationär, jeden Tag, um mögliche Komplikationen abzufangen. Und Komplikationen würde es geben, soviel stand fest.

Es läutete. Xenia war wie weggeblasen mitsamt ihrer Unzufriedenheit, und einen Augenblick später vernahm man ihre Stimme, straff und klangvoll wie ein kräftiger Wasserstrahl. Mit ihr war alles im Lot, ein Festtag stand bevor, das Leben selbst war ein Fest.

Korolkow dachte an Margo und stellte sich vor, wie sie jetzt dasaß und zählte. Sie lebte nicht, sie maß die Zeit. Da begriff er, daß er zuerst ihren Körper verkrüppelt hatte und jetzt die Seele. Er hatte sie im Vorbeigehen zu Fall gebracht, wenn auch nicht absichtlich, das hätte noch gefehlt.

Das Herz raste und schmerzte, der Schmerz ergoß sich in Schulter und Achselhöhle.

Korolkow erhob sich und ging in die Küche.

Aus Xenias Zimmer drang Stimmengewirr.

»Mam!« rief Xenia. »Mach uns Saftwasser!«

Nadeshda entnahm dem Kühlschrank eine Büchse Pflaumensirup. Es war auch Erdbeersirup da, aber den verbrauchte Nadeshda nicht für Gäste.

Nadeshda – das wußte Korolkow von Raissa – hatte durch einen nächtlichen Anruf in der Klinik erfahren, daß er nicht da gewesen war. Wenn er weder im Krankenhaus war noch daheim, mußte er an einem dritten Ort gewesen sein, und als Ehefrau hätte Nadeshda sich dafür interessieren müssen. Doch sie schwieg, als wäre nichts geschehen.

»Du bist raffiniert«, sagte Korolkow.

»Gib mir den Zucker«, befahl sie und sah ihn an.

Da sah er ihre Augen – grau, wäßrig, wimpernlos, das heißt, ein paar Wimpern hatte sie schon, ganz spärliche, kurze, wie bei einer abgenutzten Zahnbürste. Seit langem – es mochten so zehn Jahre sein – hatte er seine Frau nicht mehr angesehen. Er war an sie gewöhnt wie an seine Arme oder Beine und nahm sie bereits nicht mehr mit dem Blick eines anderen Menschen wahr. Nun aber sah er sie an und zuckte zusammen vor Haß. Und eben an diesem Haß wurde ihm klar, daß er nicht weggehen würde. Wäre er dazu entschlossen, hätte er Mitleid für sie empfunden und sie anders angesehen.

»Raffiniert bist du«, wiederholte er und griff sich ans Herz.

»Ich bin alt«, erwiderte sie.

»Du bist nicht immer alt gewesen.«

»Mit dir bin ich seit meinem fünfunddreißigsten Lebensjahr eine alte Frau.«

»Aber du hast immer gewußt, was du tust. Du hast mich gedreht und gewendet wie ein Stück Fleisch im Fleischwolf und das Produkt bekommen, das du wolltest.«

»Leiser«, bat Nadeshda, »wir haben Leute da. Was sollen sie von uns denken!«

»Warum quälst du mich so? Was hab ich dir getan?«

»Stell nicht alles auf den Kopf. Ich habe mich stets nach deinem Willen gerichtet und gedenke das auch weiterhin zu tun.«

»Ich möchte das nicht.«

»Natürlich. Du willst alles auf einmal, willst dir alles erlauben und für nichts verantwortlich sein, du Zentaur!«

»Was?« wunderte sich Korolkow.

»Ein Zentaur ist halb Pferd halb Mensch. Und du bist halb ein Greis und halb ein Kind.«

»Sehr gut!« freute sich Korolkow. »Ich gehe!«

»Geh nur«, antwortete Nadeshda ruhig, und er wunderte sich, wie einfach sich scheinbar unlösbare Probleme lösen lassen.

Korolkow trat in den Flur, kleidete sich an und verließ die Wohnung.

In der zweiten Etage fiel ihm ein, daß er sein Rasierzeug und das Stethoskop vergessen hatte. Er stieg wieder hinauf.

»Ich hab das Stethoskop vergessen.«

»Nimm es«, sagte Nadeshda.

Korolkow nahm seine altgediente Aktentasche, die er während einer Touristenreise in der Tschechoslowakei erworben hatte, warf Rasierapparat und Stethoskop hinein und sagte: »Auf Wiedersehen.«

Keine Antwort.

Er rief den Lift, fuhr nach unten, und da fiel ihm ein, daß er Xenia eine Erklärung schuldig war.

Erneut machte er kehrt.

»Ich hab Xenia nichts gesagt«, erklärte er in der Küchentür.

»Sag's ihr.«

Korolkow sah ins Zimmer.

Mädchen und Jungen saßen um den Tisch. Einige kannte er – die Fedotowa und Max.

»Du bist wie ein Georgier mit deinen Trinksprüchen«, sagte die Fedotowa.

»Ich bin nicht wie ein Georgier, ich bin Georgier!« stellte Max richtig.

»Die Georgier bewahren die Traditionen, weil sie eine kleine Nation sind«, erklärte Xenia.

»Die Georgier hüten die Traditionen, weil sie ihre Vergangenheit bewahren«, entgegnete Max. »Ohne Vergangenheit gibt's keine Gegenwart. Wie es keine Kometen ohne Schweif gibt. Aber wir leben, als hätte alles mit uns begonnen und nach uns käme nichts.«

»Sprich nur weiter«, bat Xenia und schob die Faust unter den hohen Wangenknochen.

»Worüber denn?« fragte Max verständnislos.

»Worüber du willst. Du bist redegewandt.«

Xenia bemerkte ihren Vater in Mantel und Mütze in der Tür.

»Wo willst du hin?«

»Nirgendwo«, antwortete Korolkow und kehrte in die Küche zurück.

»Setz dich«, sagte Nadeshda ruhig und wandte ihm den Rücken zu. »Hör auf, hin und her zu laufen.«

»Mir ist schlecht!« bemerkte Korolkow mit entrückter Miene.

»Du mußt dich beruhigen. Trink was!«

Sie holte eine Flasche Kognak aus dem Kühlschrank, eine der Gaben, die ihm hin und wieder von Patienten zugesteckt wurden. Sie anzunehmen war peinlich, sie abzuweisen ebenfalls.

Korolkow schenkte sich ein Glas ein, leerte es gierig und kippte gleich ein zweites hinterher.

Für ihn war das nicht Kognak, sondern ein Narkotikum, das alle Gefühle in ihm wegspülte. Gefühle in diesem Augenblick wären einer Katastrophe gleichgekommen, so als käme ein Patient während der Operation plötzlich zu Bewußtsein und begänne verständig zu blinzeln.

Bei Xenia dröhnte Musik los. Korolkow beobachtete eine Weile durch den Türspalt, wie sie tanzten, oder, besser gesagt, sich im Zeitlupentempo wiegten wie Wasserpflanzen. Jugend ist eine unerläßliche Bedingung für den modernen Tanz, dachte er noch, dann versank alles.

Er rennt eine endlose graue, ebene Chaussee entlang. Das Atmen fällt ihm schwer, das Herz klopft bis in den Hals, die Schläfen, die Fingerspitzen. Ihm scheint, er kommt nie an.

Doch da ist das bekannte Häuschen und darin der bekannte Milizionär, der »Mehlsack«. Der oberste Knopf seiner Uniformjacke ist abgerissen. Er hat ihn also nicht wieder angenäht. Er sitzt da, trinkt Tee und kaut an einem großen, sichtbar weichen Kringel. Korolkow trommelt an die Tür, als wäre jemand hinter ihm her. Der Mehlsack erhebt sich gemächlich und schiebt den Riegel beiseite.

»Nimm mich in Untersuchungshaft«, bittet Korolkow keuchend.

»Wozu?« wundert sich der Mehlsack.

»Ich hab ein Verbrechen begangen.«

»Was für eins?« Der Mehlsack wischt sich die Krümel von den Lippen.

»Ich hab die Liebe verraten.«

»Das ist kein Verbrechen«, beruhigt ihn der Mehlsack. »Dafür gibt's heutzutage nichts.«

»Und früher?«

»Kommt drauf an, wann. Das Kameradschaftsgericht beispielsweise. Oder einen Verweis mit Eintragung in die Personalakte.«

»Und noch früher?«

»Noch früher?« Der Mehlsack überlegt. »Ein Duell.«

»Aber mit wem soll ich mich denn schießen? Ich allein bin schuld.«

»Dann schieß dich mit dir selber.«

»Gib mir 'ne Pistole.«

»Dazu bin ich nicht berechtigt, man wird mich zur Verantwortung ziehen.«

Korolkow zerrt an der Pistolentasche, in der Erwartung, daß der Milizionär seine Trillerpfeife betätigt und ihn festnimmt.

Doch der Mehlsack pfeift nicht. »Aber nicht auf der Chausee«, warnt er. »Der Verkehr!«

Korolkow wandert zurück und mustert den Wald am Straßenrand. Er überlegt, wohin er am besten schießen soll – in die Schläfe oder ins Herz?

Er richtet die Pistole gegen das Herz, spannt den Hahn.

Der Hahn scheint verrostet zu sein, er geht schwer. Korolkow drückt stärker, den Lauf gegen die Brust gepreßt, um den Knall zu dämpfen. Aber es gibt überhaupt keinen Knall. Nur einen starken Stoß gegen die Brust.

Dann spürt er ein Feuer in sich, das den Hals, den ganzen Leib erfaßt, und einen Augenblick später ist sein Brustkasten von unerträglichem Brennen erfüllt. Er möchte ihn aufreißen, um sein Herz zu kühlen.

Wie schmerzhaft der Tod ist, dachte Korolkow. Die armen Menschen . . .

Drei Jahre waren seitdem vergangen.

Korolkow genas nach seinem Infarkt. Wie ehedem ging er zu Fuß zur Arbeit.

Im Krankenhaus hatte sich herausgestellt, daß er nie ein Geschwür gehabt hatte. Der Schmerz hatte vom Herzen auf den Magen ausgestrahlt.

Korolkow wurde zum Chefarzt berufen. Die Verwaltungsarbeit häufte sich und hielt ihn vom Operieren ab. Dafür bekam er fünfundzwanzig Rubel mehr.

Das Leben ging seinen Gang. Die unentbehrliche, geliebte Trägheit kehrte wieder. An Margo dachte er bewußt nicht – aus Furcht vor einem neuen Infarkt.

Von seinen Patienten und jetzt auch aus eigener Erfahrung wußte er, daß man nach Glück strebt, solange das Herz gesund ist. Wenn es aber einer Zeitzündermine ähnelt, die jeden Augenblick bersten kann, will man leben und sonst nichts. Einfach leben und seine Pflicht tun.

Die Eichhörnchen huschten wie zuvor von Baum zu Baum und wurden wie zuvor von Katzen verfolgt. Korolkow aber kam es vor, als habe sich in den drei Jahren alles verändert. Die Eichhörnchen wirkten spärlich behaart und gealtert, die Katzen melancholisch, so als hätten auch sie einen Infarkt hinter sich.

Xenia heiratete, ließ sich scheiden und schickte sich erneut an, sich zu binden. Als Korolkow fragte: »Ist es ernst?«, antwortete sie: »Einstweilen ja.«

Margos Leben änderte sich nicht.

Korolkow hatte gesagt: »Warte.« Und sie wartete. Anfangs jede Minute, dann jede Stunde. Nun jeden Tag.

Läutete in der Arbeitsstelle das Telefon, so wandte sie den Kopf und starrte ernst und aufmerksam auf den Apparat. Die Freundinnen machten sich über sie lustig und sie selbst auch. Aber im tiefsten Inneren wartete sie. Schließlich kann ein Mensch doch so nicht gehen, noch dazu für immer. Wenn sie das glauben sollte, könnte sie nicht leben.

Um die Monotonie des Wartens zu lindern, holte sie Saschka aus dem Internat. Sie begeisterte ihn für Schwimmen und Eiskunstlauf und füllte seine Kindheit bis ins letzte aus. Für sie war die Kindheit eine sehr wichtige Lebensphase, die nicht übersprungen werden durfte wie eine Bahnstation.

Im Winter sind die Tage kurz. Wenn Margo mit Taschen und Beuteln von der Arbeit heimkehrte, war es schon dunkel.

Sie machte es sich mit Saschka in der Küche gemütlich, setzte ihm Essen vor und empfand höchste Befriedigung bei jedem seiner Bissen, der dem wachsenden Organismus die notwendigen Vitamine zuführte.

Saschka ahnte nichts von alledem, er kaute einfach, seine Ohren bewegten sich, und der Adamsapfel hüpfte beim Schlucken. Manchmal kam in ihm ein völlig unbekannter Mensch durch, und Margo betrachtete mit glücklicher Verwunderung den hellbraunen russischen Jungen mit den Pharaonenmanieren. Dann wieder glich er wie ein Wassertropfen dem anderen ihren Kinderfotos, und ihr war, als säße sie mit ihrer eigenen Kindheit am Tisch.

Einmal traf sie beim Umsteigen in der Metro Wowka Korsakow, denselben, der das Bügeleisen auf sie heruntergeworfen hatte.

»Ach, du bist's?« Margos Gesicht erstrahlte vor Wiedersehensfreude.

Wowka schwieg und stand ausdruckslos da.

»Erkennst du mich nicht?« fragte Margo.

»Doch. Wieso?« antwortete Wowka ruhig. »Du hast dich ja überhaupt nicht verändert.«

In der Tat, auf etwas in ihr hatte die Zeit keinen Einfluß – auf ihr Vertrauen zur Welt und ihre einzelnen männlichen Vertreter. Ungeachtet dessen, daß diese jeweiligen Vertreter aus verschiedenen Gründen von ihr gegangen waren, blieb das Vertrauen. Und das machte sie der Margo von damals ähnlich, die mit der zweizipfligen Samtkapuze, wie sie die Narren der Shakespearezeit trugen, neben dem Holzstapel gestanden hatte.

»Na, na«, argwöhnte Margo. »Zwanzig Jahre sind vergangen. In zwanzig Jahren verändert sich sogar das Klima.«

»Das Klima vielleicht«, stimmte Wowka zu. »Aber du hast dich überhaupt nicht verändert. Nur älter bist du geworden . . .«

Verzeichnis der Originalquellen

Die Erzählung »Das Geheimnis der Erde« (russ. Originaltitel: tajna zemli) wurde dem Band Letajuščie kačeli, Verlag Sowetski pisatel, Moskau 1978 entnommen. Die übrigen Erzählungen dieses Bandes (Stern im Nebel, russ. Originaltitel: zvezda v tumane; Der glücklichste Tag, russ. Originaltitel: samyi sčastlivyi den'; Corrida, russ. Originaltitel: korrida; Die Katze am Weg, russ. Originaltitel: koška na doroge; Zickzack der Liebe, russ. Originaltitel: zigzag; Pferde mit Flügeln, russ. Originaltitel: lošadi s kryl'jami; Der Talisman, russ. Originaltitel: Talisman; Nichts von Belang, russ. Originaltitel: ničego osobennogo) wurden dem Band Ničego osobennogo, Verlag Sowetski pisatel, Moskau 1983 entnommen.

Inhalt